Leon, Milan und Jesus

HELMUT FRITZ

Leon, Milan und Jesus

Roman

Bibliografische Information der Deutschen Nationalbibliothek
Die Deutsche Nationalbibliothek verzeichnet diese Publikation in der Deutschen Nationalbibliografie; detaillierte bibliografische Daten sind im Internet über http://dnb.d-nb.de abrufbar.

Gay Romance
© 2023 Helmut Fritz
Alle Rechte vorbehalten!
Homepage: www.helmutfritz.com
Titelbild: Art Stocker/Shutterstock

Die Handlung, die handelnden Personen, Orte und Begebenheiten dieses Buches sind frei erfunden. Jede Ähnlichkeit mit toten oder lebenden Personen oder Persönlichkeiten des öffentlichen Lebens, oder deren Handlungen, sind rein zufällig und nicht beabsichtigt.

Satz, Herstellung und Verlag:
BoD – Books on Demand, Norderstedt
ISBN 978-3-7412-3837-6

KAPITEL 1

Als Milan langsam zu sich kam, fühlte er stechende Schmerzen am ganzen Körper. Nach einiger Zeit schaffte er es endlich, ein Auge zu öffnen, doch das Licht war viel zu grell und er musste es wieder schließen. Das schien nicht unbemerkt geblieben zu sein, denn neben ihm wurde es unruhig und jemand rief seinen Namen. Es war die Stimme seines Vaters und Milan fragte sich kurz, was dieser auf dem Parkplatz zu suchen habe. Nur ganz langsam realisierte er, dass der Untergrund, auf dem er lag, für einen Betonboden viel zu weich war.

Jetzt hörte er Schritte und sein Vater sagte: »Schwester, er ist wach geworden.«

»Hallo, hören Sie mich?«, fragte eine weibliche Stimme.

Milan öffnete erneut ein Auge, das andere schien irgendwie zugeklebt zu sein. Er wollte antworten, brachte jedoch nur ein merkwürdiges Krächzen hervor. Der Versuch zu nicken löste sofort wieder heftige Schmerzen aus.

»Haben Sie Schmerzen?«, fragte die Krankenschwester.

Milan konnte nur blinzeln und ganz leicht nicken.

»Ich gebe Ihnen etwas dagegen«, sagte sie. »Kein Wunder, Sie haben eine Gehirnerschütterung, drei gebrochene Rippen, eine gebrochene Nase, gebrochene Finger, außerdem mehrere Prellungen und Hämatome. Ihr rechtes Auge ist zugeschwollen, aber das wird wieder, keine Sorge. Ich gebe Ihnen jetzt noch etwas Schmerzmittel in den Tropf.«

»Willst du mal einen Schluck Wasser trinken?«, hörte er seinen Vater sagen. Dann setzte ihm jemand ein Glas an die Lippen. Das Schlucken fiel ihm sehr schwer, aber mit einiger Anstrengung schaffte er es.

Langsam kam die Erinnerung zurück: Er war gerade zu Fuß auf dem Weg zu seinem besten Freund Moritz gewesen, als er in der kleinen Vorstadt-Fußgängerzone plötzlich von einem Jungen überholt wurde, der in panischer Angst vor etwas zu fliehen schien. Unmittelbar danach ertönte hinter ihm lautes Gebrüll, dann wurde er unsanft zur Seite geschubst und fiel zu Boden. Während er sich aufrichtete, sah er drei Typen, die den Jungen verfolgten. Milan trottete langsam hinterher, da sein Weg in dieselbe Richtung führte. Er hatte die drei Verfolger erkannt, es war Dominik mit seinen beiden Cronies. Als er zum Parkplatz kam, sah er, dass sie den Jungen eingeholt und in eine Ecke gedrängt hatten. Er war klein und schmächtig, vielleicht 14 oder 15 Jahre alt, und wurde jetzt von den drei muskulösen und wesentlich größeren Typen hart angegangen.

»Gib mir dein Geld!«, hörte er Dominik brüllen, der den Jungen mit einem Arm an eine Mauer presste, während einer seiner Kumpane anfing, dessen Jackentaschen abzutasten. Der Junge wehrte sich verzweifelt und versuchte, einige Schläge und Tritte zu platzieren, doch seine Peiniger schienen davon wenig beeindruckt zu sein.

Ohne groß nachzudenken, rannte Milan auf die Gruppe zu und zog Dominik von hinten am Kragen.

»Lass ihn in Ruhe!«, brüllte er ihn an.

Der war so überrascht, dass er tatsächlich von dem Jungen abließ. »Was willst du hier?«, fragte er barsch, nachdem er sich umgedreht hatte.

»Ich sagte, lass ihn in Ruhe!«, brüllte Milan zurück und versetzte Dominik einen Schlag.

Der taumelte leicht zurück. »Das wirst du bereuen!«, brüllte er. In diesem Moment ließen auch seine beiden Kumpel von dem Jungen ab und alle drei stürmten auf Milan zu. Aus dem Augenwinkel sah er noch, dass der Junge wegrannte, dann hagelte es Fäuste und Stiefel. Hier endete seine Erinnerung, danach war nur noch Dunkelheit.

Inzwischen schien das Schmerzmittel langsam zu wirken. Milan fühlte sich wie in Watte gepackt und schlief wieder ein. Als er erneut erwachte, war das grelle Deckenlicht ausgeschaltet. Lediglich über seinem Bett brannte eine kleine Leselampe. Im Hintergrund lief leise ein Fernseher oder ein Radio. Vorsichtig versuchte er seinen Kopf zu drehen, um das Zimmer zu erkunden. Links von ihm befanden sich Schränke und eine Tür, die offenbar zum Flur führte. Der Blick nach rechts war weitaus schwieriger, da sein Gesicht um das rechte Auge herum noch immer so stark geschwollen war, dass er es nicht öffnen konnte. Mit viel Anstrengung und unter großen Schmerzen schaffte er es, sich so weit herumzudrehen, dass er nach rechts blicken konnte. Enttäuscht stellte er fest, dass dort nur ein zugezogener Vorhang zu sehen war. Dahinter befand sich offenbar ein weiteres Bett, die Geräusche des Fernsehers schienen von dort zu kommen. Sein Vater musste inzwischen nach Hause gegangen sein. Stöhnend drehte er sich wieder auf den Rücken und starrte an die Decke.

Plötzlich erschien das freundlich lächelnde Gesicht eines dunkelhäutigen Jungen in seinem eingeschränkten Blickfeld.

»Hallo, ich bin Leon«, sagte der Junge sanft, während er sich auf zwei Krücken stützte. »Ich bin dein Bettnachbar, wir teilen uns das Zimmer.«

Milan stutzte. Das Gesicht war ihm gleich bekannt vorgekommen und bei dem Namen Leon fiel ihm ein, woher er ihn kannte. Er kickte damals mit seinen Freunden Moritz und Hasan auf dem Bolzplatz im Park. Es war Ende Mai, abends gegen 18 Uhr, die Sonne stand noch hoch am Himmel und es war angenehm warm. Kurze Zeit später erschienen Dominik, Paul und Deniz und spielten mit. Dominik war breitschultrig, muskulös und fast einen Kopf größer als Milan. Er war der Stärkste und Lauteste, auf dem Platz wie auch sonst immer. Wer ihm nicht passte, der hatte nichts zu lachen. Niemand mochte ihn, aber Dominik fragte nicht lange, ob er mitspielen durfte. Er tat es einfach, wenn ihm danach war und niemand wagte ihm zu widersprechen. Besonders dann nicht, wenn Paul und Deniz bei ihm waren, wie heute. Die drei waren, wenn sie als Gruppe auftraten, gefürchtete Schläger, die manchmal nur aus Spaß Streit suchten und Leute verprügelten. Immerhin beanspruchten sie heute nicht den Platz für sich alleine, sondern ließen Milan und seine Freunde mitspielen.

Milan versuchte, einen langen Pass auf Hasan zu spielen, der gerade mit einem schnellen Sprint Richtung Tor gestartet war. Im letzten Moment grätschte Dominik dazwischen und fälschte den Ball ab, so dass er in hohem Bogen über den Zaun und auf den Weg flog, wo sich gerade ein Spaziergänger befand.

»Vorsicht, Ball!«, rief Milan, doch es war zu spät. Der Schuss traf den Mann mit voller Wucht hinten am Kopf. Milan sprintete, so schnell er konnte, durch das Eingangstor des umzäunten Bolzplatzes zu der am Boden liegenden Person. Schon im Laufen erkannte er, dass es sich um einen dunkelhäutigen Jungen, der etwa in seinem Alter war, handelte. Der Inhalt eines Kaffeebechers hatte sich über sein weißes Hemd ergossen.

»Oh Gott, sorry, Mann, sorry! Hast du dir wehgetan?« Milan kniete sich neben ihn und sah ihm ernst und fragend in die Augen. »Alles okay?«, fragte er wieder, während der Junge den leeren Kaffeebecher von seinem Bauch nahm und sich aufrichtete.

»Siehst du meine Brille irgendwo?«, fragte der Fremde. »Ohne die bin ich blind wie ein Maulwurf.«

Suchend schaute Milan sich um und fand die Brille im Gras neben dem Gehweg. Er sprang auf und reichte sie ihm. »Hier«, sagte er knapp. »Hast du mich nicht gehört? Ich hab noch ›Vorsicht, Ball‹ gerufen.«

Der Junge setzte seine Brille auf und schaute sich sein Gegenüber erst mal an. Milan stand neben ihm und streckte seine Hand aus, um ihm auf die Beine zu helfen.

»Sorry noch mal, das wollte ich wirklich nicht. Ich hab den Ball falsch erwischt und über den Zaun geschossen«, erklärte Milan, während der Junge nach seiner Hand griff und wieder auf die Beine kam. »Ich bin Milan«, sagte er lächelnd und hielt die Hand des Jungen fest.

»Leon«, murmelte dieser und befreite sich aus Milans Griff.

Milan zeigte auf das besudelte Hemd. »Wenn du willst, ich hab ein sauberes T-Shirt in meinem Rucksack, das könnte dir passen«, meinte er, nachdem er festgestellt hatte, dass sie beide etwa gleich groß waren.

Leon nickte nur stumm und folgte Milan, der erst den Ball aus den Büschen holte und dann zurück zum Bolzplatz ging. Durch ein Tor an der Seitenlinie gelangte er hinein, während Leon vor dem Zaun wartete. Die anderen hatten in der Zwischenzeit mit Dominiks Ball munter weitergespielt. Unmittelbar neben dem Tor lagen mehrere Taschen auf dem Boden. Milan fing an, in seinem Rucksack zu kramen und fischte schließlich ein graues T-Shirt heraus. Er ging zurück zu Leon.

»Hier, zieh das an. Du kannst mir dein Hemd mitgeben, wir bekommen die Kaffeeflecken bestimmt wieder raus.« Er freute sich, ein Lächeln in Leons Gesicht zu sehen, und entdeckte die Grübchen, die dabei in dessen Wangen entstanden. Fasziniert betrachtete er die dunklen Augen und Haare von Leon, die an beiden Seiten und hinten fast vollständig abrasiert waren.

Leon zögerte etwas. Da der Kaffee sich aber fast über die gesamte Vorderseite seines ehemals weißen Hemdes verbreitet hatte, begann er langsam die Knöpfe zu öffnen. Stück für Stück kam die glatte, unbehaarte Haut seiner Brust und seines flachen Bauches zum Vorschein, die, wie an seinem ganzen Körper, die Farbe von Schokolade hatte.

Milan konnte seine Augen nicht abwenden und musste schwer schlucken, als Leon das Hemd ganz öffnete und für einen kurzen Moment mit freiem Oberkörper vor ihm stand. Erst als Leon seine Hand ausstreckte und offenbar schon zum zweiten Mal »Gib her« gesagt hatte, erwachte er aus seiner Schockstarre. Er errötete deutlich, als er ihm das T-Shirt reichte.

Leon klemmte sich sein Hemd zwischen die Knie, als er das T-Shirt überzog. »Wie kann ich dir das T-Shirt zurückgeben?«, fragte er.

»Ich bin nachmittags oft mit meinen Freunden hier auf dem Bolzplatz. Ich kann dir aber auch meine Handynummer geben.«

»Ich hab mein Handy nicht dabei.«

»Okay, dann findest du mich hier. Bis die Tage!«

»Ja, bis dann.«

Milan rannte zurück zu seinen Freunden, während Leon seinen Weg fortsetzte. Das besudelte Hemd nahm er mit.

Als Milan wieder mitzuspielen begann, fragte Dominik: »Was hast du mit dem Nigger zu schaffen?«

»Nigger sagt man nicht«, antwortete Milan mutig.

Für einen Moment hielten alle die Luft an, denn normalerweise genügte ein solcher Widerspruch, um von Dominik windelweich geprügelt zu werden. Doch dieser lachte nur hämisch und sagte mit einer wegwerfenden Geste: »Mir doch egal ..., ein Nigger bleibt trotzdem ein Nigger.« Offenbar war er heute außerordentlich gut gelaunt.

Um nicht doch noch Ärger zu provozieren, packte Milan schließlich seinen Ball in den Rucksack.

»Ich muss los, mein Vater wartet auf mich.« Dann verließ er den Bolzplatz.

Er bummelte langsam durch den Park und setzte sich, sobald er außer Sichtweite war, auf eine Bank. Er dachte an seine Begegnung mit Leon. Der Gedanke an den bisher unbekannten Jungen löste schon wieder dieses Kribbeln im Bauch aus. Sein Körper, seine dunkle Haut und sein süßes Lächeln, vor allem aber seine großen, dunklen Augen gingen ihm nicht mehr aus dem Kopf. Er hoffte wirklich sehr, dass er ihn wiedersehen würde.

Er wurde jäh aus seinen Gedanken gerissen, als seine beiden Freunde Moritz und Hasan, die vorher mit ihm auf dem Bolzplatz gewesen waren, auf ihn zukamen.

»Hi Milan, ich dachte, du musst nach Hause«, rief Hasan fröhlich.

»Nee, ich hatte bloß keinen Bock mehr auf Dominik und seine blöden Sprüche. Der geht mir echt auf den Sack.«

Auch Leon blieb diesen Vorfall in lebhafter Erinnerung. Auf seinem Weg nach Hause war er gedankenverloren durch den Park gebummelt. Gelegentlich nippte er an dem Becher mit Kaffee, den er sich am Kiosk geholt hatte, und genoss die Sonne und die Wärme. Er lauschte dem Zwitschern der Vögel und war gut gelaunt wie lange nicht mehr, als ihn aus heiterem Himmel etwas von hinten sehr heftig am Kopf traf. Er erschrak so sehr, dass er hinfiel und der Kaffee sich auf seinem weißen Hemd verteilte. Auf dem Boden liegend, sah er, wie ein Fußball vom Weg in die Büsche rollte. Leon war wütend und der Verzweiflung nahe, als sich rasch Schritte näherten und ein fremder Junge von vielleicht 17 Jahren ihn ansprach. Er hatte hellbraunes, verwuscheltes Haar, das ihm in die Stirn und vor seine blauen Augen fiel. Er war schlank und zugleich etwas muskulös. Sein freundliches Lächeln wirkte sehr offen und schien nicht gespielt zu sein. Sofort spürte Leon ein Kribbeln im Bauch.

Später, als Milan ihm seine Handynummer geben wollte, log er. Es war ihm peinlich, dass er in Wahrheit kein Handy hatte, da seine Eltern strikt dagegen waren.

Als er zu Hause ankam, stürmte seine Mutter auf ihn zu und rief: »Junge, wo bleibst du denn so lange? Du sollst doch sofort nach dem Unterricht nach Hause kommen!«

»Ich bin durch den Park gegangen und das Wetter war so schön. Da habe ich mich auf eine Bank gesetzt und Gott dafür gedankt«, antwortete Leon. Diese Art von Argumenten zog bei seiner Mutter absolut immer. Und für die kleine Lüge würde er noch heute Abend im Gebet um Vergebung bitten. »Leider war ich unachtsam und habe meinen Kaffee verschüttet.«

Leon zog das Hemd aus der Tasche und reichte es seiner Mutter.

»Ach, das ist nicht schlimm«, entgegnete sie sanft lächelnd. »Das kommt in die Wäsche und wird im Nu wieder sauber. Jetzt geh dich waschen und komm dann zu Tisch, es gibt gleich Abendbrot.«

Er beeilte sich, denn das gemeinsame Abendessen war oberste Pflicht. Die Familie bestand aus Leons Vater, Besitzer einer christlichen Buchhandlung und gleichzeitig Pastor einer Baptistengemeinde, sowie seiner Mutter, Hausfrau mit zahlreichen Ämtern in der Gemeinde. Seine Eltern waren weiß und hatten ihn schon als Säugling adoptiert. Er wusste nichts über seine leiblichen Eltern und seine Wurzeln, außer dass er aus Kenia stammte und dass sein richtiger Name Lynel war. Seine Eltern behandelten ihn fürsorglich und liebevoll, jedoch war seine Erziehung sehr streng christlich und es wurden ihm, trotz seiner 17 Jahre, nicht viele Freiheiten gewährt. Neben der Schule und der Gemeindearbeit mit Bibelkreisen, Jugendgruppe und so weiter war ihm nur der Klavierunterricht erlaubt, damit er die Gottesdienste musikalisch begleiten konnte.

Dieser Vorfall lag inzwischen mehr als ein Jahr zurück. Milan hatte sich anfangs öfter gefragt, was aus dem dunkelhäutigen Jungen, der ihm sein T-Shirt nie zurückgebracht hatte, geworden war. Mit der Zeit hatte er sowohl den kleinen Unfall als auch den Jungen praktisch völlig vergessen. Seitdem hatte er seinen 18. Geburtstag gefeiert, das Abitur und die Führerscheinprüfung bestanden und sich auf sein Studium vorbereitet. – Und nun lag er zusammen mit eben diesem Leon im selben Krankenzimmer.

KAPITEL 2

Erneut versuchte Milan zu sprechen, aber sein Mund war trocken und er brachte kein Wort hervor. Leon bemerkte seine Anstrengungen und beeilte sich, ihm zu helfen.

»Warte, trink erst mal ein Glas Wasser«, sagte er, nahm die Flasche vom Tisch und goss ihm etwas daraus ins Glas.

»Soll ich das Kopfteil von deinem Bett etwas höher stellen?«, fragte er dann.

Milan nickte nur leicht.

Leon nahm die Kabelfernbedienung in die Hand und drückte auf den Knopf, so dass der Oberkörper in eine schräge Position hochgefahren wurde. Dann nahm er das Glas und führte es an Milans Lippen, wobei er dessen Kopf von hinten mit der Hand stützte.

Milan schaffte es mit Mühe, etwas von dem Wasser zu trinken.

»Danke«, krächzte er schwach und sah Leon, der immer noch seine Hand hinter Milans Nacken hatte, in die Augen.

»Du bist Milan, nicht wahr?«, fragte Leon sanft. »An deinem Bett steht zwar Maximilian, aber ich glaube, wir kennen uns.«

Milan nickte stumm und verzog sein Gesicht zu einem schiefen Lächeln. Den Namen Milan hatte er sich selbst gegeben, als ihm mit 13 oder 14 Jahren das ewige ›Maxi‹ oder ›Max‹ nicht mehr cool genug vorkam. Danach reagierte er nur noch, wenn man ihn mit ›Milan‹ ansprach, bis seine Eltern und seine Freunde schließlich nachgaben.

»Du bist so übel zugerichtet, dass ich dich nicht gleich erkannt habe«, sagte Leon und erwiderte sein Lächeln. Dann führte er erneut das Wasserglas an Milans Lippen und beobachtete ihn beim Trinken.

In diesem Moment öffnete sich die Tür und Milans Vater kam herein.

»Hallo«, rief er lächelnd und klang überrascht. »Dir scheint es ja schon besser zu gehen! Ich war zu Hause und hab dir ein paar Klamotten und Waschzeug geholt.«

Dann streckte er seine Hand aus. »Hallo, ich bin Milans Vater Sascha, Sascha Berger.«

Leon schüttelte ihm die Hand. »Leon Schuhmacher, angenehm.«

»Was hat dich denn hier hineingebracht?«, fragte Milans Vater und zeigte dabei auf Leons Gipsbein.

»Bin von der Leiter gefallen. Und weil das alleine zu einfach gewesen wäre, bin ich gleich noch die Kellertreppe runtergekugelt, die direkt neben der Leiter war. Komplizierter Trümmerbruch im Bein und zwei gebrochene Rippen.«

»Na dann, gute Besserung«, antwortete Sascha. »Wenigstens war es keine Schlägerei wie bei meinem Sohn.«

»Eine Schlägerei?«

»Ja, mal sehen, ob er mir gleich erzählen kann, was eigentlich genau vorgefallen ist. Die Polizei wäre auch an seiner Aussage interessiert.«

Leon setzte erneut das Wasserglas an Milans Lippen. »Hier, trink noch mal, dann geht es vielleicht leichter mit dem Reden.«

»Danke«, antwortete Milan, jetzt schon relativ deutlich, während Sascha einen Stuhl an das Bett seines Sohnes zog und sich setzte.

Nachdem Milan getrunken hatte, zog sich Leon in sein Bett hinter dem Vorhang zurück.

»So, Sportsfreund, dann erzähl mir mal, wer dich so zugerichtet hat und warum.«

Milan berichtete stockend, was vorgefallen war. Immer wieder musste er längere Pausen machen, da ihm das Sprechen schwerfiel. Von den Übeltätern kannte er nur die Vornamen, Dominik, Paul und Deniz. Außerdem wusste er, dass diese irgendwo in der nahen Hochhaussiedlung wohnten. Den Jungen, den sie überfallen hatten, hatte er zuvor noch nie gesehen.

Nachdem Milan seine Erzählung beendet hatte, sagte sein Vater: »Na ja, es war vielleicht ein bisschen leichtsinnig von dir, allein gegen drei bekannte Schläger anzutreten, aber im Grunde hast du alles richtig gemacht und Zivilcourage gezeigt. Insofern bin ich stolz auf dich, mein Junge. Aber nächstes Mal ruf lieber die Polizei oder warte wenigstens, bis du Verstärkung hast. Nur schade, dass der andere Junge weggelaufen ist.«

»Wie geht es jetzt weiter?«

»Spätestens morgen kommt die Polizei und wird deine Aussage aufnehmen. Dann solltest du selbst Anzeige erstatten gegen die drei Schläger, damit Bewegung in die Sache kommt. Der Polizist, mit dem ich gesprochen habe, meinte zwar, dass das hier eine schwere Körperverletzung ist und daher die Staatsanwaltschaft schon von Amts wegen ermitteln müsste, aber dafür habe ich bisher keine Bestätigung. Der

Polizist ist aber auf jeden Fall bereit, zu dir ins Krankenhaus zu kommen, um deine Aussage und die Anzeige aufzunehmen.«

»Ich weiß nicht, Papa. Wenn die diesen Dominik nicht direkt festnehmen und zu einer langen Haftstrafe verurteilen, dann habe ich doch keine ruhige Minute mehr. Dann macht der Hackfleisch aus mir, wenn er mich nur sieht! – Oder gibt es da ein Zeugenschutzprogrammm, wo ich unter falschem Namen ein neues Leben auf Hawaii anfangen kann?«

»Du musst ihn auf jeden Fall anzeigen, Milan«, antwortete Sascha. »Wenn der damit durchkommt, hat niemand mehr eine ruhige Minute. Dann müssen wir halt in Zukunft vorsichtig sein. Aber wir werden nicht den Schwanz einziehen und kuschen vor so einem Kerl. Wir ziehen das durch bis zum Ende und dieser Dominik kann sich schon mal warm anziehen.«

Da es schon fast 21 Uhr war und Milan wieder einzuschlafen drohte, verabschiedete sich sein Vater. Er schaute noch mal um den Vorhang herum und wünschte auch Leon eine gute Nacht.

Als Sascha weg war, kam Leon herübergehumpelt und setzte sich auf Milans Bettkante.

»Nach allem, was ich gerade gehört habe, bist du ja so was wie ein Held«, lachte er.

»Von wegen Held! Das war nur mein Temperament. Hätte ich vorher nachgedacht, dann läge ich jetzt nicht hier herum und hätte Schmerzen ohne Ende.«

»Wirst du ihn anzeigen?«, wollte Leon wissen.

»Wahrscheinlich schon. Früher oder später kommt der sowieso in den Knast. Ich meine, immerhin war das versuchter Raub bei dem Jungen. Und was ich sonst noch über ihn gehört habe ... Nicht zu fassen, dass ich früher manchmal Fußball mit dem gespielt habe.«

Kurze Zeit später schlief er ein und Leon ging zurück zu seinem Bett.

Am nächsten Morgen kam Milans Vater mit einem Polizisten ins Zimmer, der sich als Kommissar Weber vorstellte. Erneut musste Milan alles berichten, was sich zugetragen hatte.

»Und du bist dir sicher, dass du den Jungen nicht gekannt hast?«, fragte der Kommissar.

»Ja, richtig. Der war viel jünger als ich und ich habe ihn vorher noch nie gesehen. Er ist weggerannt, als die drei Schläger auf mich losgegangen sind. Ich kann es ihm nicht verübeln, in seinem Alter hätte ich das wohl auch gemacht.«

»Na gut, Milan«, sagte der Kommissar. »Ich komme morgen noch mal wieder, damit du das Protokoll unterschreiben kannst. Deine Anzeige nehme ich auch auf. In Zusammenhang mit dem Raubüberfall wird die Staatsanwaltschaft aber sowieso ermitteln. Ohne deine Aussage hätten wir davon gar nichts gewusst.«

Nachdem der Kommissar gegangen war, sprang die Tür auf und Milans bester Freund Moritz stürmte herein.

»Mann, Milan, was machst du denn für Sachen, Alter!«, rief er.

Milan versuchte, auch ihm die ganze Geschichte zu erzählen, aber das Sprechen fiel ihm zunehmend schwerer, so dass Moritz nur eine sehr verkürzte Version zu hören bekam. Kurz darauf erfolgte die tägliche Visite mit dem Oberarzt und Moritz verabschiedete sich hastig.

Nachdem wieder Ruhe eingekehrt war, schlief Milan kurz ein. Als er wieder aufwachte, saß Leon auf seiner Bettkante und schaute ihn lächelnd an. Milan wurde seltsam warm ums Herz, als er Leon in die Augen schaute. »Sitzt du schon lange da?«, fragte er mit krächzender Stimme.

»Ja! Du hast im Schlaf gestöhnt und geschrien und irgendwas Unverständliches gemurmelt. Ich denke, du hattest einen Alptraum.«

Erst jetzt kam Milan richtig zu sich und bemerkte, dass Leon die ganze Zeit seine Hand hielt. Er tat, als bemerke er es nicht, doch Leon machte keine Anstalten, seine Hand zurückzuziehen.

»Äh …, ja, kann sein«, antwortete Milan schwach. »Ich kann mich aber nicht daran erinnern, was ich geträumt habe. Sag mal, hast du damals nicht eine Brille getragen?«

»Stimmt. Aber inzwischen habe ich Kontaktlinsen. Die Brille trage ich nur noch selten.«

Leon wurde heiß und kalt, während er Milans Hand hielt, und er fragte sich, ob diesem das aufgefallen war oder ob er jetzt langsam loslassen sollte. Noch nie war er einem Jungen so nah gekommen, in seinem Bauch breiteten sich die Schmetterlinge aus.

Ohne Milans Hand loszulassen, sagte Leon: »Na ja, es schien ein schlimmer Traum gewesen zu sein, aber als ich mich zu dir gesetzt habe, wurdest du ruhiger und ich wollte dich nicht wecken. Also schlaf ruhig noch ein bisschen, wenn du müde bist.« In seinem Innersten erschrak er darüber, wie lahm sich dieser Satz anhörte, und er ärgerte sich, dass ihm nichts Cooleres eingefallen war.

»Danke«, sagte Milan. »Danke, dass du dich um mich gekümmert hast. Ich bin nicht mehr müde. Aber ... wenn es dir nichts ausmacht, könntest du mir beim Aufstehen helfen, ich will mal ins Bad. Ich hab das Gefühl, dass ich stinke.«

»Klar helfe ich dir. Du musst langsam machen, weil du so lange gelegen hast. Kann sein, dass dein Kreislauf nicht mitmacht. Am besten, du versuchst erst mal, deinen Oberkörper aufzurichten.«

Er zog an Milans Hand, die er sowieso schon hielt, und brachte seine freie Hand hinter dessen Rücken zwischen die Schulterblätter, um ihn zu stützen. »So ist es gut! Jetzt versuch mal, dich etwas zu drehen und deine Beine von der Bettkante baumeln zu lassen.« Er ließ Milans Hand los und griff unter dessen Knie, um ihn herumzuziehen. Als Milan auf der Bettkante saß, ließ er sich neben ihn fallen, wobei er immer noch mit der rechten Hand den Rücken stützte. Dann nahm er wieder Milans Hand in seine Linke.

»Das hast du gut gemacht. Jetzt bleiben wir einen Moment hier sitzen, bevor wir zusammen aufstehen. Ist dir schwindelig oder so?«

Milan schüttelte den Kopf. Er fühlte sich leicht und hatte gerade keine Schmerzen. Wohl aber spürte er die erotische Spannung zwischen ihnen, die fast schon greifbar war. Er packte Leons Hand etwas fester, sah ihm in die Augen und sagte: »Danke.« Er lehnte seinen Oberkörper in Leons Richtung, so dass ihre Schultern sich berührten. Ganz langsam neigte er seinen Kopf. Als ihre Lippen nur noch einen Zentimeter voneinander entfernt waren, riss Leon plötzlich erschrocken die Augen auf und drehte sein Gesicht weg.

Leon räusperte sich. »Ich denke, wir können jetzt aufstehen.«

Verwirrt stimmte Milan zu.

Leon stellte sich vor ihn und stützte sich mit einer Hand auf seine Krücke. Mit der anderen Hand packte er Milan unter der Achsel, bis dieser sich vollständig aufgerichtet hatte und vor ihm stand. »Gehts?«, fragte er.

»Ich glaube schon.«

Leon trat einen Schritt zurück und Milan tapste langsam vorwärts, wobei er sich erst am Bett und dann am Schrank festhielt. Als Milan an Leon vorbei ging, musste dieser schmunzeln, denn Milan trug nur das hinten offene Krankenhaushemd und darunter eine Unterhose aus einem netzartigen Material, die ebenfalls zur Krankenhausausstattung gehörte. Selbst von hinten konnte man erkennen, dass er muskulös und gut proportioniert war.

Während Milan zum Badezimmer torkelte, rief Leon ihm nach: »Wenn du da drin Hilfe brauchst, sag Bescheid. Und schließ die Tür nicht ab. Wenn du im Bad umfällst, muss dich ja jemand retten können.«

Im Bad angekommen, stützte sich Milan am Waschbecken ab. Er war sich so sicher gewesen, Leons vermeintliche Signale richtig gedeutet zu haben. Warum nur hatte er sich in letzter Sekunde von ihm abgewandt? War es ein Missverständnis, war er nicht sein Typ oder war sich Leon nicht bewusst, welche erotischen Signale er ausstrahlte? Langsam hob Milan den Kopf und sah in den Spiegel.

»Hmpf!«, entfuhr es ihm. Kein Wunder, dass Leon sich abgewandt hatte. Aus dem Spiegel starrte ihn ein verunstalteter Zombie an. Sehr blass, mit trockenen und aufgesprungenen Lippen, das rechte Auge von einer schwarz-rot-grün-blau-gelben Fleischmasse umgeben und total zugeschwollen, das linke Auge blutunterlaufen mit dicken, dunklen Ringen, auf Stirn und Nase dicke Pflaster, unter denen sich getrocknetes Blut abzeichnete, und das Haar wirr in alle Richtungen abstehend, bot er ein Bild des Schreckens. Wie konnte er nur geglaubt haben, dass Leon ihn in diesem Zustand küssen würde, ärgerte er sich. Er beschloss, dass es höchste Zeit sei, sich im Rahmen seiner Möglichkeiten präsentabel zu machen.

An ausgiebiges Duschen war aufgrund der vielen Verbände nicht zu denken, aber wenigstens Haare waschen, Körperhygiene und Zähne putzen sollte möglich sein. Neben dem Waschbecken fand er seinen Kulturbeutel, den sein Vater bei seinem letzten Besuch hier abgestellt hatte. Er putzte sich zunächst die Zähne, dann drehte er warmes Wasser auf und hielt seinen Kopf darunter. Nachdem er das Shampoo ausgespült hatte, zog er sein Krankenhaushemd aus und reinigte seine Arme und seinen Oberkörper, so gut dies über dem Waschbecken möglich war. Das erwies sich mit gebrochenen Fingern als schwierig, weswegen er beschloss, die untere Körperhälfte, also unterhalb des Tapeverbandes, der seine gebrochenen Rippen in Position halten sollte, zu duschen.

Die Dusche war ebenerdig. Er zog den Netzslip aus, nahm die Handbrause von der Wand und drehte das Wasser auf. Dabei merkte er, dass ihn die ganze Aktion sehr anstrengte, denn er fühlte sich etwas benommen. Nachdem er sich gründlich eingeseift hatte, wurde ihm so schwindelig, dass er sich gerade noch rechtzeitig auf den kleinen Hocker fallen lassen konnte, der in der Dusche stand. Sitzend und mit dem Rücken an die kalten Fliesen gelehnt, spülte er sich die restliche Seife ab, dann schloss er den Wasserhahn und legte den Brausekopf auf den Boden. Erst jetzt fiel ihm ein, dass er keine frischen Klamotten mit ins Bad genommen hatte. Da ihm immer noch schwindelig war und er nicht aufstehen konnte, saß er eine ganze Weile nass auf dem Hocker. Als er zu frieren begann und sich überlegte, ob er den Notruf betätigen sollte, hörte er Leons Stimme draußen vor der Tür.

»Milan?«, rief er besorgt. »Gehts dir gut?«

Er überlegte kurz, dann antwortete er mit schwacher Stimme: »Kannst du mir helfen?«

Leon öffnete vorsichtig die Tür einen Spaltbreit und lugte hinein. »Oh«, sagte er, als er den nackten Körper sah. Er zuckte zurück und fragte verschämt: »Soll ich reinkommen?«

»Ja, Mann, mir ist schwindelig geworden«, antwortete Milan.

Zögerlich betrat Leon das Bad. Als Erstes nahm er das große Handtuch vom Haken und legte es Milan um die Schultern, ohne den Blick von dessen Körper zu nehmen.

»Kannst du aufstehen?«, fragte er fürsorglich.

»Weiß nicht«, antwortete Milan müde. »Ich glaub, ich bleib erst mal sitzen.«

»Okay, warte, ich helfe dir beim Abtrocknen.« Leon nahm das Handtuch von Milans Schultern und wuschelte damit durch dessen nasse Haare. Dann trocknete er seinen Oberkörper und die Arme, obwohl diese nicht besonders nass waren. Einen peinlichen Moment lang stockte er, dann begann er Milans Waden und Oberschenkel abzutrocknen. Um die Mitte machte er jedoch einen großen Bogen. »Den Rest machst du besser selbst.« Er drückte Milan das Frotteetuch in die Hand.

»Ja, klar ..., danke, Mann. Hilf mir bitte beim Aufstehen.«

Leon stütze Milan, bis er aufrecht stand und sich notdürftig trockenreiben konnte. Dann schlang sich Milan das Handtuch um die Hüfte.

»Kannst du mich zurück zu meinem Bett bringen?«, fragte er.

»Klar, ich helfe dir.« Leon stützte ihn, so gut es ging, während er selbst mit seiner Krücke und seinem Gipsbein zu kämpfen hatte.

Als Milan wieder auf seiner Bettkante saß, fragte er: »Kannst du mir noch frische Klamotten aus meinem Schrank geben?«

»Mach ich«, antwortete Leon und humpelte zur Schranktür. »Was soll ich dir geben?«

»Keine Ahnung, was Papa mir gebracht hat. Boxershorts, Jogginghose und T-Shirt oder so. Schau mal, was du findest.«

Leon brachte die gewünschten Kleidungsstücke ans Bett.

»Danke«, sagte Milan. Sein Blick fiel auf das einfache, graue T-Shirt auf dem Wäschestapel, den Leon ihm reichte. Genau so ein T-Shirt hatte er Leon damals am Bolzplatz geliehen und nie zurückbekommen. Sein Blick haftete etwas zu lange an dem Kleidungsstück, denn Leon fragte schon unsicher, ob er lieber etwas anderes heraussuchen solle.

Milan lächelte nur schwach und nahm die Klamotten entgegen. Sitzend und gebückt fädelte er seine Füße in die Boxershorts und zog sie hoch, so weit es ging. Dann stand er vorsichtig auf und versuchte die Boxer unter das Handtuch zu fummeln, das immer noch um seine Hüfte geschlungen war. Dabei löste sich der Knoten und es fiel zu Boden. Er zog schnell seine Unterhose hoch, während Leon ihn intensiv anstarrte. Als Nächstes folgte die Jogginghose, dann das T-Shirt. Zuletzt brachte er sich noch die Haare in Ordnung mit einer Bürste aus seinem Nachtschrank. Danach war er völlig erschöpft und legte sich auf sein Bett. Ohne ein weiteres Wort schloss er die Augen und schlief ein.

Leon betrachtete ihn ausgiebig. Er ärgerte sich maßlos, dass er vorhin vor dem möglichen Kuss zurückgeschreckt war. Wäre dies doch endlich eine Möglichkeit gewesen, sich über seine wahren Gefühle klar zu werden. Ihm war schon bewusst, dass er Milan unglaublich anziehend fand, doch wollte er es nicht richtig wahrhaben. Wenn er sich in einen Jungen verliebte, dann widerspräche das allem, was seine Kirche predigte und was ihm von klein auf immer und immer wieder gesagt worden war: Homosexualität sei eine Sünde, Homosexuelle kämen in die Hölle und würden dort schlimmste Strafen erhalten und so weiter. Früher war ihm nur klar gewesen, dass er Mädchen nicht besonders attraktiv fand, aber seit er Milan zum ersten Mal getroffen hatte, war er rettungslos verloren. Gleichzeitig erkannte er die Gefahr, die für ihn in dieser Liebe lag, und deshalb hatte er es nie gewagt, Milan das T-Shirt zurückzubringen oder versucht, ihn wiederzusehen. Den Weg durch den Park und am Bolzplatz vorbei hatte er seither gemieden. Und dann wurde Milan gestern in sein Krankenzimmer geschoben. Obwohl er schrecklich zugerichtet war, hatte er ihn sofort erkannt und sein Herz hatte begonnen, schneller zu schlagen. Jetzt konnte er nicht anders, als an seinem Bett zu sitzen und Milan erneut beim Schlafen zuzusehen. Fasziniert betrachtete er die markanten Gesichtszüge, die durch das geschwollene Auge schrecklich entstellt waren. Die leicht lockigen Haare standen jetzt nicht mehr in alle Richtungen ab, sondern waren einigermaßen gekämmt. Leon hatte den Wunsch, mit der Hand über Milans Wange und durch sein Haar zu streichen, doch das traute er sich nicht. Was, wenn er wach würde und ihn erwischte? Er müsste ihn doch für völlig verrückt halten.

Leon wurde jäh aus seinen Tagträumen gerissen, als sich plötzlich die Tür öffnete und die Schwester das Mittagessen brachte. Er ließ sich sein Essen auf dem kleinen Tisch unter dem Fernseher servieren, während Milans Essen auf das Tablett von dessen Nachtschrank gestellt wurde. Nachdem beide ihr überraschend schmackhaftes Menü verzehrt hatten, setzte sich Leon abermals auf Milans Bettkante.

»Ich schulde dir wohl immer noch ein T-Shirt«, sagte er leise und blickte auf den Boden.

Milan legte eine Hand auf Leons Schulter und antwortete eine Spur zu lässig: »Ach, das – das kannst du ruhig behalten, es wäre mir jetzt eh zu eng.«

Leon lächelte verlegen. »Bist du nicht sauer deswegen?«

»Ach was, nein, das T-Shirt ist mir egal«, antwortete Milan errötend. »Ich war nur traurig, dass du nicht zurückgekommen bist. Ich hätte dich gerne wiedergesehen.«

Leon war einen Moment lang sprachlos, dann antwortete er breit lächelnd: »Na – jetzt siehst du mich ja!«, und ärgerte sich gleich darauf, dass ihm nichts Besseres eingefallen war.

Milans Hand lag noch immer auf seiner Schulter und bewegte sich jetzt langsam zu Leons Hals, um sich dann um seinen Nacken zu legen. Mit dem Daumen strich er durch das kurze Haar an Leons Hinterkopf. Langsam begann er ihn an sich heranzuziehen. Leon leistete nur anfänglich etwas Widerstand. Als Milan näher kam, schmolz er dahin und ließ sich willenlos in eine Umarmung ziehen, während sein Herz so wild schlug wie nie zuvor. Endlich spürte er Milans weiche Lippen auf seinen und jeder Vorbehalt, jede Angst war für den Moment vergessen. Leon war klar, dass er von der verbotenen Frucht kostete, aber in diesem Moment wollte er es mit jeder Faser seines Körpers und mit ganzem Herzen. Er gab sich völlig hin und als er Milans Zunge an seinen Lippen spürte, öffnete er den Mund und erwiderte das Zungenspiel. Obwohl er noch nie zuvor auf diese Art geküsst hatte, konnte er mithalten ohne nachzudenken und genoss jede Sekunde davon. Milan zu küssen fühlte sich richtig an und gut und er wollte nie wieder damit aufhören.

Auch Milans Herz schlug bis zum Hals, als er Leon langsam in seine Umarmung zog und sich dessen Lippen näherte. Er flehte inständig, dass Leon sich nicht wieder kurz vorher abwenden würde, und war selig, als dieser in seinen Armen lag und sich ihre Lippen endlich berührten. Aus dem anfänglich vorsichtigen und zögerlichen Kuss wurde schnell ein wildes Spiel der Zungen und beide atmeten schneller.

Als Milan mittendrin die Augen öffnete, bemerkte er, dass die Zimmertür offen war und jemand vor dem Bett stand. Wie von der Tarantel gestochen, riss er sich von Leon los, packte ihn an beiden Schultern und schob ihn von sich weg. Vor dem Bett stand sein bester Freund Moritz, mit offenem Mund und mit weit aufgerissenen Augen.

Leon, der zunächst verwirrt über die Zurückweisung war, bemerkte jetzt den Besucher ebenfalls. Hektisch versuchte er aufzustehen und zu seinem Bett hinter dem Vorhang zu gelangen, doch Milan nahm seine Hand, verschränkte seine Finger mit den eigenen und sagte sanft: »Bleib hier.« Dann schaute er Moritz an. »Hallo Moritz! Nimm dir einen Stuhl und setz dich her.«

Moritz befolgte die Anweisungen wie ferngesteuert und ließ sich in den Stuhl fallen. »Ha..., Hallo«, stotterte er und blickte auf den Boden. »Wie es aussieht, habe ich euch gestört.«

»Na ja, eigentlich – doch, hast du«, erwiderte Milan sanft lächelnd. »Dann weißt du jetzt eben, dass ich schwul bin. Ich hoffe, du kannst dich damit abfinden.«

Moritz, der inzwischen seine Fassung wiedergefunden hatte, schaute ihn an und antwortete: »Ja, Mann, kein Ding, das ist doch nichts Besonderes mehr. Es kommt nur etwas überraschend und es tut mir leid, dass ich so hereingeplatzt bin. Aber ich hatte geklopft.«

»Tja, das haben wir wohl nicht gehört«, antwortete Milan errötend. »Das ist Leon. Leon, das ist mein bester Freund Moritz.«

Die beiden begrüßten sich und schlugen die Fäuste aneinander.

»Nach Hannah bist du der Erste, der es erfährt«, fuhr Milan fort. »Aber ab sofort mache ich kein Geheimnis mehr daraus. Von mir aus kannst du es erzählen, wem du willst.«

»Dann seid ihr jetzt zusammen?«, fragte Moritz.

»Na ja, das Ganze ist noch sehr frisch, aber – ich hoffe?« Milan schaute Leon in die Augen. Gleichzeitig drückte er dessen Hand, die er immer noch hielt.

Leon konnte nicht antworten, da ihm vor Glück das Herz in der Brust zersprang. Er nickte nur breit grinsend und fiel Milan um den Hals. Er vergrub sein Gesicht in seiner Schulter und lächelte selig.

Nach einer Weile räusperte sich Moritz und sagte fröhlich: »Na, wie es aussieht, kann man gratulieren – also herzlichen Glückwunsch, ihr zwei!«

Leon setzte sich gerade hin und murmelte schüchtern: »Danke!« Wieder nahm er Milans Hand und verschränkte seine Finger mit seinen.

Kurze Zeit später verabschiedete sich Moritz, so dass sie endlich wieder allein waren. Sie sahen sich wortlos in die Augen. Dann legte Milan seine freie Hand auf Leons Wange und näherte sich ihm langsam, bis sie ihren Kuss dort fortsetzten, wo sie vorhin so plötzlich unterbrochen worden waren. Nach einer gefühlten Ewigkeit trennten sich ihre Köpfe.

»Wow«, sagte Leon lächelnd. Während sein Herz vor Glück wie verrückt wummerte, konnte er nur dasitzen und die Nähe genießen. Erst nach und nach sickerte in sein Hirn die Erkenntnis, welch ungeheure Grenze er gerade überschritten hatte und dass dies ein Wendepunkt war, der Konsequenzen für sein ganzes Leben haben würde. Gleichzeitig war ihm klar, dass es kein Zurück mehr geben konnte.

Milan bemerkte seine gedankenverlorene Stille. Er packte ihn sanft unter dem Kinn und hob seinen Kopf ein wenig an, so dass er ihm in die Augen schauen konnte.

»Was ist mit dir?«, fragte er sanft. »Machst du dir Sorgen über etwas?«

»Na ja«, antwortete Leon zögerlich. »Wir sind eine sehr religiöse Familie. Wenn meine Eltern das mit uns herausfinden, hab ich echt Probleme.«

»Echt?«, fragte Milan irritiert. »Ist das immer noch so ein Riesenproblem? Ich meine ... ich bin bei meinem Vater auch noch nicht geoutet, aber ich werde es tun, sobald er heute Nachmittag herkommt. Ich bin sicher, dass es für ihn okay ist. Ich hab ihm bisher nur noch nichts gesagt, weil es nichts zu erzählen gab, also ich hatte noch nie einen festen

Freund oder so. Aber – sollten religiöse Eltern ihre Kinder nicht noch mehr lieben als andere?«

»Im Prinzip hast du damit Recht! Aber mein Vater ist Pastor und predigt ständig, dass Schwule in die Hölle kommen und so. Der wird wohl nicht plötzlich seine Meinung ändern. Und meine Mutter hat keine eigene Meinung, die macht sowieso nur, was er ihr sagt.«

»Krass, dass es so etwas noch gibt«, antwortete Milan erstaunt.

»Versteh mich nicht falsch, sie sind immer gut zu mir und ich liebe meine Eltern. Aber wenn es um den Glauben geht, gibt es keinerlei Diskussionen, da sind sie sehr streng«, erklärte Leon.

»Hm, dazu fällt mir spontan auch keine Lösung ein.« Milan schwieg nachdenklich. Er wusste schon seit einigen Jahren, dass er schwul war, doch die Einzige, die er bisher ins Vertrauen gezogen hatte, war seine Schwester Hannah. Sie war drei Jahre älter als er und studierte in Berlin. Während sie vorletzte Weihnachten zu Hause war, hatten sie sich einen Abend lang richtig gut unterhalten, nachdem ihr Vater zu Bett gegangen war. Als das Thema wieder einmal auf Milans nicht vorhandene Freundin kam, fasste er seinen Mut zusammen und sagte ihr die Wahrheit. Seine Schwester hatte unfassbar cool reagiert und dann weitergestichelt wie zuvor, nur dass es jetzt um einen fehlenden Freund statt um eine fehlende Freundin ging. Seine Mutter war bereits ein paar Jahre zuvor an Krebs gestorben, so dass er sich ihr nicht hatte anvertrauen können.

Nach einer Weile stand Leon auf und schob den Vorhang, der beide Betten trennte, zurück bis zur Wand. »So können wir uns immer sehen!« Er lächelte. Dann setzte er sich auf die Kante seines Bettes und versuchte verzweifelt, mit den Fingern unter seinen Gips zu kommen, um sich zu kratzen. »Du glaubst gar nicht, wie das juckt!«, sagte er mit verzerrtem Gesicht. »Ich sollte das Bein mal eine Weile hochlegen.« Darauf legte er sich hin und stellte das Fußteil seines Bettes in eine schräge Position. Fast gleichzeitig öffnete sich die Tür und Leons Mutter betrat das Zimmer.

»Hallo Leon!«, sagte sie fröhlich, dann drehte sie sich zu Milan und begrüßte ihn ebenfalls, allerdings wesentlich zurückhaltender.

»Hallo Mama!«, rief Leon. »Hast du das lange Lineal von meinem Schreibtisch mitgebracht?«

»Ja, natürlich«, antwortete seine Mutter pflichtschuldig. »Obwohl ich nicht so recht weiß, was du hier im Krankenhaus damit anfangen willst.« Sie kramte es aus ihrer Tasche.

»Das kann ich dir zeigen!« Leon schob das Lineal zwischen den Gips und seine Haut und begann sich ausgiebig am Bein zu kratzen. »Oh, tut das gut!«, stöhnte er. »Das Jucken unter dem Gips macht mich noch wahnsinnig.«

Seine Mutter lachte mädchenhaft. »Hach, du mit deinen Flausen immer! Von wem hast du das nur?« Sie warf ihrem Sohn einen liebevollen Blick zu.

Er überging ihren Kommentar. »Mama, das ist Milan, mein Zimmer- und Leidensgenosse.«

Sie wandte sich dem Nachbarbett zu. »Hallo Milan, ich bin Leons Mutter. Hattest du auch einen Unfall?«

»Guten Tag, schön, Sie kennenzulernen«, antwortete Milan. »Nein, bei mir war es ein Überfall, der mich ins Krankenhaus gebracht hat.« Dass der Überfall nicht ihm gegolten hatte und die weiteren Details wollte er lieber für sich behalten.

»Ein Überfall! Mein Gott, dass heutzutage immer so schreckliche Dinge passieren! Hast du das gehört, Leon? Deshalb sage ich immer, dass du direkt nach Hause kommen sollst.«

»Ja, Mama«, entgegnete er mit genervtem Unterton. »Solange es Leute wie Milan gibt, ist die Welt noch nicht so schlecht. Er hat nämlich den Überfallenen gerettet und drei Täter in die Flucht geschlagen. Er ist ein Held!«

»Wirklich?«, fragte seine Mutter verblüfft.

»Ach das ist doch ...«, wollte Milan abwehren.

Doch Leon fuhr dazwischen. »Doch, so war es, das kannst du glauben, Mama. Steht sicher alles im Polizeibericht. Und du sei nicht immer so bescheiden«, wandte er sich an Milan, der nur errötete und nichts mehr sagte.

»Oh, dann müssen wir Gott danken, dass es Menschen wie dich gibt, Milan! Möge Gott dich beschützen und dir Kraft geben, dass du bald wieder gesund wirst.«

Nachdem sie noch eine Weile Smalltalk geführt hatten, und Leons Mutter Saft und Snacks aus ihrer Tasche auf dem Tisch abgestellt hatte, verabschiedete sie sich mit Hinweis auf ihren Bibelkreis, bei dem sie rechtzeitig erscheinen müsse.

»Na, deine Mutter ist doch wirklich sehr nett«, meinte Milan, nachdem sie das Zimmer verlassen hatte.

»Ja, das ist sie«, antwortete Leon. »Nett ist mein Vater auch, aber das ändert nichts an ihrer Meinung über Schwule. Sie meinen das ja nicht böse, sondern sie glauben fest daran, dass sie recht haben, weil es in der Bibel steht.«

»Na ja, so weit ich weiß, hat sie evangelische Kirche inzwischen eine etwas offenere Meinung und sogar bei den Katholiken wird diskutiert.«

»Ja, das stimmt. Allerdings sind wir Baptisten und da ist man überwiegend sehr eng an den Bibeltexten orientiert. Allerdings kann die Auslegung in den einzelnen Gemeinden unterschiedlich ausfallen. Wir haben keinen Papst, der uns sagt, wo es langgeht. In unserer Gemeinde ist aber alles besonders streng. So will es mein Vater.«

Jetzt war es Milan, der langsam aufstand und zu Leons Bett humpelte. Dort setzte er sich auf dessen Kante und nahm Leons Hand. Er blickte ihm tief in die Augen.

»Mach dir nicht zu viele Sorgen. Wir haben immer noch uns. Und ich erlaube nicht, dass sich jemand zwischen uns stellt. Solange wir uns einig sind, schaffen wir das schon.«

Leon streckte seine Arme aus und zog ihn in eine feste Umarmung. »Ich bin so froh, dass wir uns wiedergefunden haben.« Schnell fanden sich ihre Lippen und es folgte ein weiterer intensiver Kuss.

Kurz nach dem Abendbrot kam Milans Vater noch mal herein. »Hey Sohnemann, wie geht es dir?«, fragte er und nickte beiläufig Leon zu, der auf seinem Bett lag.

»Schon viel besser«, antwortete Milan. »Ich bin gespannt, ob der Arzt morgen einen Entlassungstermin nennen wird.«

»Ho, ganz ruhig!«, lachte sein Vater. »Erst mal musst du gesund werden.«

»Oh – ich hätte gar nichts dagegen, noch länger hierzubleiben«, entgegnete Milan. »Es ist nämlich so ...« Er stand auf, humpelte zu Leons Bett und nahm dessen Hand. »... Leon und ich, wir verstehen uns sehr gut – also, wir passen sehr gut zusammen – äh, also - er ist jetzt mein Freund.« Dann setzte er sich auf die Bettkante und küsste ihn auf die Wange.

»Du meinst ...«, wollte sein Vater anfangen.

»Ich meine, Leon und ich, wir sind ein Paar!«, unterbrach ihn Milan grinsend, wobei sein Gesicht endgültig rote Farbe annahm.

»Oh – das ging ja sehr schnell und kommt einigermaßen überraschend für mich«, sagte sein Vater nachdenklich. »Du bist also schwul?«

»Wenn du unbedingt eine Schublade brauchst, würde ich die Frage mit Ja beantworten. Aber letzten Endes spielt das eigentlich keine Rolle. Ich habe mich nicht verändert und zwischen uns ändert sich auch nichts. Der einzige Unterschied ist, dass du jetzt etwas über mich weißt, was du vorher nicht wusstest, das aber schon immer so war.«

»Hm, da hast du wohl recht«, meinte sein Vater in immer noch sehr nachdenklichem Ton. Nach einer kurzen Pause fügte er mit fester Stimme hinzu: »Aber das Wichtigste ist, dass du glücklich bist. Und ich bin stolz auf dich, dass du mir gegenüber ehrlich bist und nicht glaubst, deine Gefühle geheim halten zu müssen. Leon, dann sollte ich sagen, herzlich willkommen in der Familie Berger, oder was davon noch übrig ist. Nenn mich Sascha.«

Lächelnd hielt er Leon seine Hand hin, der sie ergriff und freudig erwiderte: »Danke schön, das ist sehr nett!« Da er nicht sicher war, ob er Du oder Sie sagen sollte, ließ er die Anrede lieber weg und nahm sich vor, Milan später danach zu fragen.

»Du kannst mit Hannah darüber reden, wenn du willst. Die weiß es schon seit vorletzte Weihnachten«, schlug Milan seinem Vater vor.

»Ja, das werde ich vielleicht tun«, antwortete Sascha. »Ich muss die Information erst mal verarbeiten. Ich hatte ja keine Ahnung!«

»Tja, ich hoffe, du kannst damit leben – ich habe nämlich keinen Plan B, falls nicht.«

»Ach Milan, natürlich kann ich damit leben!« Er nahm seinen Sohn in die Arme. Eine Hand legte er auf Leons Schulter und drückte sie sanft. »Ich freue mich für dich – für euch beide!«

Nachdem Sascha gegangen war, saß Milan immer noch auf Leons Bett. Leon zog ihn zu sich herunter und drückte ihm einen kurzen Kuss auf die Lippen.

»Wow, unglaublich, wie cool dein Vater damit umgeht! Und danke, dass du das gemacht hast. Dann ist wenigstens auf deiner Seite schon mal alles klar. Als Nächstes bin ich am Zug«, sagte er.

»Von mir aus kannst du dir damit ewig Zeit lassen. Für mich war es leicht, weil ich es sowieso schon lange wollte und mir über die Reaktion keine großen Sorgen machen musste. Bei dir ist es etwas ganz anderes. Ich denke, für dich müssen wir wirklich einen Plan B haben.«

KAPITEL 3

Am folgenden Tag wurde Milan aus dem Krankenhaus entlassen, Leon folgte wenige Tage später. Allerdings sollte er noch mindestens drei weitere Wochen seinen Gips behalten und würde danach noch einige Zeit an Krücken gehen. Milan hingegen brauchte lediglich eine Schiene für die gebrochenen Finger seiner linken Hand und musste sich generell vorsichtig bewegen, da die Rippen noch schmerzten.

Es war der Tag nach Leons Entlassung aus dem Krankenhaus, als Milan aufgeregt bei ihm zu Hause vor der Tür stand und sich fragte, was ihn gleich erwarten würde. Nach kurzem Zögern drückte er die Klingel, was hinter der Tür mit einem freundlichen »Dingdong« quittiert wurde. Es dauerte eine ganze Weile, bis die Tür geöffnet wurde und Leons Mutter vor ihm stand.

»Ach, Milan!«, rief sie fröhlich. »Das ist aber schön! Leon hat mir schon gesagt, dass du ihn heute besuchen kommst. Wie geht es dir?«

»Guten Tag, Frau Schuhmacher«, antwortete er etwas verschüchtert. »Mir geht es schon wieder ganz gut, danke.«

»Das ist gut so! Dann komm mal rein. Leon ist in seinem Zimmer, die Treppe rauf und die erste Tür links. Geh ruhig direkt durch, ich muss wieder in die Küche und den Kuchen aus dem Ofen nehmen.«

Milan ging durch den Flur und schaute sich um. Die Einrichtung war etwas altmodisch und in die Jahre gekommen. An den Wänden hingen verschiedene Familienfotos, viele davon aus Leons Kindertagen: Leon im Sandkasten, mit Schultüte und so weiter. Als Milan am Fuß der Treppe angekommen war, erschien oben Leon und grinste ihn an.

»Milan!«, rief er. »Mach schon, komm rauf!«

Zwei Stufen auf einmal nehmend, stürmte er die Treppe hinauf und fiel Leon um den Hals. »Ich hab dich so vermisst!«, sagte er und küsste ihn auf den Mund.

Dieser entzog sich jedoch. »Warte, wir gehen besser in mein Zimmer.« Er humpelte auf Krücken voraus.

Leons Zimmer war aufgeräumt, überraschend groß und wirkte recht spartanisch. Bett, Schrank, Bücherregal, Schreibtisch und Stuhl waren die einzigen Möbel. Das Highlight war ein Fernseher, der gegenüber vom Bett an die Wand geschraubt war.

»Setz dich.« Leon zeigte auf den Stuhl am Schreibtisch, während er selbst auf dem Bett Platz nahm.

Plötzlich flog die Tür auf und Leons Mutter kam mit einem Tablett herein.

»Ich habe extra frischen Apfelkuchen gebacken«, sagte sie. »Und hier ist eine Flasche Saft und zwei Gläser. Den Kuchen lasst ihr besser noch ein paar Minuten abkühlen, den habe ich gerade erst aus dem Ofen geholt.« Damit stellte sie das Tablett neben Leon auf das Bett.

»Danke schön, Frau Schuhmacher, das wäre doch nicht nötig gewesen«, entgegnete Milan höflich, während Leon seine Mutter zwar anlächelte, aber deutlich genervt wirkte.

»Ach was, wenn mein kleiner Liebling schon mal Besuch hat ...«, antwortete sie.

Leon verdrehte die Augen. »Danke, Mama!«, sagte er in einem Ton, der keinen Zweifel daran ließ, dass er eigentlich »Lass uns endlich alleine!« meinte.

»Wenn ihr noch etwas braucht, meldet euch! Ich gehe dann mal wieder in die Küche«, sagte sie, ehe sie fröhlich lächelnd den Raum verließ.

Leon sprang vom Bett auf und schloss die Tür hinter ihr. Dann ging er wortlos auf Milan zu, beugte sich zu ihm hinunter und küsste ihn, woraus sich schnell ein heftiges Zungenspiel entwickelte. Nach einer gefühlten Ewigkeit löste er sich. »Hmmm, das hab ich gebraucht!«

»Ich auch!«, erwiderte Milan lächelnd, worauf sie sich erneut intensiv und lange küssten. Der Apfelkuchen war mehr als ausreichend abgekühlt, als sie sich wieder voneinander lösten.

Leon setzte sich aufs Bett, schob sich ein Stück Kuchen in den Mund und sagte: »Probier mal, meine Mutter kann echt gut backen.«

»Boah, total lecker!« war alles, was Milan zwischen zwei Bissen sagen konnte. »Sag mal, hast du Interesse an meinem alten Handy?«, fragte er, nachdem er den Kuchen aufgegessen hatte. »Ich hab ein neues, mit einem neuen Vertrag. Das alte funktioniert hundert Prozent und ich könnte den alten Vertrag einfach weiterlaufen lassen.«

»Das würdest du für mich tun?«, fragte Leon ungläubig. »Du weißt, dass meine Eltern Handys ablehnen, und sie würden mir niemals das Geld dafür geben.«

»Genau deswegen frage ich. Die Gelegenheit ist günstig. Warte, ich hab es dabei, du kannst es sofort haben.« Er kramte er in seinem Rucksack und fischte das alte Handy heraus. »Da ist das gute Stück. Ich hab das ganze alte Zeug gelöscht, aber meine Handynummer und die von meinem Vater sind drauf und ... na ja ... zwei Selfies von mir, damit du mich immer dabeihaben kannst.« Er errötete, als er Leon das Handy übergab.

»Wow, das ist ... Ich hab mir das schon so lange gewünscht«, antwortete Leon begeistert. »Aber kann ich das überhaupt annehmen? Ist das nicht zu teuer?«

»Ach was, nein, das Handy brauche ich nicht mehr, weil ich ein neues habe und der Vertrag ist sehr günstig. Da sind allerdings nur zwei Gigabyte Datenvolumen dabei, also viel kannst du damit nicht machen. Zum Telefonieren hast du eine Flatrate.«

»Wow, danke schön, das ist total lieb von dir. Ich muss es nur lautlos stellen und gut verstecken, damit meine Eltern nichts merken. Das gäbe ein Riesentheater.«

»Hier ist noch das Ladekabel dazu. Warte, ich schicke dir gleich mal eine Nachricht.« Er schrieb: »Hallo mein Lieber, ich denke an dich«, und garnierte den Text mit vielen Herzen.

Leon antwortete mit einem Kuss-Emoji, dann schaute er sich die beiden Selfies an, die Milan auf dem Handy gespeichert hatte. Sie zeigten ihn in Unterhose in verschiedenen Posen vor einem großen Spiegel.

»Hmm, sexy Fotos!«, meinte er grinsend. »Da muss ich mich bei Gelegenheit revanchieren.«

Milan errötete. »Freut mich, dass sie dir gefallen. Die hab ich in der Umkleidekabine im Kaufhaus gemacht, weil ich zu Hause keinen großen Spiegel habe. Das war aber schon, bevor ich ins Krankenhaus kam.«

»So, so, schon vorher!«, entgegnete Leon. »Dann hast du die Fotos also nicht für mich, sondern für einen anderen Typen gemacht, was?«

»Nein!«, rief Milan erschrocken. »Die hab ich einfach nur gemacht, weil ich gut drauf war an dem Tag. Aber du bist der Erste, der sie zu sehen bekommt.«

»Na gut, na gut, ich glaub dir ja.« Leon musste über Milans erschrockenes und schuldbewusstes Gesicht lachen. »Außerdem ist mir egal, was vorher war. Für mich zählt nur hier und heute.«

»Komm, ich mache noch ein Foto von dir und dann ein Selfie mit uns beiden, damit ich etwas Schönes zum Anschauen habe, wenn wir uns nicht sehen können«, sagte Milan. Dann machte er zwei Fotos von Leon, der auf dem Bett saß und lächelte. Anschließend setzte er sich neben ihn. »Komm näher!« Er zog Leons Gesicht neben seines. Als sie Wange an Wange waren, drückte er den Auslöser und machte zur Sicherheit gleich mehrere Fotos hintereinander. »Das schönste schicke ich dir nachher.« Er küsste Leon auf die Wange und hatte gerade noch Zeit, erschrocken zurückzuzucken, als die Zimmertür erneut aufging.

»Mama! Kannst du nicht anklopfen, bevor du hier reinkommst?«

»Aber wieso denn?«, antwortete seine Mutter. »Ich wollte Milan doch nur fragen, ob er zum Abendessen bleiben möchte.«

»Danke schön, Frau Schumacher. Mein Vater erwartet mich zu Hause, ich kann leider nicht.« Er hoffte inständig, dass die Mutter nicht bemerkte, dass seine Hand die ganze Zeit auf Leons Hand lag. Falls sie es doch tat, ließ sie sich zumindest nichts anmerken.

»Ach, das ist aber schade«, meinte sie. »Braucht ihr sonst noch was?«

»Nein, Mama«, antwortete Leon.

Seine Mutter runzelte die Stirn und sah ihn fragend an, bevor sie das Zimmer verließ.

»Sorry, Mann«, sagte er, nachdem sie außer Hörweite war. »Sie kapiert einfach nicht, was Privatsphäre bedeutet.«

»Ist schon okay«, antwortete Milan. »Nächstes Mal kommst du zu mir, da sind wir dann ungestört.«

»Soso, ungestört«, entgegnete Leon in anzüglichem Ton und wackelte mit den Augenbrauen.

Milan musste laut lachen, als er das sah. Er packte ihn an den Seiten und versuchte ihn durchzukitzeln. Am Bauch fand er schnell die richtige Stelle und kitzelte Leon, bis dieser lachend um Gnade winselte.

»Hör auf, hör auf!«, rief er und versuchte, Milans Hände abzuwehren.

»Nur unter einer Bedingung: dass du morgen Nachmittag zu mir kommst.«

»Okay, okay, ich komme, ich verspreche es!« Als Leon sich etwas beruhigt hatte, fügte er schmollend hinzu: »Das hättest du aber auch einfacher haben können.«

»Aber dann hätte es nicht so viel Spaß gemacht«, entgegnete Milan grinsend. »Und jetzt hab ich etwas, worauf ich mich freuen kann.«

Kurz darauf verabschiedete er sich. Leon blieb oben zurück, da ihm die Treppe mit den Krücken noch zu beschwerlich war.

Unten angekommen, rief Milan: »Frau Schuhmacher?«, woraufhin sie sofort aus der Küche kam. »Ich wollte mich noch verabschieden, ich muss jetzt los«, sagte er. »Vielen Dank für den leckeren Kuchen!«

»Ach, es freut mich, wenn er dir geschmeckt hat«, antwortete sie. »Du kannst gerne jederzeit wiederkommen. Ich glaube, Leon freut sich sehr. Und komm doch mal sonntags zu uns in den Gottesdienst.«

»Das werde ich machen, Frau Schuhmacher«, entgegnete Milan, wobei er offenließ, ob er den Besuch bei Leon oder den Gottesdienst meinte.

Er ging froh gelaunt nach Hause. Während der zwanzig Minuten Fußweg musste er unentwegt an Leon denken, an seine weichen Lippen und die vielen Küsse, an seinen Körper und die samtige, dunkle Haut, von der er hoffte am nächsten Tag mehr zu sehen. Die Zeit verging wie im Flug und er war fast überrascht, als er plötzlich vor seiner Haustür stand.

Er fingerte den Schlüssel aus seiner Hosentasche und öffnete die Tür. Drinnen hörte er die Stimme seines Vaters, der offenbar mit jemandem telefonierte. Er zog die Schuhe aus und stellte fest, dass er in seinem Arbeitszimmer war. Er setzte sich ins Wohnzimmer und zappte durch die Fernsehprogramme. Einige Minuten später kam sein Vater herein und setzte sich neben ihm auf das Sofa.

»Ich habe gerade mit der Polizei telefoniert«, erzählte er. »Dominik kommt nicht in Haft, weil angeblich keine Fluchtgefahr besteht. Wie das mit deinem Schutz werden soll, konnten sie mir nicht sagen. Sie können da nichts machen.«

»Na toll! Soll ich mich jetzt den ganzen Tag im Haus verstecken, bis ihm der Prozess gemacht wird? Das kann doch ewig dauern. Und am Ende bekommt er vielleicht nur eine Bewährungsstrafe, weil er eine schwere Kindheit hatte oder so!«

»Ja, das wird nicht einfach«, sagte sein Vater. »In nächster Zeit solltest du zumindest nicht unnötig und nicht allein rausgehen.«

»Da fällt mir ein, brauchst du morgen dein Auto? Leon will mich besuchen und er kann mit seinen Krücken so schlecht mit dem Bus fahren.«

»Das könnte klappen«, antwortete sein Vater. »Ich fahre morgen zusammen mit einem Kollegen zu einem Kunden und wir nehmen seinen Firmenwagen. Eigentlich wollten wir uns im Büro treffen, aber ich werde ihn fragen, ob er mich hier abholen kann. Das sollte kein Problem sein.«

Nach einem kurzen Telefonat gab der Vater grünes Licht und Milan war überglücklich in seiner Vorfreude auf den nächsten Tag. Sofort schickte er Leon die Nachricht, dass er ihn am nächsten Tag abholen würde.

Schon am nächsten Morgen konnte er kaum stillsitzen und die Zeit verging für ihn im Schneckentempo. Er sollte Leon nach dem Mittagessen, so gegen 13 Uhr, abholen. Er hatte sich geduscht und rasiert und einige seiner besseren Klamotten angezogen. Immer wieder stand er vorm Spiegel und kontrollierte den Sitz seiner Frisur, korrigierte hier und da eine Strähne und fixierte zum wiederholten Mal alles mit Haarspray. Als es endlich so weit war, schnappte er sich den Autoschlüssel und ging nach draußen. Sein Vater hatte ihn eindringlich ermahnt, nur zu Leon und zurück zu fahren, vorsichtig und ohne Extratouren. Als er bei Leon ankam, stand dieser schon vor dem Haus und wartete.

Nach einer freudigen, aber unverfänglichen Begrüßung half Milan Leon auf den Beifahrersitz und verstaute die Krücken auf der Rücksitzbank. Zwei Straßenecken weiter griff er nach Leons Hand, der seinen Arm auf die Mittelarmlehne gelegt hatte. Er führte sie zu seinem Mund und küsste sie, dann presste er sie an seine rechte Wange.

»Ich freue mich so, dass wir uns heute zusammen sein können! Ich hoffe, du hast viel Zeit!«

»Ich habe gesagt, dass ich zum Abendbrot bei euch bleibe und erst gegen 22 Uhr nach Hause komme«, antwortete Leon grinsend. »Das ist eine große Ausnahme, normalerweise besteht mein Vater darauf, dass wir alle zusammen essen.«

»Oh super, mein Vater ist auf Kundenbesuch und kommt sicher erst spät zurück. Fürs Abendbrot haben wir noch Pizza oder so im Eisfach. Aber ich schätze mal, das ist jetzt nicht so wichtig.«

Mit einem anzüglichen Grinsen sah in die Augen von Leon, der jetzt seine linke Hand auf seinen Oberschenkel legte und sein süßestes Lächeln zeigte.

»Wann sind wir denn endlich da-ha?«, fragte Leon mit gespielt nerviger Kinderstimme. »Mir ist laaangweilig!«

»Beruhige dich, mein Kleiner«, lachte Milan. »Nur noch um die Ecke hier, dann sind wir schon da.«

Er stellte das Auto in die Einfahrt und half Leon aus dem Sitz, dann gab er ihm seine Krücken. Seine Finger zitterten vor Aufregung, als er versuchte, die Tür zu öffnen. Nachdem dies endlich gelungen war, zog er Leon in den Flur und gab der Haustür einen Tritt, so dass sie krachend ins Schloss fiel. Gleichzeitig nahm er Leon in seine Arme und küsste ihn wild und ungestüm. Die Krücken fielen polternd zu Boden. Leon presste sein linkes Bein zwischen Milans Schenkel und musste sich mit dem Rücken gegen die Wand lehnen, um nicht das Gleichgewicht zu verlieren. Schnell fanden Milans Hände den Weg unter Leons T-Shirt und fuhren über den flachen Bauch bis hinauf zu den Brustwarzen. Dort hielt er sich nicht lange auf, sondern schob das T-Shirt und Leons Arme nach oben, damit dieses lästige Kleidungsstück endlich aus dem Weg war. Achtlos warf er es auf den Boden und presste sich erneut an Leon für einen weiteren heftigen Zungenkuss. Er schickte er seine Hände auf Entdeckungsreise über dessen schlanken und leicht muskulösen Oberkörper.

Beide waren ziemlich außer Atem, als Milan sich etwas von Leon löste.
»Komm!«

Seit sie das Haus betreten hatten, war dies das erste zwischen den beiden gesprochene Wort und es sollte für die nächste Zeit das einzige bleiben. Milan stützte Leon während des kurzen Weges in sein Zimmer. Dort packte er ihn und warf ihn auf sein Bett, so dass Leon auf dem Rücken zu liegen kam. Dann krabbelte er auf allen Vieren vom Fußende her über ihn und begann ihn erneut zu küssen. Vom Mund bewegte er sich langsam abwärts über Leons Hals und Schlüsselbein bis zu den Nippeln, an denen er leicht saugte und knabberte. Auf Leons Armen bildete sich eine Gänsehaut wie noch nie und seine Fußzehen verkrampften sich vor Wonne und Erregung, ohne dass er selbst in das Geschehen eingriff. Milan richtete sich kurz auf, zog sich sein T-Shirt über den Kopf und warf es auf den Boden. Dann machte er sich an Leons Hose zu schaffen. Aufgrund des Gipses trug dieser eine weite Jogginghose, deren Hosenbein aufgeschlitzt war. Er brauchte nur leicht sein Becken zu heben und Milan war in der Lage, ihm die Hose abzustreifen. Überrascht stellte er fest, dass Leon keine Unterhose trug, so dass er jetzt bis auf den Gips und die Socken, nackt und mit einer mächtigen Erektion vor ihm lag. Leon lächelte schüchtern, als er Milan dabei beobachtete, wie dieser aufsprang und sich in Rekordgeschwindigkeit seiner Jeans samt Boxer entledigte. Nur kurz konnte Leon Milans durchtrainierten, muskulösen Körper mit der ebenfalls sehr ansehnlichen Erektion bewundern, bevor dieser sich wieder auf ihn stürzte. Milan lag jetzt auf Leon und beide ließen ihre Zungen miteinander tanzen. Die beiden rieben ihre Körper aneinander und wurden immer erregter. Milan begann erneut,

Leons Körper küssend zu erkunden. Dafür legte er sich leicht seitlich neben ihn und ließ seine Hand über dessen Haut wandern. Während sein Mund Leons Nippel verließ und weiter über die samtige, braune Haut Richtung Bauchnabel küsste, erreichte seine Hand Leons Penis und umschloss ihn. Kurz genoss er das Gefühl der Wärme der harten und zugleich zarten Erektion in seiner Hand. Sanft fing er an, seine Hand an dem Schaft auf und ab zu bewegen, was Leon mit einem wohligen Stöhnen quittierte. Als Milans Mund Leons Körpermitte erreichte, gab es keinen Zweifel, wie es weitergehen sollte. Vorsichtig streckte er die Zunge heraus und leckte über Leons pralle Spitze. Nach kurzem Zögern nahm er ihn ganz in den Mund und führte sanfte Bewegungen aus, während seine Hand vorsichtig Leons Hoden massierte. Dieser wiederum war viel zu erregt, um all die kleinen Details von Milans schneller und heftiger werdenden Bewegungen wahrzunehmen. Sein Puls raste in ungekannter Geschwindigkeit, während sein Verstand abgeschaltet war. Es dauerte nicht lange, bis sich von seiner Mitte aus eine wohlige Wärme in ihm ausbreitete, ehe er verkrampfte und sich laut stöhnend in Milans Mund ergoss. Anschließend lag er schwer atmend, aber sehr glücklich auf dem Rücken.

Milan bewegte sich langsam wieder herauf und schmiegte sich eng an ihn. Dann begann er ihn zu küssen, wobei Leon sich selbst schmecken konnte. Sie kuschelten eine Weile miteinander, bis er Milans immer noch nicht kleiner gewordene Erektion an seiner Hüfte spürte. Vorsichtig tastete er sich mit einer Hand vor, bis Milan seinen Plan erkannte und ihm durch eine leichte Körperdrehung den erforderlichen Raum gab. Zögernd fasste Leon zu und begann Milans Schaft mit leichten Bewegungen zu bearbeiten, ganz so, wie er es in stillen Momenten bei sich selbst tat. Erstaunt stellte er fest, dass sich das schlechte Gewissen, das ihn aufgrund seiner religiösen Erziehung stets bei der Masturbation begleitet hatte, in diesem Fall nicht einstellen wollte. Alles fühlte sich gut und richtig und unglaublich schön an und er genoss diese Erfahrung, während er das Tempo seiner Bewegungen langsam steigerte. Es dauerte nicht lange, bis Milan laut aufstöhnte und sich warm in seine Hand und über seinen Oberkörper ergoss.

Während Milan schwer atmend die Folgen seines Orgasmus abklingen ließ, führte Leon seine Hand zum Mund und probierte vorsichtig einen Tropfen von Milans Sperma. Der Geschmack war seltsam, aber zumindest nicht abstoßend. Er beschloss, dass er Milan beim nächsten Mal ebenfalls mit dem Mund befriedigen könnte. Inzwischen hatte sich dieser beruhigt und die beiden kuschelten sich eng aneinander und streichelten sich gegenseitig, bis sie in einen sanften Schlaf fielen.

Es war Leon, der zuerst aufwachte. Kurz war er etwas orientierungslos, dann erinnerte er sich, in wessen Bett er lag und zu wem der Arm gehörte, der quer über seinem Bauch lag. Ein unbeschreibliches Glücksgefühl erfasste ihn, als er die Augen öffnete und neben sich seinen Freund erblickte, dessen markante Gesichtszüge im Schlaf sehr jungenhaft wirkten. Milan zuckte und drehte sich auf den Rücken. Leon stützte seinen Kopf auf die Hand und betrachtete ihn ausgiebig. Von Milans elegantem Gesicht, das ein wenig an griechische Götterstatuen erinnerte und jetzt im Schlaf sehr friedlich und entspannt wirkte, wanderte sein Blick über die helle, makellose Haut der unbehaarten, muskulösen Brust mit den kleinen Brustwarzen. Dann über den flachen Bauch, unter dessen Haut sich der leichte Sixpack von Milans Muskulatur abzeichnete, bis hin zu seinem Penis, der jetzt schlaff und schwer auf dem Oberschenkel lag. Leon konnte nicht widerstehen und streckte seine Hand nach Milans Mitte aus. Sanft streichelte er über den Penis, bevor seine Hand ihn umschloss und leicht massierte. Es dauerte nicht lange, bis er spürte, wie langsam das Blut in diesen zurückkehrte und sich eine Erektion abzeichnete. Leon war über diese Wirkung hoch erfreut. Er nahm jetzt seinen ganzen Mut zusammen, beugte sich nach vorne und nahm ihn in den Mund. Als die Erektion in seinem Mund zu ganzer Größe und Härte herangewachsen war, spürte er Milans Hand an seinem Hinterkopf.

»Oooh, Leon«, stöhnte Milan, während er mit der Hand Leons Hinterkopf mit langsam sich steigerndes Tempo zu dirigieren versuchte. Obwohl er dadurch bei Leon zwischenzeitlich einen leichten Würgereiz auslöste, setzte dieser seine Bemühungen erfolgreich fort. Leon spürte das zarte Fleisch von Milans praller Eichel in seinem Rachen und versuchte jeden Augenblick davon zu genießen. Nur ab und zu zog er sich ein wenig zurück, um dann mit neuem Eifer sofort weiterzumachen. Milan stöhnte ungezügelt und laut, bevor er verkrampfte und sich in Leons Mund ergoss. Dieser hatte keine Probleme, das Sperma zu schlucken. Dann legte er sich wieder neben Milan und kuschelte sich an seinen Körper.

Nachdem sie eine Weile dagelegen und sich geküsst hatten, löste sich

Milan und lächelte. »Ich hab jetzt Hunger und Durst! Willst du auch was?«

»Oh ja, das wäre super!«

Nackt wie er war, verließ Milan das Zimmer. Nach einigen Minuten kehrte er mit einer Flasche Cola und zwei Gläsern zurück. »Ich habe uns zwei Tiefkühlpizzen in den Backofen geschoben. Es waren eh nur zwei Stück da, deshalb hab ich gar nicht erst gefragt, welche Sorte du willst.«

»Ist schon okay. Hauptsache, wir essen zusammen.«

»Und schöne Grüße von meinem Vater. Der saß gerade in der Küche«, sagte Milan ernst.

Leon riss staunend die Augen auf. »Er hat ... was? Du bist ...«, stammelte er völlig perplex, bis Milan laut zu lachen anfing.

»Reingelegt!«, rief er fröhlich. »Du glaubst mir wohl alles, was?«

Leon versuchte ihn böse anzuschauen und warf ihm ein Kissen ins Gesicht, konnte sich aber dann das Lachen nicht verkneifen. »Dafür hast du Prügel verdient«, rief er und klatsche mit der flachen Hand auf Milans nackten Hintern. Sofort wälzten sie sich lachend und balgend auf dem Bett, was natürlich zu einem erneuten Austausch von Zärtlichkeiten führte. Jäh unterbrochen wurden sie erst vom Weckton auf Milans Handy, der das Ende der Pizza-Backzeit anzeigte. Nur widerwillig erhob sich Milan und taperte erneut nackt in Richtung Küche. Nach einer Weile kam er mit Leons Krücken in der Hand zurück ins Zimmer.

»Komm, wir essen in der Küche. Es ist alles fertig.«

»Sollen wir uns nicht was anziehen?«, fragte Leon zögerlich.

»Wenn du willst. Ist aber reine Zeitverschwendung, mein Alter kommt garantiert nicht vor 21 Uhr nach Hause.«

So viel Freiheit war Leon nicht gewohnt und instinktiv bückte er sich nach seiner Hose. Dann aber beschloss er, dass heute der Tag war, noch mehr Neues auszuprobieren. Er ließ die Hose liegen und erhob sich vom Bett.

Milan, der bis dahin im Türrahmen gestanden und ihn beobachtet hatte, nickte zufrieden und ging voraus in die Küche.

»Wenn mein Alter nicht zu Hause ist, laufe ich öfter mal nackt hier in der Wohnung herum«, erklärte er während des Essens. »Er hat mich schon ein paar Mal dabei ›erwischt‹, aber es ist okay. Als ich klein war und meine Mutter noch lebte, sind wir in den Ferien öfter an FKK-Stränden gewesen. Ich fand das immer toll und würde es gerne mal wieder machen.«

»Wow, an so etwas habe ich noch nie gedacht«, entgegnete Leon. »Meine Mutter ist fast immer zu Hause und einen FKK-Strand habe ich noch nie gesehen. Bei uns ist alles furchtbar verklemmt, wenn es um Körper und Sexualität geht. Meine Eltern haben nie ein Aufklärungsgespräch mit mir geführt und hätten mich am liebsten aus dem Sexualkundeunterricht an der Schule genommen. Gott sei Dank wurde das abgelehnt.«

»Na, wenn deine Eltern dich nicht aufgeklärt haben, dann müssen sie sich nicht wundern, wenn du stattdessen deine eigenen Erfahrungen sammelst«, meinte Milan mit einem anzüglichen Lächeln.

»Und davon bereue ich keine Sekunde! Es war so unglaublich mit dir und alles hat sich gut und richtig angefühlt. Genau so will ich es in Zukunft immer haben. Und ich werde das meinen Eltern schon sehr bald sagen!«

»Bist du sicher?«, fragte Milan. »Wie werden sie reagieren?«

»Sie waren immer gut zu mir, ich glaube nicht, dass es so schlimm wird. Natürlich werden sie erst mal entsetzt sein, weil es ja ›Sünde‹ ist, und der Haussegen wird für einige Zeit ziemlich schief hängen, aber ich denke, irgendwann wird sich alles wieder einrenken. Ich muss mich natürlich gut auf das Gespräch vorbereiten. Aus theologischer Sicht brauche ich gute Argumente, mein Vater ist schließlich Priester.«

»Wenn du Hilfe brauchst oder mich bei dem Gespräch dabeihaben willst, sag es mir. Ich bin dazu bereit. Ansonsten kann ich dir nur viel Glück wünschen bei deiner Mission.«

»Danke, das ist lieb von dir. Aber das erste Gespräch mit meinem Vater werde ich besser alleine führen. Zuerst werde ich es allerdings meiner Mutter sagen, die wird hoffentlich nicht ganz so heftig reagieren.«

Nach dem Essen räumten sie kurz die Küche auf und gingen dann wieder in Milans Zimmer, wo sie die restliche Zeit im Bett verbrachten, bis sein Vater nach Hause kam. Kurz darauf war ihre Zeit um und er musste Leon nach Hause bringen. Als sie vor der Haustür im Auto saßen, gaben sie sich einen letzten, verstohlenen Kuss.

»Ich liebe dich«, sagte Milan. »Bis morgen!«

»Ich liebe dich auch! Schreib mir, wenn du wieder zu Hause bist.«

Dann ging Leon ins Haus und schloss die Tür hinter sich. Milan starrte noch einen Moment auf die geschlossene Haustür, als erwarte er, dass Leon wieder herauskommt. Seufzend setzte er das Auto in Bewegung und fuhr auf direktem Weg nach Hause.

Glücklich und grinsend wie ein Honigkuchenpferd setzte er sich noch zu seinem Vater ins Wohnzimmer und sie erzählten sich gegenseitig, wie ihr jeweiliger Tag verlaufen war. Sein Vater hatte einen Vertrag mit einem wichtigen Kunden an Land gezogen und machte sich Hoffnung auf eine baldige Beförderung, so dass beide einen erfolgreichen Tag vorweisen konnten.

Als Leon die Haustür öffnete, stellte er erleichtert fest, dass noch einige Teilnehmer des Bibelkreises mit seinen Eltern um den großen Tisch im Esszimmer saßen, so dass ihm eine längere Unterhaltung erspart blieb. Er begrüßte alle Anwesenden freundlich und zog sich dann eilig auf sein Zimmer zurück.

In den kommenden Tagen trafen sich Milan und Leon fast täglich. Mal bummelten sie zusammen durch die Stadt und gönnten sich ein Eis, mal gingen sie ins Kino, aber am liebsten waren sie natürlich in Milans Zimmer, wo sie ihre ungestörte Zweisamkeit in vollen Zügen genießen konnten.

Am Sonntag ließ sich Milan überreden, mit Leon den Gottesdienst zu besuchen. Herzlich wurde er von Leons Mutter vor der kleinen Kirche begrüßt.

»Ach Milan, herzlich Willkommen in unserer Gemeinde! Ich freue mich sehr, dass du gekommen bist! Komm mit, ich stelle dich meinem Mann vor.«

Sie schob ihn durch die Menge und Leon folgte ihnen. Sie zupfte einem großgewachsenen Mann, der sich gerade mit zwei älteren Damen unterhielt, von hinten am Ärmel.

»Aaron, schau mal, bitte«, sagte sie in sanften Ton zu ihrem Mann, der sich im gleichen Moment mit grimmigem Blick umdrehte.

»Was denn?«, fragte er etwas ungehalten, da er offenbar gerade bei einem Gespräch gestört worden war.

»Ich wollte dir Milan vorstellen, der heute zum ersten Mal hier ist. Leon hat ihn eingeladen, heute unser Gast zu sein.«

Über die Miene von Leons Vater huschte ein kurzer Schatten, dann setzte er ein strahlendes Lächeln auf. Knapp zwei Meter groß, mit gerader Haltung und welligem, leicht angegrautem, vollem Haupthaar, war er eine imposante Erscheinung, von der man leicht eingeschüchtert sein konnte. Milan ließ sich davon nicht irritieren und sah ihm gerade in die Augen.

»Herzlich Willkommen, Milan! Ich bin Aaron Schuhmacher, Leons Vater. Freut mich, dass du hier bist und an unserem Gottesdienst teilnehmen willst.«

»Guten Tag, ich bin Milan Berger. Leon hat mich so oft gebeten, zu kommen, da konnte ich einfach nicht Nein sagen«, antwortete er freundlich. »Ich bin wirklich gespannt auf den Gottesdienst.«

»Na, dann überlasse ich dich jetzt der Obhut meines Sohnes. In ein paar Minuten geht es los«, sagte Leons Vater freundlich lächelnd und wandte sich einer gerade eingetroffenen Familie zu, die er herzlich begrüßte.

»Ja, wir kennen uns hier alle untereinander sehr gut und sind fast wie eine große Familie«, meinte Leons Mutter nicht ohne Stolz. »Ich lasse euch jetzt alleine, ich muss drinnen noch schnell was vorbereiten.«

Milan war leicht nervös und musste mit aller Macht den Impuls unterdrücken, Leons Hand zu nehmen. Bei diesem Gedanken musste er schmunzeln, was etwas von der Anspannung löste. Das wäre eine Sensation, zwei Kerle händchenhaltend vor der Kirche!

»Was grinst du?«, wollte Leon wissen.

»Sag ich dir später«, antwortete er knapp.

Dann strömten die Leute in die Kirche und die beiden folgten ihnen. Der freundlich helle Innenraum war mit Klappstühlen ausgestattet und sie fanden zwei nebeneinander liegende freie Plätze im hinteren Drittel des Kirchenraumes. Der gesamte Gottesdienst dauerte knapp zwei Stunden und Milan bereute schon bald, mitgegangen zu sein. Die Predigt handelte zwar nicht von Homosexualität, aber es ging um alle möglichen Sünden im Allgemeinen und darum, dass Gott die Sünde hasse und bestrafen werde. Nach dem Gottesdienst verschwanden die beiden schnell nach draußen und setzten sich in Richtung Innenstadt ab, bevor die Gemeindemitglieder oder Leons Eltern sie aufhalten konnten.

»Und, wie war du es für dich?«, fragte Leon nach einer Weile.

Milan überlegte etwas. »Sei mir nicht böse«, sagte er nach einer kurzen Pause. »Aber das war der letzte Gottesdienst, den ich in eurer Gemeinde besuche. Ich bin ja nicht sonderlich religiös, aber in meiner Kindheit habe ich etwas über einen Gott und vor allem über Jesus gelernt, der alle Menschen liebt, sie akzeptiert und ihnen verzeiht. Dein Vater hat aber ausschließlich von einem drohenden und strafenden Gott gepredigt. Das entspricht ganz und gar nicht meinem bisherigen Bild von christlicher Nächstenliebe und Barmherzigkeit. Und, mit Verlaub, dein Vater wirkt ein bisschen zu überheblich. Als wäre er im Besitz der alleinigen Wahrheit. Sein ganzes Gehabe macht einem direkt klar, dass er keinen Widerspruch duldet. Sorry, aber das ist mir ein bisschen zu dick aufgetragen und in meinen Augen wenig christlich.«

»Ja, ich weiß, was du meinst«, entgegnete Leon seufzend. »In dieser Hinsicht ist mein Vater auch unter Baptistenpriestern sehr speziell. Aber die Mitglieder unserer Gemeinde kommen zum Teil genau deswegen zu uns.«

»Dann gehört ihr also zu den Ultras unter den Christen!«

»Na ja, ich nicht. Und längst nicht jeder in der Gemeinde denkt so wie mein Vater. Er hat Gegner, aber die sind zurzeit nicht durchsetzungsfähig.«

»Bist du dir immer noch sicher, dass du dich vor deinem Vater outen willst?«

Nach einer kurzen Pause antwortete Leon: »Ja, das muss ich. Mit einer Lüge könnte ich auf Dauer nicht leben. Ich will nicht immer Versteck spielen müssen, das wäre erst recht eine Sünde, im Gegensatz zur Liebe, wie ich finde.« Sein kurzes Zögern zeigte, dass er sich seiner Sache nicht so sicher war, wie er vorgab.

»Wann willst du es ihm sagen?«

»Bald«, antwortete Leon mit entschlossener Stimme. »Ich sammle noch Argumente und muss auch den richtigen Moment erwischen. Aber es wird in nächsten Tagen passieren.«

Kapitel 4

Am nächsten Tag kurz vor Mittag erhielt Milan eine Textnachricht von Leon: »Ich hab es gerade meiner Mutter gesagt. Sie weint. Ich bleibe heute besser zu Hause.«

Sofort versuchte Milan ihn anzurufen, aber Leon nahm das Gespräch nicht an. Also textete er ihm zurück: »Ich drücke dir die Daumen! Ich liebe dich und bin für dich da. Bitte melde dich, wenn du kannst.«

Nervös und ziellos bummelte er am späten Nachmittag durch die kleine Fußgängerzone seines Vorortes. Er holte sich zwei Kugeln Eis und setzte sich am Marktplatz auf eine Bank. Gedankenverloren genoss er die kühle Köstlichkeit, als sich plötzlich jemand neben ihm auf die auf die Bank fallen ließ. Er drehte sich zu dem Fremden um und stellte erschreckt fest, dass Dominik, sein Peiniger und der verhasste Schlägertyp, sich neben ihm niedergelassen hatte. Braungebrannt, mit für seine Verhältnisse relativ schicken Klamotten und Sonnenbrille saß er dort, als ob nie etwas passiert wäre. Milan war sprachlos.

»Hallo«, sagte Dominik, ohne ihn anzusehen. Als er keine Antwort erhielt, nahm er die Sonnenbrille ab, drehte sich etwas herum und sah Milan, der ihn immer noch mit offenem Mund anstarrte, in die Augen. Er legte seine Hand auf Milans Schulter.

»Milan! Gut, dass ich dich hier treffe. Ich möchte mich bei dir entschuldigen. Ich ...«

Milan fiel ihm ins Wort. »Du kannst dich nicht selbst entschuldigen. Das kann niemand, außer vielleicht der liebe Gott. DU kannst höchstens um Entschuldigung BITTEN!«

Dominik runzelte die Stirn und war kurz sprachlos. Diese Art von Widerspruch hätte er früher niemals geduldet. Er fing sich jedoch ganz schnell wieder, denn er wusste, wie wichtig dieses Gespräch war.

»Also gut: Ich bitte dich um Entschuldigung«, fuhr er fort. »Ich weiß, dass ich viel Mist gebaut habe und viele hier froh wären, wenn ich sehr lange hinter Gittern verschwände. Und es ist wahr, ich habe Strafe verdient. Allein was ich dir angetan habe, lässt mich vor Schuldgefühlen nicht mehr schlafen. Ich war in den letzten Wochen bei meinem Onkel und meiner Tante im Allgäu. Nicht als Urlaub, sondern ich musste auf deren Bauernhof richtig viel schuften, durfte kein Handy haben, keinen

Alkohol trinken und so weiter. Da hatte ich viel Zeit zum Nachdenken. Ich weiß, dass ich mein Leben ändern muss, sonst werde ich irgendwann für den Rest meines Lebens im Knast sitzen. Falls ich mit einer Bewährungsstrafe davonkomme, werde ich ganz zu meinem Onkel ziehen und Landwirt werden. Die haben keine eigenen Kinder. Denkst du, du könntest mir verzeihen?«

Nach dieser für seine Verhältnisse ungewöhnlich langen Rede zitterte er leicht und war etwas außer Atem. Unverändert sah er Milan in die Augen. Dieser brauchte eine Weile, um das eben Gehörte in die Windungen seines Gehirns einsinken zu lassen und den Sinn der Worte mit der vor ihm sitzenden Person in Übereinstimmung zu bringen. Immerhin handelte es sich nicht nur um die längste Rede, die er je von Dominik gehört hatte, sondern vermutlich auch um die erste, die nichts mit Hass, Drohungen und Erniedrigung zu tun hatte und in ruhigem, sachlichem Ton vorgetragen wurde.

Da Milan nicht antwortete, fuhr Dominik mit leichter Verzweiflung in der Stimme fort: »Paul und Deniz haben mir erzählt, dass sie dich in der Stadt gesehen haben, mit einem schwarzen Jungen. Ihr hättet Händchen gehalten und euch sogar geküsst. Ich hab ihnen gesagt, sie und alle anderen sollen bloß die Finger von euch lassen. Wenn es stimmt, was sie sagen, dann gratuliere ich dir zu deiner Beziehung und wünsche euch viel Glück. Ich muss sagen, du bist viel mutiger, als ich immer dachte. Ich würde mich nie trauen, öffentlich einen Typen zu küssen, hier, wo mich alle kennen.«

In diesem Moment erhielt Milan eine weitere Nachricht von Leon: »Sie hat es meinem Vater erzählt. Sturmwarnung!« Er starrte auf sein Handy. »Ich, äh..., einen Moment eben, das hier ist sehr wichtig!« Dann schrieb er an Leon: »Wenn du willst, hole ich dich sofort da raus! Sag Bescheid!«

Er wandte sich wieder Dominik zu, der immer noch auf eine Reaktion wartete. »Dominik«, sagte er. »Das kommt jetzt alles sehr überraschend. Ich hätte eher damit gerechnet, dass du mich unter Druck setzen würdest, damit ich meine Anzeige zurückziehe. Aber so einfach ist das nicht. Du kannst mich nicht halb totschlagen und dann glauben, mit einem einzigen freundlichen Satz wäre die Sache erledigt. Du müsstest mir schon beweisen, dass du dich wirklich geändert hast, bevor ich dir verzeihen kann.« Ein flüchtiger Blick aufs Handy zeigte ihm, dass für seine Nachricht an Leon weder eine Lesebestätigung noch eine Antwort gekommen war. Er fing an, sich ernsthaft Sorgen zu machen.

»Milan, wenn es irgendetwas gibt, was ich für dich tun kann, dann sag es mir«, antwortete Dominik. »Wenn du mir sagst, wie ich es dir beweisen kann, dann werde ich genau das tun.«

»Hast du ein Auto?«

»Nein«, entgegnete Dominik. »Aber ich könnte Deniz fragen. Warum?«

»Ich glaube, mein Freund steckt in Schwierigkeiten und ich muss ihm helfen.«

KAPITEL 5

Leon trank an diesem Nachmittag mit seiner Mutter in der Küche Kaffee und hielt den Moment für günstig, sich zu outen. Je länger sie dort saßen und Smalltalk machten, desto nervöser wurde er. Er rutschte auf seinem Stuhl hin und her und knetete seine Finger, die von einem kalten Schweißfilm bedeckt waren.

Plötzlich schaute seine Mutter ihn an und fragte: »Sag mal, ist was mit dir? Du zappelst hier herum, als ob du gleich zum Bus müsstest.«

Leon starrte auf die Tischplatte, während er tief durchatmete. Dann fasste er seinen ganzen Mut zusammen und sah seiner Mutter in die Augen.

»Mama, ich muss dir was sagen«, fing er an. »Bitte sei mir nicht böse, aber ... ich bin schwul.«

Seine Mutter starrte ihn mit offenem Mund an und war sprachlos.

»Das ist die Wahrheit, ich will euch nicht anlügen. Ich habe mich in Milan verliebt und wir sind zusammen«, ergänzte er.

Da kam wieder Leben in seine Mutter. Sie nahm seine Hand.

»Oh Gott, es war dieser Milan, der dich dazu verführt hat! Das hätte ich mir doch denken müssen, nachdem ihr euch in letzter Zeit so oft getroffen habt.«

»Mama, er hat mich zu gar nichts verführt! Ich wollte es so und es ist gut. Ich bin sehr glücklich mit ihm.«

»Glaubst du nicht, dass das vielleicht nur eine Phase ist?«, fragte seine Mutter. »Du bist doch fast noch ein Kind. Vielleicht suchst du nur nach dem richtigen Weg. Du hast mir doch früher immer von Saskia vorgeschwärmt.«

»Mama, ich bin achtzehn. Und Saskia ist zwar nett und wir haben viel zusammen unternommen, aber richtig verliebt war ich nie in sie.«

»Oh Gott, Leon, aber du kannst doch nicht in Sünde leben! Was wird dein Vater dazu sagen? Oh Gott, oh Gott, warum wird uns diese schwere Prüfung auferlegt?« Dann füllten sich ihre Augen mit Tränen und sie begann hemmungslos zu weinen.

Leon erhob sich von seinem Stuhl, stellte sich hinter seine Mutter und legte seine Arme um sie. »Nicht weinen, Mama«, versuchte er sie zu trösten. »Ich bleibe doch euer Sohn und liebe euch, auch wenn ihr vielleicht von mir enttäuscht seid. Aber dazu besteht wirklich kein Grund.«

Er blieb während des Nachmittags bei seiner Mutter und versuchte die Wogen zu glätten. Später zog sie sich in das Elternschlafzimmer zurück und sagte, sie wolle für ihn beten und sich dann etwas ausruhen. Leon ging in sein Zimmer. Im Moment konnte er nur abwarten. Wie gerne hätte er jetzt Milan an seiner Seite gehabt, doch der Gedanke an die Reaktion seines Vaters ließ ihn diese Idee ganz schnell wieder verwerfen. Trotzdem sehnte er sich nach den zärtlichen Berührungen und den tröstenden Worten seines Freundes. Er legte sich aufs Bett, schloss die Augen und rief sich Milans Bild ins Gedächtnis.

Er musste kurz eingenickt sein, denn plötzlich wurde er durch ein lautes Poltern geweckt und als er die Augen öffnete, stand sein Vater in der Tür und brüllte: »Leon, komm sofort runter an den Esstisch!« Dann stapfte er davon.

Leon setzte noch schnell eine Nachricht an Milan ab, dann schaltete er das Handy aus und versteckte es unter der Matratze. Wankend stand er auf, nahm seine Krücken und begab sich in die Höhle des Löwen. Unten saßen seine Eltern stumm und erwartungsvoll am Tisch. Seine Mutter hatte aufgehört zu weinen, aber immer noch gerötete Augen.

»Setz dich«, sagte sein Vater mürrisch.

Nachdem Leon etwas umständlich Platz genommen hatte, fuhr er fort: »Wie ich von deiner Mutter höre, hast du beschlossen, den Pfad der Tugend zu verlassen und in Sünde zu leben.« Leon wollte direkt etwas erwidern, doch sein Vater erhob Ruhe gebietend die Hand. »Ich werde das nicht zulassen. In meinem Haus dulde ich keinen Frevel gegen den Herrn und ich verbiete dir jeden Umgang mit diesem Milan!« Er senkte seine Stimme und fuhr in ruhigerem Ton fort: »Leon, du bist unser Sohn und wir lieben dich über alles. Wenn wir jetzt gemeinsam als Familie fest im Glauben sind und unsere Herzen dem Herrn öffnen, dann finden wir Heilung für dich.« Er legte seine rechte Hand auf die linke seines Sohnes. »Das ist sicher eine schwere Zeit für dich. Aber wir stehen hinter dir und werden mit dir und für dich beten, damit du zurück auf den rechten Weg findest. Hab keine Angst, noch ist es nicht zu spät. Der Herr wird dir vergeben, wenn du aufrichtig bereust.«

Jetzt traten Leon Tränen in die Augen und seine Stimme zitterte. »Vater, ich bin doch nicht krank. Ich brauche keine Heilung. Ich habe eine Person gefunden, die ich liebe und mit der ich glücklich bin. Was soll daran falsch sein? Gott hat mich so gemacht, wie ich bin. Wer bin ich, dass ich seinen Plan ändern könnte?«

Sein Vater antwortete: »Erkennst du nicht, dass das nur das Werk des Teufels sein kann, der dich in Versuchung bringt? Die Heilige Schrift lehrt uns an vielen Stellen im Alten wie im Neuen Testament, dass es Sünde ist, was du tust. Das ist völlig eindeutig und über jeden Zweifel erhaben.«

»Ach ja?«, entgegnete Leon. »Dann lass uns doch mal die einzelnen Stellen durchgehen. Ich bin sicher, du kennst sie alle auswendig.«

»Nun gut«, sagte sein Vater etwas verwundert. »Vor einem theologischen Diskurs habe ich noch nie gekniffen. Also los, der Reihe nach: Fangen wir an mit dem 1. Buch Mose 1, Verse 27 bis 28: ›... und schuf sie als Mann und Weib‹, und dann: ›Seid fruchtbar und mehret euch ...‹. Diesem Auftrag kannst du in einer gleichgeschlechtlichen Beziehung wohl kaum nachkommen. Das wird bestätigt in 1. Mose 2, 24: ›Darum wird ein Mann seinen Vater und seine Mutter verlassen und seiner Frau anhängen und sie werden zu einem Fleisch werden‹.«

»Wenn du den Text genau liest, ist ›Seid fruchtbar und mehret euch‹ kein Auftrag, sondern ein Segen«[1], konterte Leon. »Und die Aussage ›schuf sie als Mann und Weib‹ bezieht sich unmittelbar auf diesen Fruchtbarkeitssegen, sozusagen als notwendige Voraussetzung. Männlich und weiblich steht da, nicht Ehemann und Ehefrau. Hier geht es um die biologische Paarung, nicht um die Partnerschaft. Den Segen ›Seid fruchtbar und mehret euch‹ spricht er ja in Vers 22 auch zu den Tieren, das kann ja wohl kaum als Befehl verstanden werden, sondern es ist ein Segen, der als Belohnung für Gehorsam dient. Und in Kapitel 2, Verse 18 bis 24 werden Sexualität und Ehe als Mittel zur Überwindung von Einsamkeit und zur Gewährung von gegenseitiger Hilfe dargestellt, also als Partnerschaft und Beziehung. Von Fortpflanzung als Zweck der Ehe ist da überhaupt keine Rede. Und in Vers 24 wird die heterosexuelle Ehe

---

1 zu der von Leon auf Seiten 46ff verwendeten Argumentation: Vgl. Luca Badini Confalonieri: Christian Objections to Same-Sex Relationships: An Academic Assessment (dt.: Christliche Einwände gegen gleichgeschlechtliche Beziehungen: Eine akademische Bewertung). Zwischenbericht, Mai 2021. Luca Badini Confalonieri ist Forschungsdirektor am Wijngaards-Institut für katholische Forschung.

auch nicht zur Norm erklärt, sondern sie erklärt nur den starken Trieb der Geschlechter zueinanderzukommen.«

»Hm, wie ich sehe, hast du dich vorbereitet«, sagte Leons Vater, dessen sportlicher Ehrgeiz nunmehr geweckt war. Solche Gespräche hatte er schon während seiner Studienzeit geliebt. Langsam vergaß er, dass es um seinen Sohn ging, jetzt zählte erst mal nur der theologische Diskurs

»Okay«, fuhr er nach einer kurzen Pause fort. »Was sagst du dann zu 1. Buch Mose 19, Verse 1 bis 29, also Sodom und Gomorra?«

»Oh Mann, da geht es in Vers 4 bis 11 um eine versuchte schwule Gruppenvergewaltigung von Lots Gästen durch die Männer von Sodom. Dass das böse ist, steht völlig außer Frage, dafür käme man heute auch vor Gericht. Der Beschluss zur Vernichtung von Sodom und Gomorra war aber schon vorher gefallen, weil alle Bewohner – Frauen und Männer – sich der ›schweren Sünde‹ schuldig gemacht hatten. An anderen Stellen im Alten Testament ist dabei von Übeltaten, Ungerechtigkeit, Unterdrückung von Witwen und Waisen, Ehebruch, Lüge und vielem mehr die Rede. Von Homosexualität steht da gar nichts. Diese Interpretation kommt erst im Neuen Testament auf und wird nicht mal mehr von der Päpstlichen Bibelkommission geteilt.«

»Na gut«, nickte sein Vater anerkennend. »Dann jetzt aber das 3. Buch Mose, auch Levitikus genannt, 18,22: ›Du sollst nicht bei einem Mann liegen wie bei einer Frau, es ist ein Gräuel‹, und dann 20,13: ›Wenn jemand bei einem Manne liegt wie bei einer Frau, so haben sie getan, was ein Gräuel ist, und sollen beide des Todes sterben; Blutschuld lastet auf ihnen‹. Das ist doch wohl eindeutig, oder?«

»Nicht so ganz«, widersprach Leon »Der hebräische Originaltext ist nämlich so konfus, dass man ihn gar nicht richtig übersetzen kann. Ich kann dir mehrere, ziemlich aktuelle Studien zu dem Thema zeigen. Kurz gesagt, kommt dabei heraus, dass der Text Sex mit anderen verheirateten Männern verbietet und mit allen unverheirateten Männern, die unter der Vormundschaft einer judäischen Frau stehen. Das würde natürlich die meisten Männer in der Gemeinschaft ausschließen, aber männliche Sklaven, ausländische Reisende und möglicherweise männliche Prostituierte wären erlaubt. Die von dir zitierte Übersetzung wird dem hebräischen Originaltext nicht gerecht und ist nicht mehr zu halten. Außerdem ist das Verbot nur an Israel gerichtet und eine Voraussetzung für den Aufenthalt im Heiligen Land, gilt aber nicht anderswo. Und was die Todesstrafen betrifft, das darf man wohl nicht wörtlich nehmen. Sonst müssten, falls ein Mann mit seiner Frau schläft, während sie ihre Tage hat, auch beide ausgerottet werden, wie derselbe Text sagt. Ähnliches gilt auch, wenn du Mischgewebe trägst oder deinen Bart rasierst (3. Mose 19, 19 und 27). Sollen wir uns dann aussuchen, was wir befolgen und was nicht? Ich denke, wir sollten das komplett verwerfen. Diese Regeln gelten für das Volk Israel, wir sind aber Christen, die durch den Glauben an Jesus geheiligt sind. Kennst du sonst noch Stellen im Alten Testament?«

»Das sind ja steile Thesen, die du da aufstellst«, sagte Leons Vater. »Aber für die Texte aus dem 3. Buch Mose magst du sogar Recht haben. Also gut, kommen wir jetzt zum Neuen Testament: 1. Korinther 6, Vers 9 bis 10!«

»Ich stelle keine Thesen auf!« entgegnete Leon. »Das ist alles mit aktuellen und seriösen wissenschaftlichen Studien belegt, die von international anerkannten Theologen stammen.« Hier machte er eine kurze Pause. Als von seinem Vater keine Reaktion kam, fuhr er fort. »Also gut, der Apostel Paulus ist der Einzige, der sich im Neuen Testament überhaupt mit Homosexualität beschäftigt, aber nur ganz am Rande. In seinem Brief an die Korinther heißt es: ›Weder Unzüchtige noch Götzendiener, Ehebrecher, Lustknaben, Knabenschänder, Diebe, Geizige, Trunkenbolde, Lästermäuler oder Räuber werden das Reich Gottes erben‹. Na gut, also hier wurde das seltene altgriechische Wort ›arsenokoitai‹ benutzt, wörtlich übersetzt ›Männlichen-Beischläfer‹, zusammen mit dem Wort ›malakoi‹, also etwa ›Weichlinge‹. Grob gesagt, könnten das der aktive und der passive Teil eines männlichen, gleichgeschlechtlichen Paares sein. Aber ganz sicher ist das auch nicht. Dazu muss man wissen, dass zu Paulus' Zeiten homosexuelle Handlungen meistens in der sexuellen Ausbeutung von jungen Sklaven durch ihre Herren oder im Verkauf von sexuellen Gefälligkeiten durch Jungs für ältere Männer bestanden. Die Idee von einer langfristigen gleichgeschlechtlichen Beziehung dürfte damals nahezu unbekannt gewesen sein. Sklaven konnten von ihren Herren nach Belieben benutzt werden und hatten keine Kontrolle über ihre Sexualität. Andere Männer mit sozial niedrigem Status konnten Sex im Austausch gegen Geld, Gönnerschaft oder soziale Vorteile verkaufen. Es ist gut möglich, dass Paulus hier, außer der sexuellen Ausbeutung, auch den Gebrauch von Sex verurteilt, um die soziale Leiter zu erklimmen oder so. Andere Arten von gleichgeschlechtlichen Beziehungen werden hier nicht erwähnt. Damit kommen wir dann gleich zu Paulus' Brief an Timotheus 1, Verse 9 bis 10. Das ist ein ganz ähnlicher Lasterkatalog wie im Brief an die Korinther, in dem ebenfalls das altgriechische Wort ›arsenokoitai‹ vorkommt. Auch hier ist wohl eher der Ehebruch durch den Besuch bei männlichen Prostituierten oder durch die Ausnutzung von männlichen Sklaven gemeint, nicht eine Verurteilung von freien und treuen gleichgeschlechtlichen Beziehungen, schlicht und einfach, weil solche Beziehungen damals unbekannt waren.«

»Okay – klingt einigermaßen plausibel«, nickte der Vater anerkennend. »Dann bleibt uns noch der Römerbrief, Kapitel 1, Verse 26 bis 27: ›Darum hat Gott sie den unehrenhaften Leidenschaften überlassen. Denn ihre Frauen tauschten die natürlichen Beziehungen gegen solche wider die Natur; und die Männer gaben ebenfalls die natürlichen Beziehungen zu den Frauen auf und verzehrten sich in der Leidenschaft füreinander, indem sie schamlose Handlungen mit Männern begingen und an sich selbst die gebührende Strafe für ihren Irrtum empfingen‹. Na, was sagst du dazu?«

»Ja, der Römerbrief«, stöhnte Leon. »Wird auch immer wieder gerne genommen. Das mit den Männern ist sehr wahrscheinlich eine Anspielung auf das spezifische homosexuelle Verhalten der Männer im alten Sodom. Darüber haben wir ja schon gesprochen, eine versuchte Gruppenvergewaltigung männlicher Gäste. Aber es ist unmöglich, diesen Bezug zu beweisen. Genauso wenig kann man beweisen, dass es um eine Verurteilung von einvernehmlichen sexuellen Handlungen geht. In Römer 1 insgesamt geht es weder um allgemeine Sexualethik noch um Vorschriften für angemessenes Sexualverhalten. Paulus geht es lediglich darum zu zeigen, dass alle Menschen gesündigt haben, Heiden wie Juden, und er nennt dazu einige bekannte Beispiele, die aber im Kontext gar nicht weiter relevant sind. Er hätte auch andere Beispiele nehmen können, ohne dass sich die Aussage insgesamt verändern würde. Nach allen derzeit verfügbaren Beweisen ist es sehr wahrscheinlich, dass sich alle drei Stellen des Neuen Testaments, über die wir gesprochen haben, lediglich auf ausbeuterische gleichgeschlechtliche Handlungen beziehen. Die Interpretation, dass die drei Bibelstellen insgesamt jede Art von gleichgeschlechtlicher Beziehung oder Handlung immer und überall verbieten, kann mit Sicherheit verworfen werden, da sie vom Text und seinem kulturellen Kontext nicht getragen wird. Alles in allem würde ich sagen, dass die Bibel überhaupt kein Verbot von einvernehmlichen und treuen gleichgeschlechtlichen Beziehungen enthält.«

Leon war erschöpft. Die Argumentation, für die er sich sehr stark konzentrieren musste, hatte ihn sehr viel Kraft gekostet. Jetzt saß er zusammengesunken am Tisch und wartete auf eine Antwort seines Vaters. Seine Mutter blickte nervös von einem zum anderen.

»Leon«, antwortete der Vater. »Erst einmal muss ich sagen, ich bin froh, dass du uns die Wahrheit über deine Gefühle gesagt hast, und ich danke dir für das Vertrauen, das du damit bewiesen hast. Zweitens muss ich anerkennen, dass du dir sehr viel Mühe gegeben hast mit der Argumentation, die du gerade vorgetragen hast, und wohl auch mit der Recherche dazu. Ich hätte gerne einige der von dir zitierten Studien, um sie mir mal in Ruhe durchzulesen. Bestimmt gibt es Leute, die deiner Argumentation folgen würden. Ich tue das nicht. Seit jeher ist allen wahren Gläubigen klar, wie die genannten Textstellen gemeint sind. Darüber besteht ein Jahrtausende alter Konsens und der wird fortbestehen. Du musst anerkennen, dass Homosexualität in der Bibel nirgendwo positiv erwähnt wird. Meiner Ansicht nach ist die Schöpfung im 1. Buch Mose die entscheidende Aussage der Bibel zu Homosexualität. Gott hat die Menschen als Mann und Frau geschaffen und einander zugeordnet. Sexualität ist die Voraussetzung der Vermehrung und das funktioniert nun mal nur zwischen Mann und Frau. Jeder Geschlechtsakt muss offen sein zur Fortpflanzung. Diese Aussagen haben einen verpflichtenden Charakter. Und aus diesem Grund kann Homosexualität auch nicht als Gabe Gottes angesehen werden. Nur weil ein paar ›moderne‹ Wissenschaftler Gottes Wort so lange hin und her wenden, bis es ihnen passt, werden wir nicht vom wahren Glauben abweichen.«

»Aber Unfruchtbarkeit bei heterosexuellen Paaren macht die Ehe weder unerlaubt noch ungültig. Wo bleibt denn da die Logik? Und wieso glaubst du, in Bezug auf die Bibelstellen im Besitz der alleinigen Wahrheit zu sein?«, fragte Leon mit Tränen in den Augen. »Wieso glaubst du, dass das, was du damals im Studium oder sonst wo gelernt hast, universell und unanfechtbar ist? Bist du etwa unfehlbar, wie es der katholische Papst von sich behauptet?«

»Niemand ist unfehlbar, Sohn«, sagte der Vater. »Aber es gibt ewige

Wahrheiten, die sind von Gott gegeben, und wir Sünder dürfen uns nicht erdreisten, sie ändern zu wollen oder in Frage zu stellen. Meine Überzeugung ist die Wahrheit des Wortes Gottes.«

»Aber du weißt doch auch, dass in anderen Baptistengemeinden Homosexuelle willkommen sind – zumindest solange sie nicht allzu viel darüber reden«, gab Leon zu bedenken. »Teilweise wird auch erwartet, dass sie dann – zumindest offiziell – in Keuschheit leben, nach dem Motto: ›Jesus liebt den Sünder, aber die Sünde lehnt er ab‹.«

Das Gespräch wurde von der Türklingel unterbrochen.

»Nanu, wer kommt denn um diese Zeit noch?«, murmelte Leons Mutter und schlurfte durch den Flur zur Haustür. Nach kurzem Zögern öffnete sie.

Kapitel 6

Dominik hatte seinen Kumpel Deniz überredet, ihm sein Auto zu leihen. Er und Milan warteten auf dem Marktplatz auf ihn. Da Milan keine Lust auf Smalltalk mit Dominik hatte, sprang er von der Bank auf und ging nervös auf und ab, wobei er wiederholt auf sein Handy blickte. Nach etwa zwanzig Minuten, die für Milan zu einer Ewigkeit wurden, erschien Deniz endlich mit seinem aufgemotzten BMW am Rand des Marktplatzes und hupte. Dominik sprang auf und winkte ihm zu.

»Da ist er, komm!«, sagte er und setzte sich in Bewegung. Am Auto angekommen, beugte er sich zum offenen Fenster an der Fahrerseite herunter und begrüßte seinen Kumpel.

»Was will der denn hier?«, fragte Deniz und zeigte auf Milan, der abwartend vor dem Auto stand.

Dominik öffnete die Tür. »Los, steig aus.«

Nur zögernd kam Deniz der Aufforderung nach und schaute Dominik fragend an.

»Wir müssen was erledigen, Milan und ich. Du wartest hier. Wir sind in spätestens einer halben Stunde zurück, ansonsten melde ich mich bei dir.« Deniz wollte etwas erwidern, doch Dominik fuhr dazwischen: »Ach ja und noch was: Milan und sein schwarzer Freund sind für alle tabu! Niemand fasst sie an, niemand macht blöde Sprüche! Sag das den anderen. Ist das klar?«

»Ja, Mann, ist gut!« Deniz trat missmutig zur Seite. »Pass gut auf mein Baby auf«, fuhr er fort, als Dominik sich hinter das Steuer klemmte.

»Mann, Alter«, lachte Dominik. »Du brauchst echt dringend eine Freundin. Das ist immer noch ein Auto und kein Baby.« Er öffnete von innen die Beifahrertür für Milan und ließ ihn einsteigen, dann fuhr er mit quietschenden Reifen los und ließ den besorgt blickenden Deniz im Qualm stehen.

»Pass auf, Alter«, sagte er zu Milan während der Fahrt. »Ich bin auf jeden Fall bis zum Ende meines Gerichtsprozesses in der Stadt. Was danach kommt, weiß ich noch nicht, aber solange ich hier bin, garantiere ich für deine Sicherheit und die von deinem Freund. Wenn irgendetwas passiert oder jemand euch blöd anquatscht, sag mir Bescheid. Ich regle das dann sofort. Ich gebe dir gleich meine Handynummer, für alle Fälle.«

»Äh..., hör mal, Dominik«, antwortete Milan. »Ich bin bei deinem Prozess auf jeden Fall als Nebenkläger dabei und ich werde meine Anzeige nicht zurücknehmen. Es bringt dir also nicht wirklich was, wenn du das für mich tust.«

»Geschenkt, Alter! Ich will ja nur, dass du nicht ganz so schlecht über mich denkst. Oder sieh es als Teil meiner Entschuldigung, was weiß ich.«

Inzwischen waren sie vor Leons Haus angekommen und Milan stieg aus. »Warte hier!«

Er atmete tief durch und genoss die frische Abendluft. Durch den intensiven Vanilleduft in Deniz' Auto, der von diversen Duftspendern herrührte, war ihm etwas flau im Magen. Vielleicht lag es auch an der Sorge um seinen Freund oder an Dominiks Fahrstil. Egal, er hatte eine Mission und schritt energisch zur Haustür. Nach dem Klingelton musste er einen Moment warten, dann wurde die Haustür geöffnet und Leons Mutter stand vor ihm. Ihr Gesichtsausdruck wandelte sich von freundlich lächelnd zu erschrocken und ängstlich, als sie ihn erkannte. Sofort trat sie zwei Schritte aus der Tür und zog ihn am Arm etwas aus dem Lichtkegel der Flurbeleuchtung.

»Milan, was machst du denn hier?«, flüsterte sie, wobei sie sich ängstlich umschaute.

»Ich mache mir Sorgen um Leon«, antwortete Milan leise. »Ich weiß, dass er heute mit Ihnen und Ihrem Mann über seine Gefühle und über uns beide reden wollte. Ich will nur wissen, ob alles in Ordnung ist. Kann ich ihn kurz sehen?«

Leons Mutter zögerte kurz. »Ich glaube, das ist keine gute Idee. Er sitzt mit seinem Vater am Tisch und sie diskutieren sehr intensiv. Das Gespräch ist noch nicht beendet und ich denke, das wäre jetzt einfach ein schlechter Zeitpunkt. Du darfst aber morgen noch mal vorbeikommen, wenn mein Mann bei der Arbeit ist.«

»Okay. Können Sie ihm irgendwie sagen, dass ich hier war und dass ich an ihn denke?«

Sie kaute kurz auf ihrer Unterlippe. »Ich versuche es, wenn er auf sein Zimmer geht. Das kann noch dauern und mein Mann darf das nicht wissen. Es ist besser, wenn du jetzt gehst!«

Milan hatte keinen Grund, der Frau zu misstrauen, und wandte sich zum Gehen. Als er kurz ins Haus blickte, sah er Leon über den Flur humpeln, wahrscheinlich in Richtung Toilette. Er winkte ihm kurz, doch

Leon reagierte nur mit einem unauffälligen Nicken, vermutlich weil sein Vater ihn sehen konnte. Das Leuchten, das dabei in Leons Augen erschien, war Gott sei Dank für den Vater unsichtbar und übertrug sich augenblicklich auf Milan, in dessen Bauch sich sofort Schmetterlinge bemerkbar machten.

Leons Mutter schob sich in sein Blickfeld und flüsterte: »Ich geh wieder rein, komm gut nach Hause. Gott segne dich.« Sie berührte ihn kurz am Arm, dann ging sie ins Haus und schloss die Tür hinter sich.

Milan setzte sich wieder in das Auto. »Das war's, alles okay!«

»Das ging ja schnell! Soll ich dich noch irgendwo hinbringen?«

»Du könntest mich noch nach Hause fahren, ist nur ein paar Straßen weiter.«

Dominik setzte das Auto in Gang und Milan spielte Navi, bis sie vor seiner Haustür ankamen. Dominik stellte den Motor ab und blieb sitzen, während Milan seinen Gurt löste.

»Danke, Dominik. Das war eine große Hilfe.«

»Kein Ding, Alter«, entgegnete Dominik und beugte sich in Milans Richtung. Dann fuhr er leiser und mit ungewohnt sanfter Stimme fort: »Ich hab gesagt, ich tue, was immer du willst, um zu beweisen, dass ich kein schlechter Mensch bin. Gib mir dein Handy, damit ich meine Nummer einspeichern kann.« Als das erledigt war, hielt er ihm das Handy hin. Er kam mit seinem Gesicht immer näher an Milan heran, der gar nicht wusste, wie ihm geschah, als er plötzlich Dominiks Lippen auf seinen spürte. Für einen Moment wollte er in dem Kuss versinken, bis sich plötzlich doch noch sein Gehirn einschaltete und ihm klarmachte, was gerade passierte. Mit beiden Händen drückte er Dominik von sich weg.

»Hör auf! Was soll das?«, brüllte er und wischte sich mit dem Handrücken über seinen Mund.

»Sorry, Mann, sorry«, sagte Dominik kleinlaut und wollte noch irgendetwas hinzufügen, doch da hatte Milan schon sein Handy geschnappt, war aus dem Auto gesprungen und hatte die Tür zugeknallt. Ohne sich umzuschauen, ging er zum Haus, während Dominik wie erstarrt im geparkten Auto saß und auf die Straße starrte, ohne wirklich etwas zu sehen.

»Scheiße! Fuck!«, brüllte er nach einer gefühlten Ewigkeit und schlug mit der Faust auf das Lenkrad, bevor er den Wagen startete und zurück zu Deniz fuhr.

Milan rief nur kurz »Bin wieder da!« in Richtung Wohnzimmer, wo der Fernseher lief, und stürmte dann in sein Zimmer. Wütend warf er sich auf das Bett.

»What the fuck!«, brüllte er in sein Kopfkissen und warf dieses dann mit aller Macht an die Tür. In seinen wütenden Gedanken bedachte er Dominik mit so ziemlich allen Schimpfnamen, die ihm einfielen. Nach und nach bemerkte er, dass er noch mehr auf sich selbst wütend war. Warum hatte er sich nicht sofort gewehrt, sondern erst nach einigen Momenten? Wieso konnte er den Kuss zuerst genießen, obwohl er doch einen festen Freund hatte? Wieso hatte er das Ganze nicht kommen sehen? Hatte Dominik nicht heute Nachmittag auf dem Marktplatz gesagt, er würde sich nie trauen, in der Öffentlichkeit einen Kerl zu küssen? Hieß das nicht automatisch, dass er es gern tun würde? Und dass er sich plötzlich so anschleimte, musste doch einen Grund haben.

Diese Gedanken kreisten in Milans Kopf, als es sachte an der Tür klopfte. Obwohl er nicht antwortete, trat sein Vater langsam in das Zimmer.

»Ist alles in Ordnung mit dir? Geht es dir gut?«, fragte Sascha seinen Sohn.

Milan blickte seinen Vater mit verheulten Augen an, während dieser sich zu ihm auf das Bett setzte und ihn in den Arm nahm. Dann brach es aus ihm heraus und er erzählte ihm alles, was ihn so sehr belastete, einschließlich der Sache mit dem Kuss.

»Naja, aber das war nur ein Kuss, das musst du nicht so ernst nehmen«, sagte sein Vater. »Du hast nicht damit gerechnet und warst einen Moment lang verwirrt. Und das ist kein Wunder bei all den Sorgen, die du dir heute um deinen Freund gemacht hast.«

»Ja, oh Mann«, antwortete Milan mit Verzweiflung in der Stimme. »Ich verstehe dieses ganze Religionsding nicht. Ich meine, wenn man an Gott als den Schöpfer glaubt, dann hat er das ganze Universum mit fantastilliarden Galaxien, Sternen und Planeten geschaffen. Ein System aus Zeit und Raum, das so komplex ist, dass es die Menschheit bis heute nicht komplett verstanden hat. Und ausgerechnet dieser geniale Schöpfer soll sich ärgern, wenn irgendein Horst einen Kevin küsst? Hallo? Das ist doch vollkommen lächerlich! Ich kapier's einfach nicht! Mal davon abgesehen, dass ich sowieso nicht an den ganzen Kram glaube.«

»Ja, das ist echt ein Problem«, entgegnete Sascha. »Das sind so althergebrachte Sitten und Gebräuche und es gibt eben Leute, die mit Veränderungen nicht umgehen können. Der Glaube an Gott macht jemanden nicht automatisch zu einer guten Person. Ich meine, die Religionsfreiheit ist im Grundgesetz verankert und diese Leute können meinetwegen anbeten, wen sie wollen, und sich selbst an die abstrusesten Regeln halten, aber die Religionsfreiheit endet da, wo sie die Freiheit anderer einschränken will. Also zu sagen: ›Meine Religion verbietet MIR das‹, ist okay und jedermanns eigene Entscheidung. Aber zu sagen: ›Meine Religion verbietet DIR das‹, das geht gar nicht. Keine Religion der Welt darf mir vorschreiben, wie ich zu leben habe, solange ich das nicht selbst will. Dein Freund ist volljährig und niemand kann ihm verbieten, zu sein, wer er ist.«

»Ja, aber Leon steht da mächtig unter Druck. Er ist sein ganzes Leben lang mit diesem Glauben aufgewachsen. Und es geht hier um seine Eltern, bei denen er lebt. Er ist ja finanziell abhängig, will noch studieren und so weiter. Außer mir besteht sein gesamter Freundeskreis aus Gemeindemitgliedern. Er kann nicht einfach so von zu Hause abhauen und ich bezweifle, dass er das will. Er hängt schließlich an seinen Eltern.«

»Im Moment können wir nur abwarten, was passieren wird. Wenn ihr Hilfe braucht, fragt mich ruhig. Was ich tun kann, werde ich tun. Ich wäre auch zu einem Gespräch mit seinem Vater bereit, wenn ihr glaubt, dass das was nutzt.«

Milan wollte antworten, doch in dem Moment kam eine Nachricht von Leon: »Hallo mein Lieber, bei mir ist alles okay! Mein Vater ist zwar nicht einverstanden, aber vielleicht kommt das noch. Danke, dass du hier warst, das hat mir Mut gemacht, obwohl wir nicht sprechen konnten. Mama hat mir erzählt, dass du morgen zu mir kommst. Ich glaube, sie ist auf unserer Seite. Wie geht es dir?«

Milan antwortete kurz, dass er mit seinem Vater über die ganze Sache gesprochen habe, dann wünschten sie sich gute Nacht.

Sascha hatte Milans Zimmer in der Zwischenzeit verlassen, so dass er ihm ins Wohnzimmer folgte.

»Danke, Papa! Es hat echt gut getan, darüber zu reden. Ich werde dich auf dem Laufenden halten. Bei Leon ist erst mal so weit alles okay. Ich geh dann mal schlafen. Nacht, Papa!«

»Gute Nacht, Sohn«, antwortete Sascha. »Du kannst jederzeit zu mir kommen, wenn was ist.«

Kapitel 7

Leon kehrte zurück an den Esstisch zu seinem Vater, nachdem Milan gegangen war. Seine Mutter ging in die Küche und verrichtete dort irgendwelche Hausarbeiten, um den Fragen ihres Mannes zu entgehen.

»Kommen wir zurück zu unserem Gespräch«, sagte der Vater, nachdem Leon sich gesetzt hatte. »Ich wiederhole noch mal: Die von Gott gegebenen Wahrheiten dürfen wir nicht verdrehen. Ich halte mich an die Heilige Schrift und da steht geschrieben, dass Homosexualität Sünde ist.«

»Nun, ich habe ja versucht, dir zu erklären, was in der Bibel geschrieben steht. Du willst es nicht anerkennen und dein einziges Argument lautet: ›Was immer war, ist wahr‹? Das ist ein wenig enttäuschend. Ich dachte du hättest theologisch fundiertere Argumente. In Wirklichkeit lehnst du meine Argumente nur ab, weil sie nicht in dein persönliches Weltbild passen. Mit Gott hat das nichts zu tun.«

Jetzt wurde der Vater laut. »Du wagst es, so mit mir zu sprechen? Zum letzten Mal: Ich dulde die Sünde nicht in meinem Haus. Und jetzt geh auf dein Zimmer!«

Wortlos stand Leon auf und verließ den Raum. Nachdem er in seinem Zimmer angekommen war und sich aufs Bett geworfen hatte, huschte seine Mutter herein und erzählte flüsternd von ihrem Gespräch mit Milan, wobei sie sich immer wieder umschaute, als könnte der Vater jeden Moment hereinkommen. Danach verschwand sie schnell wieder, so dass Leon das Handy unter der Matratze hervorholen und Milan die lang ersehnte Nachricht schreiben konnte. Wie gerne hätte er ihn jetzt neben sich gehabt, um sich an ihn schmiegen zu können und den ganzen Frust über seinen Vater zu vergessen. Allein der Gedanke, seinen Freund am nächsten Tag wiederzusehen, tröstete ihn. Dennoch warf er sich noch lange im Bett hin und her, bis er endlich in einen unruhigen Schlaf fiel.

Sein Vater sprach an diesem Abend kein Wort mehr, auch nicht zu seiner Frau. Er zog sich in sein Arbeitszimmer zurück, wo er zunächst betete und sich dann das Gespräch mit seinem Sohn noch mal durch den Kopf gehen ließ. Noch bis tief in die Nacht saß er vor seinem PC.

Es war gegen 11 Uhr am Vormittag, als Milan erneut vor Leons Haustür stand und klingelte. Er hatte noch den Finger auf dem Klingelknopf, als schon die Haustür aufgerissen wurde.

»Schnell, komm rein!«, sagte Leons Mutter mit Verschwörermiene und zog ihn am Arm in den Flur, bevor sie eilig die Haustür schloss. Erst dann lächelte sie ihn an.

»Guten Morgen, Milan! Leon ist in seinem Zimmer. Geh nur hinauf, du weißt ja, wo es ist. Wir beide sprechen nachher noch mal kurz, bevor du gehst.«

»Danke, Frau Schuhmacher, auch für gestern Abend!«

Sie scheuchte ihn mit einer energischen Handbewegung Richtung Treppe und ging dann in die Küche, aus der schon wieder leckere Düfte auf den Flur strömten. Milan klopfte an Leons Tür und ging hinein, ohne auf Antwort zu warten. Leon saß mit hängendem Kopf auf seinem Bett und schien zu grübeln. Als er den Blick hob und Milan erkannte, verwandelte sich sein trauriger Gesichtsausdruck in ein Strahlen, das den ganzen Raum zu erhellen schien.

»Hallo, mein Lieber«, sagte Milan, beugte zu ihm herunter und küsste ihn sanft auf den Mund.

Leons Arme legten sich um seine Mitte und zogen ihn fest an sich. »Endlich bist du da!«, antwortete er, nachdem er sich von ihm gelöst hatte. »Noch zehn Minuten und ich wäre durchgedreht vor Sehnsucht nach dir.«

Milan lachte und setzte sich neben ihn. Seinen Arm legte er um Leons Schulter und die freie Hand auf seinen Oberschenkel. »Was gibts Neues von der Front?«, fragte er.

»Gar nichts! Nachdem mein Vater gestern Abend noch ein bisschen ausgerastet ist und mich auf mein Zimmer verbannt hat, hörte ich nichts mehr von ihm. Mama sagt, dass er heute recht früh ins Geschäft gegangen sei und er habe sich verhalten wie immer. Bin gespannt, wie es heute Abend weitergeht. Vielleicht akzeptiert er es ja letztendlich oder er tut einfach so, als hätte er nie etwas gehört davon, dass sein Sohn schwul ist. Damit könnte ich zur Not auch noch leben, solange wir nur zusammen sein können.« Damit beugte er sich vor und küsste ihn.

»Mein Vater hat angeboten, mit deinen Eltern zu reden, falls es irgendwie hilfreich ist«, erklärte Milan.

»Wow, das ist super! Dafür ist es jetzt noch zu früh, aber je nachdem, wie mein Vater reagiert, könnte das tatsächlich etwas nutzen. Vielleicht muss ich wirklich noch darauf zurückkommen. Sag ihm erst mal danke für das Angebot!«

Milan nahm Leons Gesicht in beide Hände. »Ach, du Ärmster! Ich sehe dir an, was du durchgemacht hast, gestern Abend und heute Nacht. Ich wünschte, ich hätte bei dir sein können!«

»Was?«, rief Leon gespielt empört. »Soll das heißen, ich sehe scheiße aus? Ich habe extra noch meine Tagespflegecreme aufgelegt heute Morgen!« Er boxte ihn auf den Oberarm.

Milan fackelte nicht lange, er und warf seinen Freund aufs Bett und kletterte über ihn. Dann beugte er sich nach vorn und begann ihn intensiv zu küssen. Er fuhr mit beiden Händen unter dessen Tanktop und strich über seinen flachen Bauch und die Seiten.

Nach einer Weile drückte ihn Leon mit beiden Händen weg.

»Nicht ..., Mama kann jeden Moment reinkommen. Du weißt schon, sie klopft nie.«

Frustriert stieg Milan von ihm herunter und setzte sich wieder auf die Bettkante. Er machte sich nicht die Mühe, seine Erektion zu verbergen. Auch Leon hatte eine deutlich sichtbare Beule in seinen kurzen Sweatpants. Dazu trug er ein weißes Tanktop, das an den Seiten sehr tief ausgeschnitten war. Obwohl er diese Klamotten nur anhatte, wenn er zu Hause chillte, sah er darin zum Anbeißen aus. Milan konnte sich kaum beherrschen, seine Finger von ihm zu lassen.

»Nächstes Mal treffen wir uns wieder bei mir. Dann küsse ich dich, bis du umfällst und dann gehörst du mir!«

»Hm, da bin ich aber gespannt«, antwortete Leon lächelnd. »Du Unhold willst dich an deinem wehrlosen Opfer nach Lust und Laune vergehen, was?«

»Genau das will ich ... am liebsten jetzt gleich!«, antwortete Milan mit anzüglichem Unterton. Er wollte Leon gerade küssen, als es an der Tür klopfte.

»Herein!«, rief Leon erschrocken.

Die Tür öffnete sich und seine Mutter kam mit einem verlegenen Lächeln herein. Sie errötete. »Ich will euch ja nicht stören, aber ich dachte mir, vielleicht wollt ihr beide Mittagessen. Es gibt Frikadellen mit Möhrengemüse und Kartoffeln. Ihr könnt runterkommen und euch was nehmen.« Ohne eine Antwort abzuwarten, verließ sie das Zimmer und schloss die Tür hinter sich.

»Ich werde verrückt, das war das erste Mal überhaupt, dass sie angeklopft hat!«

»Wer weiß, was sie sich vorgestellt hat, was wir hier drin machen.«

»Hast du Hunger?«

»Jetzt, da du mich fragst, merke ich, dass ich tatsächlich einen Happen vertragen könnte. Ich hab nicht mal gefrühstückt heute.«

Beide gingen in die Küche, wo sie von Leons Mutter mit einer ordentlichen Portion Mittagessen versorgt wurden. Sie beschlossen, direkt an dem kleinen Küchentisch zu essen, und setzten sich, nachdem Leon noch Cola und Gläser besorgt hatte.

»Ich bin dann im Garten, Wäsche aufhängen. Da auf dem Herd ist noch mehr, bedient euch ruhig, wenn ihr noch etwas wollt«, meinte die Mutter und verschwand.

»Deine Mutter kocht echt super«, sagte Milan nachdem er seinen ersten Hunger gestillt hatte. »Möhren sind zwar sonst nicht so mein Ding, aber irgendwie sind sogar die lecker.«

»Über das Kochen und Backen drückt sie ihre Zuneigung aus«, entgegnete Leon lachend. »Ich denke, bei ihr hast du schon gewonnen. Ich wünschte nur, sie könnte auch meinen Vater überzeugen.«

Nach dem Essen gingen sie wieder auf Leons Zimmer, bis Milan sich am späten Nachmittag verabschiedete.

Als sie die Treppe hinunterstiegen, sah Milan Leons Mutter durch die offene Küchentür und rief: »Hallo Frau Schuhmacher, danke noch mal für das leckere Mittagessen!«

Sie winkte ihn herein, sah sich wieder ängstlich um und zog ihn am Arm näher zu sich heran. Leon blieb in der Küchentür stehen.

»Milan«, sagte sie verschwörerisch. »Was auch immer ihr beide macht, ist allein eure Sache. Ich will nur, dass mein Sohn glücklich ist. Aber mein Mann hat Leon den Umgang mit dir verboten. Also bitte seid vorsichtig, wenn ihr euch in der Öffentlichkeit zeigt, und trefft euch nicht hier bei uns, wenn mein Mann zu Hause ist. Ich weiß nicht, ob er seine Meinung noch mal ändern wird, in diesem Punkt war er immer besonders streng. Wir können nur hoffen, dass er ganz langsam mit der Zeit die Situation akzeptieren kann. Ich werde jedenfalls dafür beten, denn ich will Frieden im Haus. So, jetzt geh besser, Gott segne dich!«

Sie nahm ihn kurz in den Arm und schob ihn dann in Richtung Küchentür.

Im Flur verabschiedete sich Milan von Leon mit einem Kuss.

»Schreib mir heute Abend, wie es mit deinem Vater weitergeht«, bat er Leon, dann verließ er das Haus.

Als er zu Hause ankam, schaute er erst mal nach, ob sein Vater schon von der Arbeit zurück war. Nachdem er festgestellt hatte, dass er allein zu Hause war, zog er im Flur seine Schuhe aus und stellte sie unter die Garderobe. In diesem Moment klingelte es an der Tür. Ohne zu überlegen, öffnete er und erschrak. Damit, dass Dominik dort stehen würde, hätte er nie gerechnet. Dieser ließ den Kopf hängen und sah elend aus, trotzdem wären Milan in diesem Moment sogar Spendensammler oder die Zeugen Jehovas lieber gewesen.

Kapitel 8

»Was machst du denn hier?«, fragte er in barschem Ton und ohne ein Wort der Begrüßung.

Dominik hob den Kopf und sah ihn mit offenem Mund an. »Ich, äh..., tut mir leid, ich gehe besser wieder«, meinte er mit schwacher Stimme und ließ den Kopf wieder hängen. Dann wollte er sich umdrehen, um zu verschwinden.

Milan packte ihn am Handgelenk und hielt ihn fest. »Jetzt komm halt rein, wenn du schon mal hier bist«, sagte er in ärgerlichem Ton und zog Dominik in den Hausflur. Er deutete auf die Garderobe und befahl: »Schuhe aus!«

Dominik kam der Aufforderung nach, ohne ihn anzusehen.

»Komm mit!«, wies ihn Milan an und ging voraus ins Wohnzimmer, wo er sich auf das Sofa fallen ließ. Er wollte nicht mit Dominik allein in seinem Zimmer sein, dafür misstraute er ihm zu sehr. Das Wohnzimmer war eher ein neutraler Ort, jederzeit könnte sein Vater dort hereinkommen.

Dominik starrte den Couchtisch an und fuhr mit seinen Händen nervös auf seinen Oberschenkeln auf und ab. Nachdem Milan ihn eine ganze Weile erwartungsvoll angesehen hatte, begann er endlich zu sprechen. »Milan, ich ...«, dann brach er wieder ab.

»Nun mach schon, ich hab nicht ewig Zeit. Mein Vater kommt gleich nach Hause«, sagte Milan ungeduldig, um Dominik zu zeigen, dass er sich besser keinen Angriff auf ihn trauen sollte. Obwohl Dominik in diesem Augenblick nicht gerade den Eindruck eines verwegenen Draufgängers machte, sondern eher eingeschüchtert wie ein kleines Kind wirkte.

»Ich, äh..., gestern Abend ... im Auto ...«, stotterte Dominik.

»Was?«, warf Milan dazwischen, obwohl ihm langsam dämmerte, worum es ging. Dominik warf ihm einen kurzen, verzweifelten Blick zu. »Der Kuss ... es tut mir leid!«, brach es aus ihm heraus.

Milan antwortete nach einer kurzen Pause mit einem langgezogenen, nachdenklichen »Jaaa« und fuhr dann fort: »Komisch, dass du dich neuerdings jedes Mal entschuldigen musst, nachdem wir uns getroffen haben.« Der Sarkasmus in seiner Stimme war unüberhörbar.

»Oh Mann, Milan.« Dominik war verzweifelt. »Ich bin so ein Idiot.

Ich ..., ach ich weiß nicht, was da in mich gefahren ist. Ich hab die ganze Nacht nicht schlafen können.«

»Weil du dich geschämt hast oder weil ich so ein guter Küsser bin?«, fragte Milan grinsend mit anzüglichem Unterton. Er wollte es Dominik auf keinen Fall leicht machen und würde ihn noch ein bisschen schmoren lassen, bevor er seine Entschuldigung annahm. Was dann kam, haute ihn allerdings um.

»Weil ..., weil es schön war und weil ich es gerne wiederholen würde, mit dir«, sagte Dominik leise und mit nervösen Seitenblicken auf Milan.

Dieser starrte ihn an, öffnete den Mund und schloss ihn wieder. Damit hatte er nicht gerechnet. Andererseits – hatte er sich nicht selbst gestern Abend Vorwürfe gemacht, dass ihm der Kuss ein bisschen zu gut gefallen hatte, bevor sein Gehirn die Steuerung übernahm? Könnte er es mit seinem Gewissen vereinbaren, wenn es zu einem weiteren Kuss käme? Seine Gedanken rasten im Kreis, während er unbeweglich auf dem Sofa saß und Dominik anstarrte.

Dieser Zustand musste eine gefühlte Ewigkeit angehalten haben, denn plötzlich murmelte Dominik: »Na ja, ich geh dann mal wieder«, und stand auf.

Ohne eine Sekunde nachzudenken, packte ihn Milan am Handgelenk und zog ihn zurück auf die Couch. Dann ging alles ganz schnell. Durch den Zug am Handgelenk fiel Dominik halb auf den Schoß von Milan, der sofort seine Arme um Dominiks Mitte legte und erschrocken zu ihm aufsah. Dominik legte eine Hand in Milans Nacken, beugte sich zu ihm herunter und näherte sich seinen Lippen. Von Milan kam kein Widerstand, als sich ihre Lippen berührten. Dominik, der anfangs noch vor Aufregung gezittert hatte, beruhigte sich und begann das intensive Gefühl zu genießen. Milan ließ sich vom ersten Moment an fallen und war auf Autopilot. Zu vernünftigen Gedanken war er nicht mehr fähig. Schon nach kurzer Zeit strich seine Zunge über Dominiks Lippen und begehrte Einlass, den dieser bereitwillig gewährte. Seine rechte Hand wanderte am Rücken unter Dominiks T-Shirt, während seine Linke langsam über dessen Oberschenkel strich in Richtung einer unverkennbaren Erhebung in der Hose, unter der sich eine schon fast schmerzhafte Erektion verbarg. In diesem Moment hörten beide, wie die Haustür geöffnet wurde.

»Scheiße, mein Vater!«, zischte Milan, während er Dominik wegschubste und aufsprang. Er hörte, wie sein Vater an der Garderobe seine Schuhe auszog. Milan räusperte sich und fragte Dominik eine Spur zu laut: »Willst du was trinken?« Er nickte leicht, damit Dominik die passende Antwort gab.

»Oh ja, das wäre super«, antwortete Dominik in möglichst neutralem Ton. In diesem Moment kam sein Vater ins Wohnzimmer.

»Haben wir Besuch? Oh, ist das nicht ...«, fragte er.

»Ja, das ist Dominik«, antwortete Milan.

Dominik sprang auf, ging auf den Vater zu und streckte ihm seine Hand hin. »Guten Tag, Herr Berger, ich bin Dominik«, sagte er lächelnd.

Milans Vater zögerte etwas, doch dann ergriff er Dominiks Hand und schüttelte sie. »Guten Tag, Dominik. Ich bin überrascht, Sie hier zu sehen. Wie ich höre, haben Sie gestern meinen Sohn um Entschuldigung gebeten.«

»Ja, und Sie wollte ich auch noch um Entschuldigung bitten, Herr Berger. Sie müssen sich schreckliche Sorgen gemacht haben um Ihren Sohn.«

Angesichts von so viel Kaltschnäuzigkeit war Milan kurz sprachlos. »Papa, haben wir noch was zu trinken?«, fuhr er dazwischen. »Wir haben Durst.«

»Ja, ich hole was aus der Küche. Setzt euch nur, ich komme gleich dazu.«

»Was soll das?«, zischte er, als sein Vater den Raum verlassen hatte.

»Was denn?«, antwortete Dominik. »Ich wollte mich wirklich noch bei ihm entschuldigen, das war ernst gemeint.«

»Das meine ich nicht. Du hast mich schon wieder geküsst«, flüsterte Milan.

»Ich hab dir gesagt, dass ich das gern tun würde«, gab Dominik leise zurück. »Und du hast nicht den Eindruck gemacht, als ob es dir unangenehm war. Oder war es das etwa?«

»Ja ..., nein«, antwortete Milan unsicher. »Ich bin halt auch nur ein Mann. Aber du weißt genau, dass ich einen festen Freund habe. Das mit uns beiden kann nichts werden.«

»Keine Angst«, lachte Dominik leise. »Nach dem ›Unfall‹ gestern Abend wollte ich nur wissen, ob es wirklich so geil ist, einen Kerl zu küssen.«

»Und?«

»Ist es«, meinte Dominik anzüglich grinsend. »Jedenfalls wenn du dieser Kerl bist. Und ich würde gern noch mehr Sachen mit dir ausprobieren.«

In diesem Moment kam sein Vater mit Getränken und Gläsern zurück ins Wohnzimmer. Milan schaute schnell aus dem Fenster, damit er seine rote Gesichtsfarbe nicht bemerkte.

Nachdem jeder einen Schluck getrunken hatte, sagte Milans Vater: »Nun, Dominik, es ehrt dich, dass du dich persönlich bei uns beiden entschuldigt hast. Zu seinen Fehlern zu stehen und die Konsequenzen zu ertragen, erfordert mehr Mut als jede Schlägerei. Ich hoffe, du merkst dir das für die Zukunft.«

»Das werde ich, Herr Berger. Ich weiß auch, dass Milan seine Anzeige trotzdem nicht zurückziehen wird. Dann wird er bei meinem Prozess als Nebenkläger dabei sein. Das ist vollkommen okay. Ich hoffe natürlich auf eine Bewährungsstrafe, damit ich nach dem Prozess bei meinem Onkel im Allgäu meine Ausbildung zum Landwirt beginnen kann.«

»Oh – Landwirt!«, rief der Vater erstaunt. »Ein schöner, aber auch harter Beruf. Wie kommst du darauf?«

»Na ja, mein Vater hatte mich zur Strafe die letzten Wochen da hingeschickt und ohne Handy und Kontakt zu meinen Freunden dort schmoren lassen. Ich musste schwer schuften, aber ich habe festgestellt, dass mir die Arbeit mit den Tieren und auf dem Feld Spaß macht.«

»Na, das ist doch super!«, rief Milans Vater erfreut. »Das sind doch positive Perspektiven für die Zukunft! Nicht wahr, Milan?«

Milan räusperte sich. Er hatte nicht zugehört und war in Gedanken immer noch bei dem Kuss und Dominiks Ansage, dass er noch mehr ausprobieren wolle.

»Da hast du recht, Papa«, sagte er mit einem gequälten Lächeln, ohne zu wissen, zu was er da gerade seine Zustimmung gab. Er hoffte nur, dass er sich nicht bereiterklärt hatte, ein Jahr lang den Rasen zu mähen. Dominik und der Vater machten noch eine Weile Smalltalk, dann erhob sich Dominik und verabschiedete sich. Milan begleitete ihn zur Tür.

»Darf ich denn noch mal wiederkommen?« fragte Dominik leise.

»Ich ruf dich an«, antwortete Milan. Obwohl ihm klar war, dass er damit einen großen Fehler beging, wusste er genauso sicher, dass eine Fortsetzung mit Dominik unausweichlich war. Zu erregend hatte er die Situation auf der Wohnzimmercouch gefunden, um jetzt einen Rückzieher zu machen. Er hatte Blut geleckt, jetzt wollte er aufs Ganze gehen.

KAPITEL 9

Etwa zur gleichen Zeit verließ Leon sein Zimmer, um am Abendessen mit seiner Familie teilzunehmen. Sein Vater saß schon am Tisch und begrüßte ihn freundlich und beiläufig wie immer, während seine Mutter die dampfenden Schüsseln aus der Küche holte. Nach dem Tischgebet wurde das Essen auf die Teller verteilt und gegessen, wobei der Vater mit der Mutter über die belanglosen Ereignisse des Tages und das Wetter sprach. Milans Besuch erwähnte die Mutter nicht. Als alle satt waren, brachte die Mutter ihrem Mann den üblichen Kaffee. Leon wollte gerade aufstehen und sich in sein Zimmer verabschieden.

»Nein, nein, bleib bitte noch sitzen«, bat der Vater sanft. Nachdem sich die Mutter wieder an den Tisch gesetzt hatte, kramte er kurz in seiner Aktentasche, die wie immer auf dem freien Stuhl neben ihm stand. »Ich habe hier etwas für dich, Leon«, sagte er freudestrahlend und zog einen Flyer aus der Tasche. »Ein Bibelcamp in der Schweiz zum Thema ›Homosexualität und christlicher Glaube‹.«

»Aha.« Zögerlich nahm Leon den Flyer in die Hand. »Und du denkst, da sollte ich hinfahren?«

»Ja, das wird dir guttun«, antwortete sein Vater. »Ich bin sicher, dass du dort Gleichgesinnte triffst, außerdem gibt es dort geschulte Seelsorger und Betreuer, die dir alle deine Fragen beantworten können. Ganz nebenbei wirst du auch viel Freizeit haben und zwei Wochen lang die schöne Natur in den Schweizer Alpen genießen können. Ein Badesee ist ganz in der Nähe.«

»Ja, das hört sich nicht schlecht an«, meinte Leon, immer noch mit Verwunderung in der Stimme. »Morgen kommt mein Gips ab, dann wäre auch die Anreise kein großes Problem mehr. Wann findet das statt?«

»In drei Tagen geht es los. Ich war so frei, dich schon anzumelden, weil es nur noch einen freien Platz gab. Die Bahntickets habe ich auch schon gebucht.«

Leons Mutter legte ihre Hand auf die Hand ihres Sohnes und sagte freudig: »Mensch, das ist ja toll! Freust du dich?«

»Ja, ich freue mich, danke, Papa«, antwortete er.

»Nun, mein Sohn, ich verspreche dir, dass du daraus gestärkt hervorgehen wirst. Und wenn du danach immer noch mit diesem Milan zusammen sein willst, dann werde ich nichts mehr dagegen sagen.«

Leon schossen die Tränen in die Augen. Er sprang auf und umarmte seinen Vater, der sitzen blieb.

»Danke, Papa! Danke, Mama!«, rief er und auch seine Mutter bekam eine stürmische Umarmung ab. Freudig erregt saßen sie noch eine Weile am Tisch und besprachen, was alles für die Reise vorzubereiten und zu packen wäre. Leon zog sich auf sein Zimmer zurück, kramte das Handy aus seinem Versteck und teilte Milan die frohe Botschaft mit. Sie verabredeten sich für den Nachmittag des folgenden Tages.

Am nächsten Morgen fuhr Leons Vater seinen Sohn zum Krankenhaus, bevor er zur Arbeit ging. Nach längerer Wartezeit wurde Leon in ein Behandlungszimmer gebeten, wo er sich auf eine Liege setzte. Eine Krankenschwester kam mit einem Elektrogerät, das wie eine Miniatur-Flex aussah, und machte verschiedene Schnitte in den Gips. Leons Sorge, dass sie zu tief schneiden würde, erwies sich als unbegründet, denn sie ging sehr routiniert mit dem Gerät um. Die verbleibende Schicht öffnete sie mit einer Verbandschere, so dass der lästige Gips in zwei Teilen abgenommen werden konnte. Leon atmete auf. Endlich kam wieder Luft an sein Bein.

»Es könnte noch zu Schwellungen am Bein kommen«, sagte die Krankenschwester. »Das ist aber nicht weiter schlimm und sollte bis morgen wieder weg sein. Sie sollten das Bein noch nicht zu stark belasten und zwischendurch hochlegen. Falls die Schwellung doch zu stark wird oder Sie blaue Zehen bekommen, kontaktieren Sie uns sofort. Nehmen Sie zur Unterstützung auf jeden Fall heute noch die Krücken. Haben Sie einen Schuh mitgebracht?«

»Ja, hab ich«, antwortete Leon. »Und eine Hose ohne aufgeschnittenes Bein.«

»Gut, ich lasse Sie jetzt allein. Kommen Sie bitte anschließend noch mal kurz zur Anmeldung.«

Als Leon das Krankenhaus ohne Gips verließ, atmete er befreit auf. Seine Sachen hatte er im Rucksack verstaut und das Gehen fiel ihm noch schwer, so dass er auf jeden Fall die Krücken benutzen musste. Doch er freute sich auf Milan und stieg vor dem Krankenhaus in den entsprechenden Bus.

Milan hatte am Morgen extra sein Zimmer aufgeräumt und das Bett gemacht. Danach hatte er ausgiebig geduscht und anschließend überlegt, was er anziehen soll. Mehrmals hatte er sich umgezogen und war ins Schwitzen geraten, so dass er noch mal kurz duschte. Er entschied sich für eine blaue Skinny-Jeans ohne Löcher und ein schlichtes weißes Hemd, welches eng anlag und seine muskulöse Figur betonte. Nach mehreren Anläufen schaffte er es, sein Haar zu seiner Zufriedenheit zu stylen. Er nahm noch etwas vom teuren Parfüm seines Vaters und betrachtete sich in dem langen Spiegel in der Tür seines Kleiderschranks. Zustimmend nickte er. Danach gab es nichts mehr zu tun und er begann nervös in seinem Zimmer auf und ab zu gehen. Dann verlagerte er diese Tätigkeit in den Flur und schließlich ins Wohnzimmer.

Als es endlich klingelte, erschrak er, obwohl er so lange darauf gewartet hatte. Er rannte zur Tür und öffnete. Vor der Tür stand Leon, ohne Gips, und strahlte ihn an. Auch er hatte sich heute ein wenig gestylt. Zu einer schwarzen, engen Jeans trug er ein einfaches hellgraues T-Shirt. Jenes T-Shirt, das er von Milan bekommen und nie zurückgebracht hatte. Es war ihm inzwischen sehr eng geworden, so dass sich die Konturen seines schlanken Oberkörpers sehr genau abzeichneten. Noch in der offenen Haustür schlang er seine Arme um Milan und küsste ihn auf den Mund. Ob Nachbarn oder Passanten das sehen konnten oder nicht, war ihm keinen Gedanken wert.

»Wow, so stürmisch heute«, lachte Milan, nachdem er sich von Leons Kuss gelöst hatte.

»Ja, ich freue mich so sehr, dich zu sehen! Und dass mein Gips endlich ab ist. Du glaubst nicht, wie befreiend der Moment war, als die Krankenschwester das Ding endlich abgenommen hat.«

Sie gingen in Milans Zimmer und setzten sich auf das Bett.

»Ich glaube, mit meinem Vater wird auch alles gut. Nur noch dieses Bibelcamp und dann wird er nichts mehr gegen uns haben. Und zwei Wochen Schweiz finde ich herrlich!«

»Was passiert eigentlich in diesem Bibelcamp? Ich meine, wirst du da umgepolt oder so?«

»Ach nein, so was würde mein Vater mir nicht antun«, antwortete Leon. »Nein, da wird viel gebetet und gesungen und dann wird über Bibelstellen diskutiert. Außerdem hat man da viel Freizeit, sagt mein Vater.«

»Ja, aber bei dem Thema dürften da auch andere schwule Jungs sein. Pass bloß auf, dass du dich in keinen von denen verliebst«, sagte Milan schmollend.

»Ach was, mit dir kann kein anderer Kerl mithalten. Ich will mich doch nicht verschlechtern«, entgegnete Leon und packte Milan an den Schultern. Dann drückte er ihn mit dem Rücken aufs Bett, beugte sich über ihn und küsste ihn intensiv, wobei schon nach kürzester Zeit ihre Zungen das Spiel bestimmten. Mit vor Aufregung zitternden Fingern begann er Milans Hemd aufzuknöpfen. Nachdem der letzte Knopf geöffnet war, packte Milan grob zu und warf Leon auf den Rücken, so dass er jetzt über ihm war. Das Hemd streifte er sich schnell von den Schultern und warf es auf den Boden. Dann griff er unter Leons T-Shirt und schob es nach oben, bis dieser seine Arme über den Kopf streckte und er das T-Shirt abstreifen konnte. Ohne innezuhalten, machte er sich jetzt an Leons Hose zu schaffen. Einen Gürtel trug er nicht, doch die vorderen Knöpfe der engen Jeans erforderten viel Geschick. Als das geschafft war, riss Milan die Hose nach unten. Leon hob kurz sein Becken an, dann landete das Kleidungsstück auf dem Boden. Schnell sprang Milan auf, öffnete seine eigene Hose und versuchte sie abzustreifen. Doch mit den Füßen verheddete er sich in den engen Hosenbeinen und wäre fast gestürzt. Innerlich verfluchte er seine heutige Kleiderwahl, doch schließlich konnte er seine Jeans zu den anderen Klamotten werfen. Nur mit seiner Boxer bekleidet, die vorne schon ein ziemliches Zelt bildete, kroch er wieder über Leon aufs Bett und legte sich auf ihn. Schnell fanden sich ihre Zungen wieder und schwer atmend pressten sie ihre Körper aneinander. Leons Hände fuhren über Milans Rücken zum Gummiband seiner Shorts und schoben diese von seinem Hintern, den er ausgiebig knetete. Milan stand erneut auf und streifte seine Unterhose ab, dann griff er nach Leons Boxer und zog ihm diese ebenfalls aus, wobei Leon ihm half, so gut er konnte. Im nächsten Moment lagen sie wieder aufeinander, ihre Erektionen zwischen ihren nackten Körpern eingeklemmt, küssten sich weiter und rieben ihre Körper aneinander, wobei sie einen gemeinsamen Rhythmus fanden. Leons Hand fuhr zwischen ihre beiden Körper und tastete nach Milans Schaft. Als er ihn gefunden hatte, packte er fest zu und begann mit schnellen Bewegungen daran auf und ab zu fahren. Milan genoss seine Bemühungen eine Weile, dann begann er sich über Leons Hals, Brust und Bauch abwärts zu küssen, so dass er sich seiner Hand entziehen musste. Als er sein Ziel erreicht hatte, nahm er ihn direkt in den Mund und drehte sich so, dass er jetzt umgekehrt neben Leon lag. Dieser begriff sofort und zögerte keinen Augenblick, Milans ebenfalls in den Mund zu nehmen. Es dauerte nur wenige Minuten, bis beide gleichzeitig zum Höhepunkt kamen. Erschöpft und eng aneinandergekuschelt lagen sie danach im Bett.

»Wow«, sagte Leon, nachdem sich seine Atmung beruhigt hatte. »Es ist jedes Mal so schön mit dir. Es fühlt sich einfach super gut an, dich zu lieben, so dass ich gar kein schlechtes Gewissen gegenüber Gott haben kann. Ich glaube wirklich nicht, dass unsere Liebe Sünde sein kann und dass ich etwas zu beichten hätte.«

Milan fuhr ihm eine Weile stumm durchs Haar und dachte nach. »Mach dir nicht zu viele Gedanken! Weder Gott noch dein Vater können uns auseinanderbringen. Ich liebe dich!«

Er verfluchte sich dafür, dass er mit Dominik rumgeknutscht hatte, obwohl er nichts für ihn empfand. Aber Dominik übte eine starke sexuelle Anziehung auf ihn aus, die er sich nicht erklären konnte. Vielleicht lag es daran, dass Dominik, im Gegensatz zu Leon, größer und stärker als er selbst und ein dominanter Typ war, ein typisches Alphamännchen. Während er für Leon tiefe Liebe empfand, konnte er sich mit Dominik wilden, schmutzigen Sex vorstellen und fand das erregend. Aber er wollte seine Beziehung zu Leon nicht gefährden und nahm sich fest vor, seinem Schwanz nicht das Denken zu überlassen. Er beschloss in diesem Moment, Dominik nicht anzurufen, obwohl er es versprochen hatte.

»Worüber denkst du nach?«, fragte Leon plötzlich und riss ihn damit aus seinen Gedanken.

»Ach, nichts, ich, äh ...«, begann Milan zu stottern. »Ich dachte an dein Bibelcamp und daran, dass wir zwei Wochen getrennt sein werden. Ich werde dich total vermissen!«

»Geht mir genau so«, antwortete Leon. »Aber danach kann uns niemand mehr auseinanderbringen. Sogar mein Vater will dann Ruhe geben. Das Bibelcamp war seine einzige Bedingung.«

»Ich bin etwas in Sorge deswegen. Warum will er unbedingt, dass du da hingehst? Kriegst du da vielleicht doch eine Gehirnwäsche, oder was?«

»Das kann ich mir nicht vorstellen«, antwortete Leon. »Mein Vater würde mir doch nichts Schlimmes antun wollen. Ich werde mir das ganz in Ruhe anschauen, werde wandern und schwimmen und danach komme ich gut erholt zurück zu dir. Fährst du eigentlich gar nicht in Urlaub, diesen Sommer?«

»Ich wollte ursprünglich mit meinem Vater für zwei Wochen nach Spanien. Aber jetzt kann er nicht von der Arbeit weg und so wird nichts draus. Er hofft immer noch auf eine Beförderung. Na ja, meine Freunde sind schon weg. Moritz ist vor drei Tagen nach Australien geflogen und arbeitet da in einem Naturschutzprojekt mit. Und Hasan ist wie jeden Sommer mit seiner ganzen Familie in Marokko. Er hat gesagt, dass ich mitkommen soll, es muss da voll schön sein. Jedenfalls schwärmt er immer von seinem Heimatland, dass man Lust bekommt, da mal hinzufahren. Wenn ich jetzt nicht mit dir zusammen wäre, hätte ich das vielleicht tatsächlich gemacht.«

»An mir soll es nicht liegen. Ich habe nichts dagegen, wenn du verreist.«

»Ach nein, lass mal. Ich bleibe lieber hier als trauriger Strohwitwer und warte, dass mein Liebster zurückkommt.«

»Oooh«, antwortete Leon lachend, »dann muss ich mich heute noch gebührend von dir verabschieden. Morgen muss ich packen und einigen Gemeindemitgliedern auf Wiedersehen sagen und so weiter und übermorgen bringt mein Vater mich vormittags zum Bahnhof.«

Sie blieben den ganzen Nachmittag im Bett und küssten und liebten sich, bis sie dann gemeinsam unter die Dusche gingen. Sie waren gerade fertig und verließen angezogen Milans Zimmer, als sein Vater von der Arbeit nach Hause kam.

»Hallo, ihr beiden, Hallo Leon«, rief er fröhlich. »Wie ich sehe, ist dein Gips endlich ab. Da bist du wohl froh, was?«

»Hallo Sascha! Ja, das ist ein tolles Gefühl. Jetzt muss ich nur noch die Beinmuskeln ein wenig aufbauen, dann bin ich wieder wie neu!«

Nachdem er sich, nach angemessenem Smalltalk, vom Vater verabschiedet hatte, begleitete ihn Milan bis zur Haustür. Dort nahmen sie sich fest in die Arme und küssten sich lange und intensiv. Sein Vater stand noch kurz am anderen Ende des Flurs und beobachtete die beiden lächelnd, bevor er sich diskret zurückzog. Stumm und mit Tränen in den Augen trennten sie sich voneinander. Vor der Haustür gaben sie sich einen letzten, kurzen Kuss auf den Mund. Leon ging ein paar Schritte, dann drehte er sich um und sie winkten sich ein letztes Mal zu, bevor er um die Hausecke bog und verschwand.

Den nächsten Tag verbrachten beide überwiegend zu Hause. Während Milan sich kolossal langweilte, an seiner Playstation zockte und auf Textnachrichten von Leon wartete, war dieser den ganzen Tag beschäftigt. Nachdem er seinen Koffer gepackt hatte, ging er ins Gemeindehaus zum Treffen seiner Jugendgruppe und zu dem sich daran anschließenden Bibelkreis. Danach packte er zu Hause Dinge ein, die ihm in der Zwischenzeit noch eingefallen waren und die er auf keinen Fall vergessen wollte. Er wurde dabei ständig von seiner Mutter unterbrochen, die ihn heute umhegte und umsorgte wie ein kleines Baby. Die bevorstehende Trennung von ihrem Sohn fiel ihr sehr schwer, was sie mit Kuchenbacken und der Zubereitung von Leons Lieblingsgerichten zu kompensieren versuchte. Sein Vater kam gegen Abend nach Hause und nach einem opulenten Mahl saß die Familie noch lange zusammen am Tisch und sprach über die bevorstehende Reise oder schwelgte in Erinnerungen an vergangene Urlaube.

Kapitel 10

Nach einer kurzen Nacht, in der Leon schlecht geschlafen und Textnachrichten mit Milan ausgetauscht hatte, kam der große Tag, an dem er abreisen würde. Voll Vorfreude und Aufregung stand er recht früh auf, duschte lange und wählte sorgfältig die passende Kleidung aus. Danach gesellte er sich zu seinen Eltern, die am reich gedeckten Frühstückstisch saßen und gut gelaunt Kaffee tranken. Leon langte tüchtig zu und machte sich anschließend noch drei belegte Brötchen für unterwegs. Seine Mutter bereitete eine Thermoskanne mit frisch gebrühtem Kaffee vor, die er ebenfalls in seinen Rucksack packte, dann gab sie ihm noch zwei Äpfel mit. Sie ermahnte ihn ständig, dass er genug essen und trinken, keine waghalsigen Klettertouren machen, nicht mit vollem Bauch schwimmen gehen solle und so weiter. Schließlich sah sich sein Vater genötigt, einzugreifen.

»Nun lass doch den Jungen«, sagte er lachend. »Er ist schon groß und wird selbst auf sich aufpassen. Du tust ja, als wäre er gerade erst zehn geworden.«

»Na und?«, antwortete sie schmollend. »Er war immer mein Baby und wird es immer bleiben. Auch in zwanzig Jahren noch!«

»Na komm, Sohn, mach dich fertig, wir fahren los, sonst lässt deine Mutter dich am Ende gar nicht mehr weg.« Der Vater lachte warmherzig und alle stimmten ein.

Leon ging nach oben und sah sich noch mal in seinem Zimmer um. Seiner Mutter zuliebe nahm er die Krücken mit, obwohl er das Gefühl hatte, sie nicht mehr zu brauchen, er wollte sie spätestens am Zielort entsorgen. Das Handy lag ausgeschaltet in seinem Rucksack, er würde es erst herausholen, wenn sein Zug den Bahnhof verlassen hätte. Sein Gepäck stand schon unten im Flur, also machte er noch schnell sein Bett, dann seufzte er, drehte sich um und schloss die Tür seines Zimmers. Unten im Hausflur gab es einen tränenreichen Abschied von der Mutter, dann setzte er sich zu seinem Vater ins Auto, der schon ungeduldig wartete. Gedankenverloren blickte er aus dem Fenster, während sich die Fahrt langsam dem Hauptbahnhof in der Innenstadt näherte. Was Leon dann jedoch sah, ließ seine heile Welt zusammenbrechen.

Milan hatte sich für den Tag von Leons Abreise vorgenommen, zum Hauptbahnhof zu gehen und wenigstens aus der Ferne zu beobachten, wie dieser in den Zug stieg. Er wusste natürlich, dass sein Vater ihn begleitete und er mit ihm nicht würde sprechen können. Trotzdem hatte er das Bedürfnis, ihn noch mal zu sehen. Viel zu früh war er mit dem Bus in die Innenstadt gefahren, hatte in einer Bäckerei gefrühstückt und dabei fast die Zeit vergessen. Er musste sich schließlich beeilen, um rechtzeitig vor Leon und dessen Vater im Bahnhof zu sein und eine günstige Stelle zu finden, von der aus er ihn beobachten konnte. Wenige hundert Meter bevor er sein Ziel erreichte, sah er plötzlich Dominik und Deniz aus einem Handyladen kommen. Milan wollte noch versuchen, unerkannt in ein benachbartes Schuhgeschäft zu verschwinden, aber es war zu spät, Dominik hatte ihn schon gesehen und kam freudestrahlend auf ihn zu.

»Hallo Milan!«, rief er laut. »Was machst du denn hier?« Direkt vor ihm kam er zum Stehen, Deniz folgte wenige Schritte dahinter.

»Ah..., ach, nichts Besonderes. Ich hole meine Oma vom Bahnhof ab«, log Milan. Dass seine Großmutter bereits verstorben war, konnte Dominik nicht wissen.

»Schade«, sagte Dominik und kam mit seinem Gesicht noch näher an seines heran, wozu er sich leicht herunterbeugen musste. Dann fuhr er leise fort: »Ich dachte, wir könnten heute etwas Zeit miteinander verbringen.«

Milan wollte ihn schnell abwimmeln, damit er endlich weiter zum Bahnhof gehen konnte. Die Zeit wurde langsam knapp. »Heute geht es nicht! Ich melde mich bei dir!« Er wollte um Dominik herumgehen, da dieser ihm im Weg stand.

»So leicht kommst du mir nicht davon!« Dominik packte Milan mit beiden Händen an der Hüfte und hielt ihn fest. Dann schlang er seine Arme um ihn, beugte leicht seinen Kopf und küsste ihn auf den Mund. Milan war von der Aktion völlig überrumpelt und brauchte eine ganze Weile, bis er begriff, was gerade geschah. Während Deniz mit offenem Mund neben den beiden stand und offenbar die Sprache verloren hatte, setzte Milans Gehirn sich langsam wieder in Gang. Mit beiden Händen drückte er Dominik von sich weg.

»Was soll das?«, brüllte er ihn an.

Dass im Moment des Kusses, als sie sich gerade innig umarmt hatten,

Leon mit seinem Vater an der Szene vorbeifuhr und alles sah, blieb von Milan, Dominik und Deniz unbemerkt.

»Fuck! Dominik, lass das gefälligst!«, brüllte Milan außer sich vor Wut. Dominik stand stumm vor ihm, hielt eine Hand vor seinem Mund und realisierte scheinbar jetzt erst, was er getan hatte. Erschreckt drehte er sich zu seinem Kumpel Deniz um, dann ging sein Blick nervös zwischen ihm und Milan hin und her.

»Ich muss mich beeilen!«, sagte Milan und sprintete Richtung Hauptbahnhof davon. Ein wenig bedauerte er, dass er nicht mitbekam, wie der Macho Dominik seinem Kumpel den Kuss erklären würde und ob dieser ihm dann homophobe Beleidigungen an den Kopf werfen würde. Egal, sollte er doch selber sehen, wie er damit klarkam.

Milan musste sich jetzt konzentrieren, im Bahnhof gab es viel Gedränge und er musste erst mal das richtige Gleis von Leons Zug ausfindig machen. Nachdem ihm das gelungen war, begab er sich einen Bahnsteig weiter, um von dort dessen Abreise zu beobachten. Er ahnte nicht, dass dieser gerade völlig verzweifelt war, weil er glaubte, dass Milan ihn betrüge.

Leons Vater parkte den Wagen in der Bahnhofstiefgarage, dann begleitete er seinen Sohn bis zum Bahnsteig und wartete mit ihm auf das Bereitstellen des Zuges. Leon war fassungslos über das, was er gerade gesehen hatte. Sein Freund hatte einen anderen Jungen geküsst und sie hatten sich innig umarmt. Völlig schamlos auf offener Straße. Das hieß doch, dass er diesen Kerl schon länger kannte. Er fragte sich verzweifelt, wie lange er schon betrogen wurde und ob er irgendwelche Anzeichen davon bemerkt hatte. Es war ihm jedoch nichts aufgefallen. Wie abgebrüht musste Milan sein, dass er ihm ein solches Theater vorspielen konnte, ohne den geringsten Verdacht zu erwecken?

Wie ferngesteuert trottete er hinter seinem Vater her und nahm seine Umgebung gar nicht wahr. Sonst hätte er vielleicht Milan bemerkt, der auf dem nächsten Bahnsteig unauffällig neben dem Automaten mit den Süßigkeiten stand und ihn mit strahlenden Augen beobachtete. Leon war verzweifelt. Dass seine erste große Liebe ein hinterhältiger Betrüger war, konnte er nicht begreifen. Ihm schossen Tränen in die Augen und er konnte sich nur mit Mühe davon abhalten, laut loszuheulen.

»Na, na, ist doch nicht so schlimm«, sagte sein Vater und nahm ihn gerührt in die Arme. Offenbar glaubte er, sein Sohn weine, weil er nicht von seinen Eltern getrennt sein wollte. »In vierzehn Tagen bist du doch schon wieder zurück«, versuchte er Leon zu trösten und ahnte nicht, dass sein Sohn in diesem Moment am liebsten gestorben wäre. Glücklicherweise fuhr jetzt der Zug ein und sie konzentrierten sich darauf, den Waggon zu finden, in dem er einen reservierten Sitzplatz hatte. Sein Vater trug ihm das Gepäck bis in das Abteil. Als alles verstaut war und Leon auf seinem Platz saß, verabschiedete sich der Vater eilig und verließ den Wagen gerade noch rechtzeitig, bevor die Türen schlossen und der Zug sich in Bewegung setzte.

Milan sah dem Zug vom nächsten Bahnsteig aus hinterher und war ein bisschen traurig, dass Leon ihn nicht bemerkt hatte. Er wunderte sich, dass dieser auf dem Bahnsteig offenbar in Tränen ausgebrochen war, machte sich aber nicht allzu viele Gedanken darüber. Er wartete noch, bis der Vater den Bahnsteig verlassen hatte, dann setzte auch er sich langsam in Bewegung. Da er keine Lust hatte, in der Stadt noch mal Dominik zu begegnen, fuhr er mit der nächsten S-Bahn zurück in seinen Vorort.

Kapitel 11

Nachdem sein Vater sich verabschiedet und der Zug den Bahnhof hinter sich gelassen hatte, saß Leon zunächst wie betäubt auf seinem Fensterplatz und lehnte den Kopf an die Scheibe. Doch mit der Zeit wandelte sich seine Benommenheit in Wut. Wut auf Milan, dass er ihn belogen und betrogen hatte, und Wut auf sich selbst, dass er so naiv gewesen war und nichts bemerkt hatte. Nach etwa einer Stunde kramte er sein Handy aus dem Rucksack und schaltete es ein. Es waren mehrere neue Nachrichten von Milan darauf, der ihm eine gute Reise wünschte und schrieb, dass er ihn jetzt schon vermisse. So viel Unverfrorenheit machte ihn noch wütender. Lange starrte er auf das Handy und überlegte sich, ob er überhaupt antworten sollte, während seine Wut in ihm immer höher kochte.

Er schrieb: »Milan, es ist besser, wir machen Schluss. Ich habe euch gesehen heute und dafür gibt es keine Entschuldigung!« Dann schaltete er das Handy aus und verstaute es ganz unten in seinem Rucksack. Er schloss die Augen und versuchte, an nichts zu denken. Das gleichmäßige Ruckeln des Zuges wiegte ihn bald in einen leichten Schlummer.

Milan saß zu Hause auf seinem Bett und starrte ungläubig auf die letzte Nachricht von Leon. Gleich nachdem er sie erhalten hatte, hatte er zurückgeschrieben: »Leon, was du gesehen hast, war ein Missverständnis. Das war Dominik und er hat mich regelrecht überfallen. Ich habe ihn weggestoßen und ich empfinde nichts für ihn. Ich liebe nur dich, bitte glaube mir!«

Doch es kam keine Lesebestätigung. Seine Anrufe wurden mit der Ansage beantwortet, dass die gewählte Nummer nicht erreichbar sei. Folglich musste Leon das Handy ausgeschaltet haben. Milan konnte im Moment nichts tun als zu warten, bis er wieder Kontakt mit Leon haben würde. Innerlich kochte er vor Wut darüber, dass er mit Dominik zu weit gegangen war und dass dieser ihn auf der Straße vor dem Bahnhof so einfach hatte überrumpeln können. Dieser blöde Macho-Arsch hielt sich doch tatsächlich für unwiderstehlich. Dummerweise lag er damit nicht mal so ganz falsch, aber das wollte und konnte Milan sich in diesem Moment nicht eingestehen. Er hoffte, dass er ihn bis zum Prozess nicht wiedersehen musste. Noch ein paar Tage, dann würde Dominik sein Urteil bekommen. Es war nur ein Verhandlungstag angesetzt, so dass Milan auf ein schnelles Ende hoffen durfte.

Nach mehrmaligem Umsteigen und völlig erschöpft kam Leon am späten Nachmittag mit einem Bummelzug an einem kleinen Provinzbahnhof an. Hinter diesem erstreckte sich den Hang hinauf ein kleines Bergdorf. Etwas tiefer im Tal lag in einiger Entfernung ein idyllischer See, dahinter leuchtete ein schneebedecktes Bergpanorama im strahlenden Sonnenschein vor einem blauen Himmel. Auf den ersten Blick gefiel es ihm hier sehr gut. Er nahm seinen Rucksack und seinen Rollkoffer und begab sich in Richtung Ausgang. Seine Krücken hatte er schon beim letzten Umsteigen auf dem Bahnsteig stehen lassen.

Ihm kam ein sympathisch wirkender Mann entgegen, der ein Schild mit Leons Namen in der Hand hielt. Er winkte ihm fröhlich.

»Das bin ich«, sagte er lächelnd und zeigte auf das Namensschild.

»Ja, dann, herzlich Willkommen in der Schweiz!« Der Mann, der etwa Mitte dreißig zu sein schien, sprach mit leichtem Schweizer Akzent. Er schüttelte ihm freundlich die Hand. »I bin der Markus! Komm mit, ich bring dich mit dem Auto rauf zu unserem Haus, das ist noch ein Stück oberhalb vom Dorf.«

Er führte Leon auf den Bahnhofsvorplatz zu einem alten VW-Bus, öffnete ihm die Beifahrertür und verstaute seinen Koffer im Heck.

Kaum waren sie unterwegs, fragte Markus: »Du bist aber nicht von hier, oder?«

»Natürlich nicht, ich komme aus Dortmund«, antwortete Leon, der genau wusste, dass Markus auf seine dunkle Hautfarbe anspielte. Nachdem er auch heute wieder im Zug von jedem Schaffner besonders kritisch beäugt und sein Ticket besonders oft und intensiv geprüft worden war, hatte er keine Lust, es diesem Markus einfach zu machen.

»Ah«, lachte Markus. »Nein, ich meine, wo kommen deine Eltern her?«

»Erwischt!«, antwortete Leon. »Also, mein Vater ist in Essen geboren und meine Mutter stammt aus Wuppertal.«

Markus wirkte etwas konsterniert und fragte nicht weiter. Eine Minute später hielten sie vor einem älteren Haus mit landestypischen Holzbalkonen und einem üppigen Blumengarten. Leon nahm sein Gepäck und folgte Markus ins Innere des Hauses, wo es angenehm kühl war.

Vor einer winzigen Empfangstheke hielten sie an. Wie in einem altmodischen Hotel hingen dahinter mehrere Schlüssel mit schweren Metallanhängern, auf denen Zimmernummern eingraviert waren. Einige Schlüssel schienen zu fehlen, da ein paar Haken an dem Schlüsselbrett leer waren. Er vermutete, dass bereits andere Teilnehmer des Bibelcamps eingetroffen waren.

»Gibt es hier ein Telefon?«, fragte er. »Ich will nur schnell meinen Eltern Bescheid sagen, dass ich gut angekommen bin.«

»Ja klar, du kannst direkt von diesem Apparat aus anrufen.« Markus zeigte auf ein altmodisches Telefon, das in der Ecke auf einem kleinen Beistelltisch stand. »Aber vielleicht willst du erst mal dein Zimmer sehen?« Er griff nach einem Schlüssel. »Du bekommst Zimmer fünf im ersten Stock. Das hat einen schönen Blick auf das Dorf und den See«, sagte er lächelnd und ging voraus, die schmale, knarzende Treppe hinauf. Oben öffnete er die Tür mit der Nummer fünf und ließ Leon den Vortritt.

Dieser zog als Erstes die Gardine zurück und öffnete die Balkontür. »Super, vielen Dank!« Er war begeistert. »Ihr habt es wirklich sehr schön hier.«

»Na, nun nimm dir erst mal Zeit zum Ankommen und mach es dir gemütlich. Für heute steht eh nichts mehr auf dem Programm«, sagte Markus. »Wenn du magst, gibt es nachher unten ein kaltes Abendessen im Gemeinschaftsraum. Da gibt es auch Mineralwasser, das du mit aufs Zimmer nehmen kannst. Treppe runter und dann sofort rechts. Bad und Toilette sind den Flur runter ganz hinten links sowie rechts und unten neben dem Gemeinschaftsraum. Wenn du noch Fragen hast oder irgendetwas brauchst, findest du mich unten. Ich bin ja hier das Mädchen für alles.«

»Alles okay, bis später dann!« Leon schloss die Tür, nachdem Markus den Raum verlassen hatte. Er stellte seinen Koffer ungeöffnet vor den Schrank und ließ sich aufs Bett fallen, das sich als sehr bequem herausstellte. Er schloss die Augen und fiel sehr bald in einen tiefen, traumlosen Schlaf.

Kapitel 12

Milan lag im Wohnzimmer auf dem Sofa und zappte durch die Fernsehprogramme, ohne etwas davon wahrzunehmen. Er warf die Fernbedienung wütend auf den Tisch und begann zum wiederholten Mal, unruhig im Wohnzimmer hin und her zu gehen. Seine Gedanken kreisten in Endlosschleife um Leon und die Tatsache, dass er Schluss gemacht hatte, und um Dominik, den er stündlich mehr verfluchte. Er hörte, wie sich die Haustür öffnete. Offenbar kam sein Vater von der Arbeit nach Hause.

»Komm rein«, hörte er ihn sagen. Oh Gott, hoffentlich hatte er keinen Kollegen mitgebracht, schließlich wollte Milan ihm sein Herz ausschütten und ihn um Rat fragen. Die Wohnzimmertür öffnete sich und sein Vater trat in das Wohnzimmer.

»Schau mal, wer vor der Tür stand und sich nicht hereingetraut hat«, fragte er. Einen kurzen Moment lang keimte in Milan die Hoffnung, dass Leon zurückgekommen wäre. Doch als er sah, wen sein Vater mitgebracht hatte, versteinerte er. Mit offenem Mund und finsterer Miene sah er Dominik eintreten, der kurz hinter seinem Vater stehen blieb und Milan mit flehenden Augen ansah.

»Bitte, Milan, ich ...«, fing er an, doch dieser unterbrach ihn.

»Was willst du noch?«, fragte er barsch und abweisend. »Ich will dich hier nicht sehen!«

Milans Vater hob die Hände zu einer Geste der Beruhigung. »Jetzt komme ich nicht mehr mit«, meinte er. »Ich dachte, Dominik hätte sich entschuldigt und alles wäre in Ordnung! Vielleicht klärt mich mal jemand auf, was überhaupt los ist.«

»Das soll er dir selbst sagen!«, fauchte Milan und deutete auf Dominik. »Er hat alles kaputt gemacht!« Ihm schossen die Tränen in die Augen.

Dominik ließ die Schultern und die Arme hängen.

»Ich habe ihn geküsst«, murmelte er leise und mit gesenktem Blick. »Wie es aussieht, gegen seinen Willen. Ich hatte ihn wohl falsch verstanden. Oh Mann, mir tut das alles so leid!«

»Ja, und dann hat mein Freund uns gesehen und hat Schluss gemacht!«, brüllte Milan mit sich überschlagender Stimme. »Und nur weil du so ein blöder Arsch bist, der sich einfach nimmt, was er haben will. Herrgott noch mal, was stimmt nicht mit dir?«

»Milan, ich ..., das wusste ich nicht, es tut mir leid«, sagte Dominik mit flehentlicher Stimme. »Ich ... ich habe mich verliebt in dich, und ... na ja, ich dachte, du wärst nicht abgeneigt.«

»Ich lasse euch beide dann mal besser alleine, damit ihr das unter euch ausdiskutieren könnt«, meinte der Vater.

»Nein, Papa, bitte bleib hier!«, bat Milan mit verheulten Augen. »Ich will nicht allein mit ihm sein.«

»Na schön, wie du willst.« Er zeigte auf das Sofa. »Setzen wir uns doch.«

Dominik und er nahmen an den Enden des Sofas Platz, während Milan sich in den Sessel setzte.

»Leon hat mit dir Schluss gemacht?«, fragte Sascha seinen Sohn.

»Ja ..., er muss mich mit Dominik gesehen haben. Und jetzt kann ich ihn nicht mehr erreichen«, antwortete Milan verzweifelt.

»Warum gehst du nicht einfach zu ihm?«, fragte sein Vater.

»Papa!«, antwortete Milan leicht genervt und rollte die Augen. »Ich hab dir doch erzählt, dass er heute in die Schweiz fährt, zu einem Bibelcamp oder so.«

»Ach ja, richtig. Sorry, das hatte ich ganz vergessen! Das ist ja wirklich blöd. Hast du eventuell die Adresse von seiner Unterkunft? Vielleicht können wir herausfinden, ob es dort einen Festnetzanschluss gibt.«

Milan fluchte innerlich, dass er nicht schon längst selbst auf die Idee gekommen war. Inzwischen sollte Leon dort angekommen sein, wenn er alle seine Anschlusszüge erwischt hatte.

»Jetzt zu dir, Dominik«, sagte Sascha. »Du hast meinen Sohn ... geküsst? Einfach so, auf offener Straße?«

»Ja, das ... das war so dumm von mir«, antwortete Dominik. »Ich dachte, wenn ich meinen Mut beweise und offen zu ihm stehe, wird er erkennen, was ich für ihn empfinde. Mein bester Kumpel stand daneben und der wusste bis dahin gar nichts davon. Aber Milan hat mich weggestoßen und ist weggerannt. Na ja, das war eigentlich schon alles.«

Milan schnaubte verächtlich, blieb aber ansonsten ruhig.

»Hm, du hättest besser mit ihm reden sollen, anstatt gleich zur Tat zu schreiten«, sagte der Vater ruhig und sachlich. »Reden ist generell die bessere Alternative. Das gilt auch bei Auseinandersetzungen auf der Straße.«

»Ich bin nicht gut im Reden«, antwortete Dominik verschüchtert. »Ich war immer der Stärkste und hab mir nichts gefallen lassen. Daher habe ich diesen Ruf. Den werde ich jetzt vermutlich einbüßen, wenn mein Kumpel herumerzählt, dass ich schwul bin. Dabei weiß ich das gar nicht so genau. Ich denke eher, dass ich bi bin. Ich habe nichts weiter gesagt und ihn einfach dort stehen lassen. – Jaja, ich weiß, reden wäre auch da besser gewesen.«

»Ganz genau!«, warf der Vater ein.

»Verdammt, Milan, ich möchte dir so gerne helfen! Ich fahre in die Schweiz und rede mit deinem Freund, wenn du willst«, schlug Dominik vor.

Milan, den die ganze Situation überforderte, antwortete: »Verschwinde einfach und lass dich hier nie wieder blicken. Wir sehen uns vor Gericht – und jetzt raus! Na los, verschwinde!«, brüllte er.

Dominik stand auf. »Tja, dann gehe ich besser«, meinte er traurig und verließ eilig das Haus.

»Denkst du, das war richtig?«, fragte sein Vater sanft, nachdem die Haustür ins Schloss gefallen war.

»Ich ... ach, keine Ahnung«, antwortete Milan genervt und verzweifelt. Innerlich war er immer noch sauer auf sich, weil er Dominik begehrt hatte. »Ich kann nicht mehr. Ich gehe in mein Zimmer und lege mich hin.« Erschöpft stand er auf und schlurfte aus dem Wohnzimmer.

Sein Vater blieb nachdenklich auf dem Sofa zurück.

KAPITEL 13

Als Leon erwachte, war es draußen schon dunkel. Er tastete nach dem Lichtschalter und schaute auf seine Armbanduhr. Es war nach 22 Uhr! Er hatte sich doch nur für ein paar Minuten hinlegen wollen, jetzt waren mehrere Stunden daraus geworden. Verschlafen stand er auf und schlurfte zu dem kleinen Waschbecken neben dem Kleiderschrank, wo er sich etwas Wasser ins Gesicht schöpfte. Langsam kam die Erinnerung an Milan und diesen anderen Kerl zurück sowie die Enttäuschung und Verzweiflung über den Verlust seiner großen Liebe. Dann fiel ihm ein, dass er sich noch nicht bei seinen Eltern gemeldet hatte, und er beschloss, sofort nach unten zu gehen und den Anruf zu erledigen.

Auf den Fluren brannte eine spärliche Beleuchtung, so dass er ohne große Probleme nach unten gelangte. Niemand war zu sehen, im Gemeinschaftsraum war kein Licht. Er erreichte das Telefon auf dem kleinen Tisch neben dem Empfang und wählte die Nummer.

»Schuhmacher«, meldete sich sein Vater.

»Hallo Papa, ich bins.«.

»Leon, na endlich! Wo warst du denn so lange?«, wollte sein Vater wissen.

»Ja, sorry, ich bin pünktlich angekommen«, antwortete Leon. »Aber dann bin ich sofort eingeschlafen und jetzt erst wieder aufgewacht.«

»Ist ja nicht schlimm! Hauptsache, dir ist nichts passiert und es geht dir gut. Hast du denn ein schönes Zimmer?«

»Ja, es ist super!«, antwortete er begeistert. »Ich habe einen Balkon mit einer tollen Aussicht über die ganze Gegend hier.« Nachdem er noch kurz mit seiner Mutter gesprochen hatte, wünschten sie sich gegenseitig gute Nacht und beendeten das Gespräch.

Hinter ihm hüstelte plötzlich jemand. Er drehte sich um und erblickte Markus.

»Da ist ja unser Langschläfer!«, begrüßte der ihn freundlich lächelnd. »In der Küche habe ich noch eine kleine Brotzeit für dich, die kannst du mit auf dein Zimmer nehmen.«

Leon war zwar nicht hungrig, aber er wollte das freundliche Angebot nicht ablehnen. Er nickte stumm und wartete, bis Markus mit einem Tablett zurückkam.

»So, hier, lass es dir schmecken«, sagte Markus. »Frühstück ist morgen von 7 bis 8 Uhr 30, also verschlaf nicht. Dann lernst du Jan, unseren Leiter, kennen und die anderen. Gute Nacht!«

Leon stand mit dem Tablett im Flur, bis Markus verschwunden war, dann schlurfte er langsam die Treppe hinauf in sein Zimmer. Nachdem er ein paar Happen gegessen hatte, zog er sich aus und legte sich wieder ins Bett. Noch lange wälzte er sich hin und her, bevor er einschlafen konnte.

Nach einem unruhigen Schlaf erwachte er am nächsten Morgen schon um kurz nach sechs. Draußen war es bereits hell und er beschloss, erst mal zu duschen, bevor das Gemeinschaftsbad von den anderen Gästen belegt sein würde. Nachdem das erledigt war und er sich einigermaßen hergerichtet hatte, setzte er sich auf seinen Balkon in die kühle Morgenluft und genoss die Stille und die Aussicht auf den friedlich im Tal liegenden See und die hohen Berge dahinter. Die Sonne war schon aufgegangen, aber noch lagen weite Teile des Tales im Schatten. Der Himmel war wolkenlos und versprach herrliches Sommerwetter.

Langsam kam Leben in das alte Haus. Er hörte Dielen knarren und das Öffnen und Schließen von Türen, unten klapperte Geschirr. Plötzlich trat sein Zimmernachbar auf seinen Balkon, mit freiem Oberkörper und einem Handtuch um die Hüften. Es war derselbe Balkon, jedoch waren die Bereiche mit einer niedrigen Holzwand voneinander abgetrennt. Der Zimmernachbar, der etwa in seinem Alter war, stützte sich mit den Händen auf das Geländer und schaute ins Tal. Aus seinen nassen, langen und leicht lockigen Haaren tropfte gelegentlich etwas Wasser, das über seinen Rücken und seine muskulöse Brust lief. Leon war fasziniert und konnte den Blick nicht abwenden, während der Fremde ihn nicht bemerkte. Nach einer Weile drehte dieser sich um und ging zurück in sein Zimmer, von wo daraufhin das störende Geräusch eines Haartrockners ertönte. Leon grinste, denn seine kurzen Locken, die noch nie einen Föhn gesehen hatten, musste er nur an der Luft trocknen. Der Duft von frischem Kaffee zog in seine Nase und ein Blick auf die Uhr zeigte ihm, dass es kurz nach sieben war. Gut gelaunt stand er auf und begab sich nach unten in den Gemeinschaftsraum, wo ein Tisch für fünf Personen gedeckt war.

Markus kam mit zwei Kannen aus der Küche.

»Guten Morgen! Kaffee oder Tee?«, fragte er breit grinsend und offenbar bester Laune.

»Guten Morgen, Markus! Kaffee, bitte«, antwortete Leon. »Hast du denn nie Feierabend?«

»Haha, ja, doch schon«, erklärte Markus. »Normalerweise haben wir auch eine Aushilfe, aber die ist zurück nach Kroatien gegangen. Da gerade nicht so viel los ist, hat der Chef keine neue eingestellt. Na ja und ich wohne hier im Haus, da mache ich eben alles, was so anfällt.«

Eine ganze Weile lief Markus hin und her und brachte Körbe voller Brötchen sowie Platten mit Wurst und Käse, verschiedene Marmeladen, Nutella und so weiter.

»Müsli, Cornflakes und kalte Milch stehen auf dem Tisch neben der Küchentür, da kannst du sich selbst bedienen«, sagte er und verschwand.

Leon frühstückte mit gutem Appetit und war gespannt auf die anderen. Erst um kurz vor acht erschien ein Junge, der auf den ersten Blick nicht so wirkte, als hätte er schon seinen achtzehnten Geburtstag gehabt. Er war sehr mager und blass, mit schwarz gefärbten, zotteligen Haaren, die ihm vor die Augen fielen. Er trug schwarze, klobige Stiefel, dazu schwarze, löchrige Jeans und ein schwarzes T-Shirt mit dem Aufdruck irgendeiner Band, von der Leon noch nie etwas gehört hatte. Außerdem hatte er schwarz lackierte Fingernägel und trug mehrere Ringe, Armbänder und Halsketten sowie Piercings an den Augenbrauen, der Nase, der Unterlippe und in den Ohren. Die dunklen Schatten unter seinen Augen waren offenbar geschminkt. Wortlos schlurfte er zum Tisch und setzte sich auf den Platz schräg gegenüber von Leon, der ihn kennenlernen wollte und sofort versuchte, ein Gespräch anzufangen.

»Guten Morgen, ich bin Leon!«

Der Junge saß mit verschränkten Armen am Tisch und reagierte nicht. Das Frühstück rührte er nicht an, dafür zog er immer wieder sein Unterlippenpiercing zwischen die Zähne und ließ es wieder los. Er schien in Gedanken zu sein und nicht in der Stimmung für Konversation.

In diesem Moment kam ein weiterer Gast herein. Es handelte sich um Leons Zimmernachbarn, der inzwischen sein braunes Haar zu einer aufwändigen Tolle gestylt hatte und mit seinen leuchtend grünen Augen umwerfend gut aussah. Groß, muskulös, mit einem eng taillierten, weißen Hemd, einer kurzen, dunkelblauen Jeans und Flip-Flops bekleidet, verbreitete er eine Aura von Selbstsicherheit um sich herum und brachte den Raum nur durch seine Anwesenheit regelrecht zum Strahlen. Schwungvoll ließ er sich auf den Stuhl neben Leon fallen, drehte sich zu diesem herum und schaute ihm lächelnd in die Augen.

»Guten Morgen, ich bin Daniel aus Hannover«, sagte er und streckte Leon die Hand hin.

»Hi, guten Morgen, ich heiße Leon und komme aus Dortmund«, antwortete er, während er die Hand des Fremden schüttelte.

Dieser zeigte jetzt auf den anderen Jungen. »Der da heißt Joshua, wie ich gehört habe. Aber er spricht nicht viel.«

Der andere Junge blickte ihn böse an. »Josh, ich heiße Josh, verdammt noch mal ... obwohl euch das einen Scheißdreck angeht!« Wütend sprang er auf, so dass sein Stuhl umfiel, und stürmte aus dem Raum.

»Uuuh, wie ist der denn drauf?«, fragte Leon, ohne eine Antwort zu erwarten. »Sind noch mehr Teilnehmer da?«

»Bis jetzt habe ich keine anderen gesehen. Wenn heute früh keiner mehr anreist, dürften wir komplett sein.«

»Komisch, mein Vater hat gesagt, ich hätte den letzten, freien Platz bekommen«, rätselte Leon.

Daniel zuckte nur mit den Schultern. In diesem Moment betrat ein Mann von etwa fünfzig Jahren den Raum. Hinter ihm folgte Markus, der Josh an beiden Schultern vor sich herschob.

»Dann haben wir ja jetzt alle beisammen«, sagte der Mann, der sich sogleich vorstellte. »Ich bin Jan, der Leiter dieses Instituts. Und gleich kommt noch Sarah, die euer Coach für bestimmte Themenbereiche sein wird. Den Rest machen Markus und ich.«

Er begrüßte Leon und Daniel mit Handschlag und setzte sich an das Kopfende des Tisches. Markus hob den umgefallenen Stuhl auf und schob Josh wieder auf seinen Platz. Dann belegte er den letzten freien Stuhl am Tisch.

»Ich weiß, ihr habt teilweise schon gefrühstückt, aber wir wollen trotzdem noch ein Tischgebet sprechen, das machen wir hier immer so«, erklärte der Leiter. Alle fassten sich an den Händen. Mit geschlossenen Augen betete Jan laut: »Herr Jesus, wir danken dir für die Suchenden, die du hier zu uns geführt hast, wir danken dir für die Gemeinschaft, die wir teilen dürfen, und wir danken dir für dieses leckere Frühstück. Bitte gib uns allen die Kraft, unsere Brüder auf den richtigen Weg zu führen, und stärke uns in unserem Glauben. Amen«

»Amen«, antworteten alle anderen im Chor, außer Josh, der nur leicht nickte.

»Jetzt wollen wir frühstücken«, erklärte Jan. »Um 9 Uhr kommt Sarah, dann machen wir eine kurze Runde, in der wir uns vorstellen und kennenlernen. Das weitere Programm des Tages erkläre ich euch danach. Keine Angst, die Freizeit wird nicht zu kurz kommen.«

Der große, hagere und leicht angegraute Leiter machte einen sehr sympathischen Eindruck und strahlte Ruhe und Väterlichkeit aus, was Leon als angenehm empfand. Er begann sich zu wundern, dass offenbar drei Betreuer für drei Teilnehmer da waren, und fragte sich, wie das weitere Camp verlaufen würde. Ansonsten genoss er den Anblick von Daniel, der sich munter mit Markus und Jan über mögliche Bergtouren unterhielt, die man in der Gegend machen konnte. Leon beteiligte sich ab und zu an dem Gespräch, während Josh schmollend in seinem Stuhl saß und nur gelegentlich einen Schluck schwarzen Kaffee nahm. Von den Speisen hatte er immer noch nichts angerührt.

Pünktlich um neun betrat eine weitere Person den Raum: eine große, schlanke Frau um die sechzig in weißen, wallenden Gewändern, genau genommen einer weiten Hose und einer langen, weiten Bluse mit langen und sehr weiten Ärmeln. Dazu trug sie flache Sandalen aus braunem Leder. Das hellgraue, lange Haar trug sie offen und in der Mitte gescheitelt. Eine Lesebrille hing an einer Kette um ihren Hals und sie trug mehrere Armreifen und Ringe. Mit energischen Schritten trat sie an den Tisch.

»Guten Morgen alle zusammen. Ich bin Sarah, eure Freundin und Ratgeberin für alle Lebenslagen«, sagte sie freundlich, aber leise. Dann richtete sie ihren Blick auf Jan. »Sind wir so weit?«, fragte sie knapp.

»Nimm dir einen Stuhl und setz dich zu uns«, antwortete Jan in geschäftsmäßigem Ton. »Wir machen gleich die Vorstellung.«

Markus stand auf und begann den Tisch abzuräumen. Leon nahm ebenfalls ein paar Teller und Tassen und folgte Markus in die Küche.

»Ach danke, das ist lieb von dir. Aber das musst du nicht machen, du bist doch Gast hier«, sagte Markus. »Stell die Sachen da auf die Arbeitsplatte und geh wieder rein.«

Leon ging zurück auf seinen Platz, während Markus noch einige Male hin und her lief, bis der Tisch abgeräumt war. Als auch er wieder auf seinem Stuhl saß, ergriff Jan das Wort.

»So, liebe Gäste, noch mal herzlich Willkommen hier in unserer Einrichtung in den herrlichen Schweizer Alpen. Ich hoffe, ihr fühlt euch wohl hier in unserem Haus, das früher mal eine kleine Pension war. Wenn ihr irgendetwas benötigt oder wenn irgendetwas im Haus nicht funktioniert, wendet euch bitte an Markus. Ansonsten gibt es unten im Dorf einen kleinen Laden, falls ihr euer Duschgel vergessen habt oder so. Das Haus habt ihr ja schon gesehen. Außerdem steht euch jederzeit der Garten zur freien Verfügung. Wir haben da auch Sonnenschirme und Liegen, damit ihr zwischendurch mal ein bisschen chillen könnt. Ihr könnt auch die Tischtennisplatte und die Fahrräder benutzen, die im Schuppen stehen.« Hier machte Jan eine kurze Pause und blickte in die Runde. »Jetzt wollen wir uns mal alle gegenseitig vorstellen, damit wir wissen, mit wem wir hier die nächsten vierzehn Tage verbringen. Ich denke, ich mache den Anfang und dann geht es im Uhrzeigersinn um den Tisch herum weiter. Also: Mein Name ist Jan Sartorius, ich bin 52 Jahre alt, verheiratet, zwei Kinder, meine Hobbys sind Bergwandern und Angeln. Ich bin ursprünglich Pfarrer gewesen und seit sechs Jahren der Leiter dieser Einrichtung.«

Als Nächstes war Leon an der Reihe. »Hallo, mein Name ist Leon Schuhmacher, fast 19 Jahre alt, aus Dortmund. Ich spiele Klavier und lese gerne.«

Mit Daniel ging es weiter. »Ich bin Daniel Schulte aus Hannover, 21 Jahre alt. Ich laufe viel, spiele Fußball und Tennis und gehe regelmäßig ins Fitnessstudio.«

Jetzt war Sarah dran. »Hallo noch mal, ich heiße Sarah Meyer-Waldenfels und werde eure Mentorin sein. Ihr könnt mir jederzeit alles sagen, was euch auf dem Herzen liegt. Ich werde alles vertraulich behandeln und euch mit Rat und Tat zur Seite stehen. Ach so, und ich bin verheiratet und gerade zum vierten Mal Oma geworden. In meiner knappen Freizeit male ich Aquarelle und Ölbilder.«

Josh, der als Nächstes dran war, saß zurückgelehnt und mit verschränkten Armen auf seinem Stuhl und starrte die Tischplatte an.

»Joshua?«, fragte Jan. »Magst du dich uns vorstellen, damit wir ein bisschen was über dich erfahren?«

Josh zog mehrmals sein Unterlippenpiercing zwischen die Zähne und ließ es wieder los. »Ihr könnt mich mal!«, brüllte er mit Tränen in den Augen. »Ich hasse diesen Ort und ich sage gar nichts!«

»Keiner wird gezwungen, alles ist freiwillig hier«, sagte Jan in ruhigem Ton, dem aber die Missbilligung anzumerken war. »Markus, würdest du dann bitte weitermachen?«

»Ja, Freunde«, antwortete Markus. Er war der Einzige, bei dem ein leichter Schweizer Akzent zu hören war. »Ich bin der Mohler Markus und ich bin hier das Mädchen für alles. Ich bin momentan noch ledig und war mal bei einer großen Bank in Zürich beschäftigt. Meine Hobbys sind Bergsteigen und alles, was mit Holz zu tun hat. Also Schnitzen, Tischlern, Drechseln und so weiter. Wenn das einen von euch interessiert, ich hab mir da hinten im Schuppen eine kleine Werkstatt eingerichtet, wo ich euch was zeigen kann.«

»Gut, dann sind wir erst mal durch.« Jan übernahm wieder die Gesprächsführung. »Ich bin sicher, dass wir Joshua in den nächsten Tagen auch noch besser kennen lernen werden. Wir wollen jetzt noch mal für Gottes Segen bitten, danach führen Sarah und ich Einzelgespräche mit euch durch in unserem Gartensalon. Das ist den Flur runter der letzte Raum links vor der Gartentür. Während der Wartezeit könnt ihr euch in Haus und Garten frei bewegen. Markus wird euch finden und hereinbitten, wenn es so weit ist. Sarah und ich werden uns kurz zu zweit besprechen, dann geht es los.«

Nach einem gemeinsamen Gebet stand Leon auf und ging Richtung Garten. Daniel folgte ihm, während Josh stumm sitzen blieb. Leon ging noch mal zurück bis zur Tür des Gemeinschaftsraums.

»Josh, komm doch mit in den Garten!«, forderte er ihn auf.

Josh drehte sich kurz um, funkelte ihn böse an und zeigte ihm stumm den Mittelfinger. Dann verschränkte er wieder seine Arme vor der Brust und brütete stumpf vor sich hin.

Leon ging auf ihn zu und legte ihm eine Hand auf die Schulter. »Josh«, sagte er sanft. »Wir wollen uns doch hier die Zeit so schön machen, wie es eben geht. Und ich würde dich wirklich gerne kennenlernen.«

Josh schlug seine Hand weg. »Lass mich los und verpiss dich!«, brüllte er, ohne Leon anzusehen. »Von wegen schöne Zeit! Ich bin nur hier, weil meine Eltern mich gezwungen haben.«

»Okay, ich lass dich in Ruhe.« Leon blieb ruhig und lächelte. »Aber du kannst trotzdem immer zu mir kommen, wenn du nicht mehr alleine schmollen willst. Oder wenn du dich ausheulen musst oder sonst was.«

Josh schnaubte nur verächtlich und Leon drehte sich um und verließ den Raum. Im Garten fand er Daniel, der es sich auf einer der Liegen bequem gemacht hatte.

»Darf ich?«, fragte er und zeigte auf die freie Liege direkt neben Daniel.

»Was glaubst du, wofür ich die Liegen zusammen hier hingestellt habe?«, antwortete Daniel.

Leon lächelte und legte sich hin.

»Was macht denn unser kleiner Goth-Punk?«, fragte Daniel.

»Schmollt schwer goth-punkig vor sich hin, würde ich sagen. Sagt, seine Eltern hätten ihn gezwungen, herzukommen. Mir tut er leid. Dieses ganze Gehabe und die harte Schale wirken so aufgesetzt. In Wirklichkeit ist er doch noch ein Kind, das dringend bei Mami auf den Arm möchte. Versteh mich nicht falsch, ich meine das nicht abwertend oder so. Aber ich denke, wir sollten uns ein bisschen um ihn kümmern, so lange wir hier sind.«

»Ja, wenn er uns an sich heranlässt«, antwortete Daniel. Sie lagen einige Zeit schweigend nebeneinander in der Sonne und hingen ihren Gedanken nach. Leon wurde es bald zu warm. Er zog sein T-Shirt aus und legte es über die Lehne seiner Sonnenliege. Daniel öffnete die Augen und scannte Leons Oberkörper. Unbewusst fuhr er sich mit der Zunge über die Lippen, denn was er sah, gefiel ihm außerordentlich gut. Leon hatte die Augen wieder geschlossen und bekam nichts davon mit. Schließlich erschien Markus.

»Komm, du bist dran«, sagte er, nachdem Daniel sich aufgerichtet hatte.

Schwerfällig tapste Daniel hinter Markus her und verschwand im Haus, so dass Leon jetzt alleine im Garten lag. Er schaute kurz auf die Uhr, damit er später würde abschätzen können, wie lange ein Einzelgespräch dauerte. Einige Minuten später kam Josh aus dem Haus und setzte sich auf eine Bank, die an der Hauswand im Schatten stand.

Leon winkte ihm. »Komm doch rüber in die Sonne!«

Josh schaute ihn kurz an und schüttelte dann mit dem Kopf. »Sonne vertrage ich nicht.«

»Ach so, du bist ein Vampir. Sag das doch gleich!« Leon lachte, woraufhin Josh ihm erneut den Mittelfinger zeigte. Offenbar war sein Bedarf an Kommunikation damit gestillt, denn er verschränkte wieder die Arme vor der Brust und schaute angestrengt in eine andere Richtung. Aus den Augenwinkeln warf er jedoch immer wieder heimliche Blicke auf Leon. Nachdem er sich vergewissert hatte, dass dessen Augen geschlossen waren, schaute er ihn offen an. Der schlanke, haarlose Oberkörper mit der dunklen Haut hatte nur wenige sichtbare Muskeln. Er war harmonisch proportioniert, wie ein Gemälde oder eine Statue eines alten italienischen Meisters. Leons weiche Gesichtszüge wirkten friedlich und entspannt und trugen zu Joshs Bewunderung bei. Er wünschte sich sehnlich, auch einen so schönen Körper zu haben. Er selbst fand sich zu klein und zu dünn, während seine Arme irgendwie zu lang waren. Sein Gesicht fand er langweilig und er hatte praktisch keine Muskeln. Niemals hätte er sich mit freiem Oberkörper oder in Badehose gezeigt. Er war über seinen Körper mindestens genauso verunsichert wie über das Leben, den Glauben, die Liebe, die Sexualität und überhaupt alles. Er hatte das Gefühl, nichts davon wirklich zu verstehen und es nie jemandem recht machen zu können. Vor allem nicht seinen Eltern, die ihn für wirklich ALLES kritisierten und tadelten. Ob er sich diesem Jungen wirklich anvertrauen konnte? Würde er ihn verstehen oder würde er ihn nur anhören und ihn hinterher verhöhnen und lächerlich machen? Er war dazu verdammt, hier zu sein. Vorzeitig nach Hause fahren durfte er nicht, das würde sein Vater niemals akzeptieren. Was blieb ihm also übrig, er konnte nirgendwo hin.

Leon hatte inzwischen die Augen geöffnet und bemerkte, dass Josh in seine Richtung starrte und nervös mit den Zähnen an seinem Unterlippenpiercing zog.

»Wo kommst du eigentlich her, Josh?«, fragte er sanft, nachdem sie sich eine Weile schweigend angesehen hatten.

Josh schien aus einem Traum zu erwachen und erschrak sichtbar, als er angesprochen wurde.

»Stuttgart«, antwortete er knapp.

»Cool«, sagte Leon und beschloss, es damit vorerst gut sein zu lassen. Er wollte den Jungen nicht bedrängen. Mit der Zeit würde er schon von selbst erzählen, was er zu erzählen hatte. Und wenn nicht, dann eben nicht. Darum könnten sich schließlich die Betreuer kümmern.

Kapitel 14

Etwa eine Stunde nachdem Daniel ins Haus gegangen war, kam Markus heraus und winkte Leon zu sich. Dieser zog sein T-Shirt an und folgte Markus in den sogenannten Gartensalon. Es handelte sich um einen hellen, freundlichen Raum, der mit seinen wenigen Möbeln etwas spärlich, aber gemütlich wirkte. Alles war in Pastelltönen gehalten. Sarah und Jan saßen dort entspannt in zwei bequemen Sesseln. Auf dem niedrigen Couchtisch brannten mehrere Kerzen, trotzdem war der Raum angenehm kühl. Ein dezenter, angenehmer Blumenduft lag in der Luft.

»Komm herein und setz dich zu uns«, sagte Jan freundlich und zeigte mit einladender Geste auf das altmodische Sofa. Die ganze Atmosphäre wirkte beruhigend auf Leon, der sich sichtlich entspannte und es sich bequem machte.

»Heute wollen wir etwas über dich plaudern, damit wir dich besser kennenlernen und schauen, wie wir dir eventuell helfen können«, ergriff Sarah das Wort. »Warum bist du hier bei uns, Leon?«

»Na ja, nachdem ich meinen Eltern gesagt hatte, dass ich schwul bin, wollte mein Vater, dass ich herkomme und mich mit dem Thema auseinandersetze.«

»Du bist also nicht freiwillig hier?«, fragte Jan mit besorgter Miene.

»Doch, schon. Ich hoffe einfach, dass mein Vater mich hinterher eher akzeptiert, und auch, dass ich hier etwas über mich selbst lerne.«

»Dann bist du richtig hier«, entgegnete Sarah freudig. »Wir wollen herausarbeiten, was es mit deiner Sexualität auf sich hat, und wir wollen dir helfen, dich selbst zu finden.« Hier machte sie eine kurze Pause, bis Leon ihr durch ein Nicken zu verstehen gab, dass er einverstanden war.

»Leon, warum glaubst du, dass du schwul bist?«, fragte Jan.

»Na, weil ich mich in einen Jungen verliebt habe. Für Mädchen habe ich noch nie etwas Vergleichbares empfunden.«

»Ist er deine erste große Liebe?«, fragte Sarah mitfühlend.

»Ja!«

»Und was genau liebst du an ihm?«, wollte Sarah jetzt wissen.

»Hm«, antwortete Leon und überlegte kurz. »Einfach alles an ihm. Seine liebevolle Art, sein Lächeln, sein Aussehen, seine Augen und auch seinen Körper.« Bei dieser Aufzählung klang er schwärmerisch.

»Und er erwidert deine Liebe und ihr seid zusammen?«, fragte Sarah.
»Ja – nein. Er hat mich betrogen und wir haben uns gestern getrennt.« Bei diesem Satz war er immer leiser geworden und schließlich senkte er den Blick auf den Teppichboden direkt vor seinen Füßen. So bekam er nicht mit, wie Sarah ein kurzes, triumphierendes Lächeln mit Jan teilte.

»Erzähle uns über deine Kindheit«, sagte Jan nach einer kurzen Pause. »Wie ich verstanden habe, bist du adoptiert, wie war das für dich?«

»Ich wurde als ganz kleines Baby adoptiert und ich habe keinerlei Erinnerungen an die Zeit davor«, erzählte Leon. »Ich war erst ein Jahr alt. Meine Eltern – also meine Adoptiveltern – waren immer für mich da. Bei uns ging es immer liebevoll und harmonisch zu und mir hat es an nichts gefehlt.«

»Wurdest du nicht von Mitschülern oder anderen Leuten wegen deiner Hautfarbe gehänselt?«, wollte Sarah wissen.

»Ach, so was kam schon vor«, antwortete Leon. »Aber ich war immer sehr viel in der Gemeinde tätig, die mein Vater leitet. Und da gab es das nie. Alle Gemeindemitglieder haben mich akzeptiert und ganz normal behandelt. Wenn mal in der Schule was vorkam, dann waren das meistens nur blöde Sprüche oder dass mal einer Neger oder Nigger gesagt hat. Wenn es wirklich mal zu viel wurde, konnte ich mich auf die Lehrer verlassen. Das war ein angesehenes, katholisches Gymnasium, die wollten keine Skandale. Ansonsten war ich halt nicht oft alleine unterwegs, da konnte mir so gut wie nichts passieren.«

»Hast du dich nie gefragt, wer deine leiblichen Eltern sind und warum sie dich weggegeben haben?«, fragte Sarah.

»Ja, klar fragt man sich das ab und zu«, antwortete Leon. »Ich habe mit meinen Eltern – äh – Adoptiveltern darüber gesprochen. Sie haben mir die Adoptionspapiere gezeigt, so dass ich ihre Namen kenne. Aber viel mehr wissen sie auch nicht. Ich hatte bisher noch nicht das Bedürfnis nachzuforschen oder sie vielleicht sogar zu treffen. Wie gesagt, mir fehlt es an nichts.«

»Überleg noch mal, ist in deiner ganzen Kindheit nichts Traumatisches passiert?«, hakte Sarah nach.

»Nein, gar nichts! Ich habe und hatte immer eine schöne Kindheit und Jugend. Warum fragt ihr mich das?«

»Nun, wir wollen ergründen, wo deine Homosexualität herkommt«, entgegnete Jan. »Weißt du, homosexuelle Neigungen werden ja meist erst durch verschiedene Einflüsse entwickelt, die hat man nicht von Geburt an. Kindheitstraumata sind eine Möglichkeit von vielen.«

»Das ist blanker Unsinn und wissenschaftlich nicht haltbar«, antwortete Leon gereizt. »Wollt ihr mich hier umpolen oder was soll das werden?«

»Ganz ruhig, Leon«, sagte Sarah beschwichtigend. »Natürlich wollen wir dich nicht ›umpolen‹. Wir wollen dir nur Wege aufzeigen, wie du zu dir selbst finden und deine Qualen überwinden kannst. Wir arbeiten hier ergebnisoffen und wollen dich zu nichts zwingen. Wenn du am Ende sagst, ›Ich bin glücklich und will weiter meine Homosexualität leben‹, dann ist das okay. Hier passiert alles auf freiwilliger Basis. Deshalb haben wir dich vorhin gefragt, ob du vielleicht unfreiwillig hier bist.«

»Nun, ich kann euch versichern, dass ich bezüglich meines Schwulseins keinerlei Qualen oder Traumata erleide oder erlitten habe. Gott hat mich so gemacht und ich finde es großartig, welche Vielfalt er geschaffen hat. Ich lasse mir nicht einreden, dass ich mich für etwas, was ich bin, schämen müsste. Jesus liebt mich genau wie alle anderen.« Er lehnte sich erschöpft zurück.

»Hast du schon mal überlegt, dass der Teufel dich schwul gemacht haben könnte?«, fragte Jan. »Und dass du ihm gerade viel zu viel Einfluss auf dich gestattest? Das Wort Gottes, wie es in der heiligen Schrift geschrieben steht, ist sehr eindeutig in dieser Sache ...«

»Das ist es überhaupt nicht!«, fuhr Leon aufgeregt dazwischen. »Ich kann jede Einzelne dieser Textstellen anhand von neuesten wissenschaftlichen Studien als das entlarven, was sie sind. Und sie sind auf keinen Fall ein Hinweis darauf, dass treue und einvernehmliche gleichgeschlechtliche Beziehungen eine Sünde wären.«

»Nun, wie die meisten wahren Gläubigen sind wir da anderer Meinung. Und anzunehmen, dass Gott dich so geschaffen hätte, ist ebenfalls falsch. Aber die theologischen Aspekte können wir ein andermal diskutieren«, sagte Jan.

»Leon, vorhin hast du uns erzählt, dass dieser Junge deine erste große Liebe war«, wechselte Sarah das Thema und versuchte damit die Situation zu beruhigen. »Hattest du denn überhaupt mal näheren Kontakt zu einem Mädchen? Bist du denn absolut sicher, dass du dich nicht auch in ein Mädchen verlieben könntest?«

»Na ja«, antwortete Leon nach kurzem Zögern. Über die Aussagen von

Jan war er immer noch verärgert. »In der Jugendgruppe unserer Gemeinde sind natürlich einige Mädchen. Wir haben auch mal alle zusammen eine Skifreizeit gemacht, wo wir uns echt gut kennengelernt haben. Es gibt da eine Saskia, mit der ich mich sehr gut verstehe. Aber eher wie mit einer kleinen Schwester. So richtig verliebt war ich in keine bisher.«

»Aber das heißt doch nicht, dass es nicht passieren könnte«, entgegnete Sarah hoffnungsvoll. »Vielleicht war die Richtige noch nicht dabei oder vielleicht musst du diese Saskia mal mit anderen Augen anschauen. Du solltest dich einfach öfter mit ihr treffen und auch andere Mädchen kennenlernen. Ich bin sicher, der Rest kommt dann von ganz alleine!« Strahlend sah sie zu Jan hinüber, der zustimmend brummte.

»Für heute wollen wir es gut sein lassen!«, sagte er. »Zum Abschluss wollen wir beten. Komm hier rüber, Leon. Wir wollen uns alle auf den Boden knien und dem Herrn danken.«

Sie standen auf und knieten sich neben der Sitzgarnitur auf den Teppichboden. Sarah und Jan nahmen ihn in die Mitte und legten jeweils eine Hand auf Leons Kopf und Schultern. Jan begann mit einem Dankgebet, dann übernahm Sarah und bat um Gottes Segen für Leon und um Hilfe, dass er auf den richtigen Weg finden möge und so weiter. Sarah und Jan wechselten sich ab und sangen zwischendurch einzelne Strophen von Kirchenliedern, so dass keine Pausen entstanden. Die ganze Prozedur wurde immer intensiver, bis Sarah unter Tränen um Heilung für Leon flehte, um anschließend in wirres, unverständliches Gerede zu verfallen. Er ließ das alles mit sich geschehen. Zunächst betete er noch mit, doch irgendwann wurde er von seinen Gefühlen mitgerissen, ihm liefen die Tränen und er fühlte sich völlig machtlos.

Nach einer gefühlten Ewigkeit war das Gebet beendet und Jan und Sarah ließen ihn los. Einen Moment lang rührte sich niemand, dann erhob sich Jan und half erst Leon und dann Sarah auf die Beine.

»Das war es für heute, Leon«, sagte Jan. »Ich denke, du solltest dich jetzt etwas ausruhen.«

Leon nickte nur und verließ den Raum. Er fühlte sich wie betäubt und steuerte auf sein Zimmer zu, wo er sich aufs Bett fallen ließ. Später konnte er sich nicht mehr erinnern, wie er dort hingekommen war. Seine Gedanken kreisten um die Frage, ob tatsächlich der Teufel ihn schwul gemacht habe. Von der Selbstsicherheit, die er vorher an den Tag gelegt hatte, waren nur noch Bruchstücke übrig. Er fiel in einen leichten Schlaf.

Kapitel 15

Als Leon erwachte, stellte er als Erstes fest, dass es draußen sehr hell war, es konnte also erst früher Nachmittag sein. Dann erkannte er schemenhaft, dass jemand auf seinem Bett saß, und riss erschrocken die Augen auf. Daniel schaute ihn ernst an und schien nichts sagen zu wollen.

»Was machst du hier?«, fragte Leon.

Daniel legte einen Finger vor seine Lippen. »Leise, sie sollen nicht wissen, dass ich hier bin. Ich bin über den Balkon reingekommen. Um die Abtrennung kann man ganz leicht herumklettern.«

»Aber was ...«, wollte Leon beginnen, doch Daniel unterbrach ihn.

»Ich wollte sehen, wie es dir geht«, sagte er sanft. »Und wenn ich mir deine verheulten Augen ansehe, dann geht es dir genauso beschissen wie mir vorhin.«

Leon konnte nur nicken.

»Die wollen uns fertigmachen«, meinte Daniel weiter. »Das ist doch hier ganz klar eine Konversionstherapie, auch wenn sie es nicht so nennen. Aber ich lasse mich nicht umpolen. An mir werden sie sich die Zähne ausbeißen.«

»Hast du was von Josh gehört?«, fragte Leon.

»Vorhin gab es großes Geschrei da unten. Wie es scheint, hat Josh seine Sitzung vorzeitig abgebrochen. Ich wollte ihn an der Treppe abfangen, aber er ist gar nicht hochgekommen. Keine Ahnung, was er jetzt macht.«

»Wie spät ist es?«, wollte Leon wissen.

»Gleich drei Uhr«, antwortete Daniel. »Wollen wir was unternehmen? Runter zum See gehen oder so?«

»Hört sich gut an«, antwortete Leon. »Sollen wir mal schauen, ob die Fahrräder okay sind?«

Zehn Minuten später hatten sie ihre Badesachen gepackt und die Fahrräder aus dem Schuppen geholt. Auf dem Weg vom Schuppen zur Straße trafen sie Markus, der gerade Unkraut aus einem Blumenbeet zupfte.

»Markus, wir wollen runter zum See!«, rief Leon ihm zu.

»Ah ja, sehr gut«, sagte Markus. »Wenn ihr an der Dorfkirche vorbei seid, biegt links in die kleine Gasse ab. Von da geht ein Feldweg hinunter zum Seeufer. Dann braucht ihr nicht auf der Autostraße zu fahren. Und wenn ihr Joshua irgendwo seht, kümmert euch ein bisschen um ihn. Er ist vorhin aus dem Haus gestürmt. Jan ist losgefahren und sucht ihn.«

Der ganze Weg zum See führte bergab, so dass sie schon nach zehn Minuten am Ufer standen. In Sichtweite gab es einen eingezäunten Badeplatz, wo man gegen geringes Eintrittsgeld die Liegewiese sowie Umkleiden, Duschen und so weiter nutzen konnte. Da sie ihre Badehosen schon vor der Abfahrt angezogen hatten, brauchten sie nur noch einen Platz nahe am Wasser zu belegen und stürzten sich gleich in die angenehm kühlen Fluten. Ausgelassen tobten sie herum, dann schwammen sie ein Stück um die Wette. Daniel war mit großem Abstand der bessere Schwimmer und zog mühelos davon, während Leon eher unkoordiniert hinterherpaddelte. Lachend drehte Daniel um und verschwand unter der Wasseroberfläche. Ganz knapp vor Leon tauchte er wieder auf und spuckte ihm eine Fontäne Wasser ins Gesicht.

»Waaah, Hilfe, ein Seeungeheuer!«, rief Leon lachend und schob mit der Hand eine Ladung Wasser zurück.

»Wie schwimmst du denn?«, fragte Daniel. »Das kann ja sogar meine Oma besser als du. Und die trägt dabei noch eine schicke Badekappe mit Plastikblumen drauf.«

»Ich war noch nie ein guter Schwimmer«, antwortete Leon. »Aus Mangel an Übung. Ich bin nie gerne bei uns ins Schwimmbad gegangen. Du siehst ja hier auch, wie mich alle anstarren wegen meiner Hautfarbe. Oder habe ich etwa einen eitrigen Pickel im Gesicht?«

»Ja, einen riesengroßen!«, lachte Daniel und drückte mit beiden Händen links und rechts an Leons Kopf herum. Leon packte ihn an den Schultern und tauchte ihn unter.

Als Daniel prustend wieder hochkam, fragte er in anzüglichem Ton: »Ist noch was anderes so groß an dir?«

»Rassist!«, schimpfte Leon und tauchte ihn erneut unter. Er spürte Daniels Hände an seiner Hüfte und schließlich an seinem besten Stück. Durch einen kräftigen Tritt befreite er sich und versuchte, in Richtung Ufer zu flüchten. Doch Daniel holte ihn schnell ein und tauchte ihn seinerseits unter. So balgten sie lachend weiter, bis sie ans Ufer kamen, wo sie sich abtrockneten und dann auf ihre Handtücher setzten.

»Warum ist es rassistisch, wenn ich wissen will, ob du einen großen Schwanz hast?«, fragte Daniel, nachdem sie sich etwas beruhigt hatten.

»Weil das ein weit verbreitetes Klischee über uns ist«, antwortete Leon leicht genervt. »Angeblich haben wir alle riesige Monsterschwänze, mit denen wir die armen weißen Mädchen verführen. Das ist natürlich alles völliger Blödsinn.«

»Aber die Schwanzlänge interessiert mich bei jedem, den ich sexy finde«, schmollte Daniel.

»Okay, dann ist das nicht rassistisch, sondern nur kindisch«, antwortete Leon lachend. Nach einem ganz kurzen Moment des Überlegens fragte er: »Heißt das, du findest mich sexy?«

»Mann, du brauchst ja ganz schön lange, bis du was kapierst«, antwortete Daniel lächelnd. »Dabei hab ich doch schon die Holzhammermethode benutzt, um dir das klarzumachen.« Er legte seine Hand auf Leons Unterarm.

»Soso, die Holzhammermethode, hm? Das heißt, du hast mehrere Methoden und machst so was öfter?«

»Warum nicht? Ich muss ja schließlich herausfinden, wer mein Mister Right ist. Und bis ich den gefunden habe, darf ich nicht aus der Übung kommen.«

»Na dann«, sagte Leon und zog seinen Arm zurück. »Ich werde weder dein Übungsobjekt, noch werde ich eine weitere Kerbe in deinem Bettpfosten. Das kannst du vergessen.«

In diesem Moment kamen zwei schlanke, blonde Mädchen aus dem Wasser. Im Vorbeigehen lächelten sie Leon und Daniel sehr auffällig an, dann hörte man beide kichern. Leon drehte sich um und stellte fest, dass die beiden nur wenige Meter hinter ihnen ihre Decke hatten, auf der sie sich jetzt niederließen. Er lächelte und winkte kurz in ihre Richtung, woraufhin die Mädchen rot wurden und erneut kicherten.

»Kommt doch zu uns!«, rief er den beiden ungewohnt mutig zu. »Wir beißen nicht!«

Etwas Vergleichbares hatte er sich noch nie getraut und sein Mund war in diesem Fall wesentlich schneller gewesen als sein Hirn. Bevor er noch großartig darüber nachdenken konnte, hatten die beiden Mädchen ihr anfängliches Zögern überwunden und kamen mit ihrer Decke und ihren Taschen herüber.

»Oh wow, Jan wird sich über deine Fortschritte mächtig freuen«, zischte Daniel ärgerlich, bevor die Mädchen in Hörweite kamen.

Leon richtete sich auf und sagte lächelnd: »Hallo ihr beiden Hübschen! Ich bin Leon und das hier ist Daniel.«

»Hallo«, antwortete die etwas Größere der beiden Mädchen. »Ich bin Amelie und das ist meine kleine Schwester Annika.«

Annika streckte ihrer Schwester die Zunge heraus. »Nur weil ich zehn Minuten nach dir geboren bin!«, entgegnete sie schmollend.

»Aha, also seid ihr Zwillinge?«, ging Leon dazwischen.

»Ja, aber zweieiige«, antwortete Annika. »Darauf lege ich Wert.«

Amelie boxte ihrer Schwester an den Oberarm. »Wir sind mit unseren Eltern in den Ferien hier«, verkündete sie.

»So etwas hab ich mir schon gedacht«, entgegnete Leon freundlich, während Daniel neben ihm nur missmutig auf der See starrte. »Ihr klingt nicht gerade wie die Einheimischen hier.«

Nachdem das Geplänkel zwischen ihm und den beiden Zwillingsschwestern eine Weile hin und her gegangen war, meinte Annika: »Dein Freund ist aber nicht sehr gesprächig«, wobei sie mit dem Kopf in Daniels Richtung nickte.

»Na ja, er ist, äh…«, Leon suchte stotternd nach einer plausiblen Erklärung für Daniels Verhalten.

»Er ist schwul, du kannst es ruhig sagen!«, fuhr Daniel dazwischen. Dann zeigte er auf Leon und sagte: »Der da weiß es wohl noch nicht so genau.« Seine Stimme klang ärgerlich.

»Aber was hat das denn mit uns zu tun?«, fragte Annika erstaunt.

»Ich fürchte, wir haben seine Pläne in Bezug auf Leon durchkreuzt« bemerkte Amelie. »Wir können gehen, wenn wir stören!« Sie wirkte verletzt.

»Nein, bitte bleibt! Mit euch hat es wirklich nichts zu tun. Daniel hat wohl seine Tage. Kommt ihr mit ins Wasser?«

Sie sprangen auf und liefen zum See, nur Daniel blieb beleidigt sitzen. Angestrengt versuchte er, einigen ansehnlichen Jungs beim Beachvolleyball zuzuschauen. Das sandige Spielfeld mit dem Netz war nur wenige Meter entfernt. Annika kam noch mal zurück und packte Daniel am Handgelenk. »Komm schon!«, rief sie aufmunternd und Daniel ließ sich mitziehen. Ihrer natürlichen Fröhlichkeit hatte er nichts entgegenzusetzen. Als sie knietief im Wasser waren, fingen alle an, sich gegenseitig nasszuspritzen, während sie sich langsam ins tiefere Wasser bewegten. Dort landete Amelie, die ihrer Schwester entwischen wollte, plötzlich in Leons Armen. Dieser nahm sie und trug sie auf beiden Händen vor sich her, was wegen des Auftriebs im Wasser ganz leicht war. Als sich

Annika näherte und ihre große Schwester untertauchen wollte, packte Leon Amelie und hielt sie fest, so dass ihr Kopf auf seiner Schulter lag. Unter Wasser schlang Amelie ihre Beine um seine Hüfte. Daniel schaute die beiden finster und mit offenem Mund an. Amelie hob ihren Kopf und schaute Leon in die Augen.

»Hm, ein Gentleman«, sagte sie sanft. »Danke, dass du mich gerettet hast.« Dann küsste sie ihn auf den Mund. Nach einer Weile folgte ihre Zunge, die Leon bereitwillig einließ. Seine Gedanken fuhren Achterbahn. Da hatte er dieses bildhübsche Mädchen im Arm, das ihn küsste und offenbar begehrte. Doch Leon empfand nichts, außer dass er sich völlig überrumpelt vorkam. In der Hoffnung, dass die Gefühle noch kommen würden, ließ er sich auf den Kuss ein. Er spürte Amelies Umklammerung und auch, dass ihre Zunge immer fordernder wurde. Eine ihrer Hände war inzwischen über Leons Rücken in den Bund seiner Badehose gewandert und knetete ausgiebig seine Pobacken. Gleichzeitig spürte er Daniels entsetzten und verletzten Blick auf sich. Mit jeder Sekunde wuchs das Gefühl, dass er einen Fehler machte. Als er spürte, dass Amelies Hand in den vorderen Teil seiner Badehose wandern wollte, war für ihn die Grenze überschritten. Mit aller Kraft löste er sich aus dem Kuss und schob Amelie von sich weg.

»Stopp!«, rief er außer Atem. »Das ... das geht mir jetzt doch alles zu schnell!«

Amelie, die Zurückweisungen offenbar nicht gewohnt war, starrte ihn kurz mit offenem Mund an. Den Bruchteil einer Sekunde später hatte sie ihre Fassung wiedergefunden.

»Komm, Annika«, sagte sie zu ihrer Schwester. »Die beiden sind prüde und langweilig. Mal sehen, ob wir nicht was Besseres finden!«

Damit schwamm sie zurück ans Ufer und ihre Schwester folgte ihr, nachdem sie Daniel einen bedauernden Blick zugeworfen hatte.

Leon schwamm auf Daniel zu.

»Was war das gerade?«, fragte Daniel verärgert.

»Ich ..., sorry«, antwortete Leon niedergeschlagen. »Ich habe nur versucht, die Anweisungen von Jan und Sarah zu befolgen. Aber es funktioniert einfach nicht.«

»Wie?«, fragte Daniel. »Das war gerade ..., das hat doch sehr intensiv ausgesehen!«

»Ja«, antwortete Leon. »Aber in mir ist absolut nichts passiert. Es hat nicht Klick gemacht, ich hatte keine Schmetterlinge im Bauch, gar nichts. Ich habe gewartet und gewartet, aber es hat sich nichts geregt bei mir.«

»Gar nichts?«, fragte Daniel anzüglich grinsend.

»Genau, gar nichts. Nicht mal mein Schwanz, der sonst schon von einem Windhauch steif wird«, antwortete Leon patzig und musste dann doch lachen.

»Wenn du dein Ding das nächste Mal in den Wind hängst, dann sag Bescheid, ich will dabei sein«, sagte Daniel und konnte sich vor Lachen kaum über Wasser halten. Als er sich an einem großen Schwall Seewasser verschlucke und husten musste, klopfte Leon auf seinen Rücken, bis er sich beruhigt hatte. Daniel hielt sich dabei an ihm fest und umklammerte ihn ganz ähnlich, wie Amelie es vorher getan hatte. Ihre Münder kamen sich näher und schließlich trafen sich ihre Lippen. In Leons Kopf entzündete sich ein Feuerwerk, sein Herz flatterte und sein Bauch kribbelte. Falls er noch mehr Beweise gebraucht hätte, dass er tatsächlich schwul war, dann hätte er sie jetzt bekommen. Dennoch schob er Daniel sanft von sich weg und schaute sich verstohlen um.

»Nicht hier!«, flüsterte er. »Die Leute schauen schon.«

»Mir wäre das egal«, entgegnete Daniel lachend. »Aber wenn dir dein Zimmer lieber ist, dann lass uns schnell zurückfahren«, fügte er in anzüglichem Ton hinzu.

Leon lachte nur und spritzte ihm eine Fontäne Wasser ins Gesicht. »Das könnte dir so passen, du Lüstling!«, sagte er. »Du musst eine angemessene Zeit um mich werben, bevor ich nachgeben kann. Ich bin schließlich anständig erzogen.«

»Oh, holder Jüngling, so darf ich Hoffnung haben!«, rief Daniel gespielt dramatisch. »Ihr macht mich so unendlich glücklich!«

Als sie wieder bei ihren Handtüchern ankamen, war von den beiden Mädchen nichts mehr zu sehen. Sie trockneten sich ab und schauten noch eine Weile beim Beachvolleyball zu, bevor sie ihre Sachen packten und das Bad verließen. War der Hinweg noch eine schnelle und unproblematische Downhill-Fahrt gewesen, so wurde der Rückweg jetzt umso mühsamer. Noch bevor sie das Dorf erreichten, mussten sie absteigen und die Fahrräder schieben, da der Hang zu steil war. Nach der Kirche konnten sie wieder ein Stück fahren, jedoch ging es weiter bergauf, so dass sie völlig erschöpft und verschwitzt beim Haus ankamen. Sie stellten die Fahrräder in den Schuppen und nahmen ihre Taschen vom Gepäckträger. Auf der Bank an der Hauswand saß Josh, in denselben schwarzen Klamotten, die er schon heute Morgen getragen hatte, und in seiner typischen schmollenden Haltung mit vor der Brust verschränkten Armen.

»Hi Josh«, sagte Daniel, immer noch ein wenig aus der Puste, während Leon so schwer schnaufte, dass er keinen Ton herausbrachte.

Josh hob ein wenig den Kopf und schaute die beiden aus müden, verheulten Augen an, ohne etwas zu sagen.

»Wir waren schwimmen«, konstatierte Daniel das Offensichtliche, um eine Unterhaltung in Gang zu bringen.

Josh nickte knapp.

»Hat der große Meister dich eingesammelt oder bist du freiwillig zurückgekommen?«, wollte Leon wissen, der inzwischen wieder etwas zu Atem gekommen war.

»Ich war nur spazieren«, antwortete Josh und zeigte mit dem Kopf auf den Berg, der hinter dem Haus sanft anstieg.

»Aha«, antwortete Leon freundlich. »Da will ich auch mal rauf. Dann kannst du mich ja führen, wenn du dich da schon auskennst.«

Josh zeigte ihm nur stumm den Mittelfinger.

»Super, danke! Ich freue mich schon auf unsere gemeinsame Wanderung.« Leon lachte und ging ins Haus.

Daniel folgte ihm in den Gemeinschaftsraum, wo sie sich erst mal kalte Getränke aus dem Kühlschrank nahmen und gierig direkt aus den Flaschen tranken.

»Hallo, ihr beiden, wie war es am See?«, fragte Markus, der gerade aus der Küche kam. Daniel setzte als Erster seine Flasche ab.

»Es war schön erfrischend«, sagte er. »Und unser Casanova hier hat direkt versucht, zwei Mädels klarzumachen. Ich bin aber nicht sicher, ob die jetzt noch an einem Date interessiert wären.« Leon lachte und boxte Daniel auf den Oberarm.

»Wow, du gehst ja schnell ran«, lachte Markus. »Nur keine Zeit verlieren, was? So ist es richtig!«

»Aber der Rückweg vom See hier rauf war echt ätzend bei der Hitze«, sagte Leon, der immer noch schwitzte.

»Ach, dir machen diese Temperaturen doch wohl nichts aus«, meinte Markus freundlich lächelnd.

Leon kochte innerlich vor Wut. Diesen rassistischen Spruch hörte er jeden Sommer. »Vorsicht, ganz dünnes Eis!«, entgegnete er, worauf Markus ihn verwundert und verständnislos anschaute. Leon drehte sich abrupt um und verließ den Gemeinschaftsraum mit seiner Flasche in der Hand. Daniel zuckte mit den Schulten und folgte ihm, so dass Markus alleine zurückblieb und sich fragte, was Leon wohl gemeint hatte.

»Mann, jetzt muss ich erst mal duschen.«

Inzwischen waren sie in der ersten Etage angekommen.

»Ich auch«, antwortete Daniel. »Wer geht zuerst?«

»Wir können gleichzeitig duschen«, schlug Leon vor und meinte damit eigentlich, dass einer die Dusche im Erdgeschoss nehmen könnte.

Daniels Augen fingen sofort an zu leuchten. »Gute Idee«, sagte er. »Schließ die Badezimmertür nicht ab, ich bin sofort bei dir!«

Noch bevor Leon antworten konnte, war Daniel in seinem Zimmer verschwunden und hatte die Tür hinter sich geschlossen. Leon zuckte mit den Schultern und ging in sein Zimmer, um sich Duschgel, Handtuch und frische Wäsche zu holen. Als er vor der Tür des Badezimmers am Ende des Flurs stand, zögerte er kurz. Er hörte, dass Daniel schon drin war. Er nahm seinen ganzen Mut zusammen und öffnete die Tür. Daniel stand nackt vor ihm und hielt eine Hand unter den Wasserstrahl der Dusche, um die Temperatur zu prüfen. Leon schaute schnell in die andere Richtung und legte seine Sachen am Waschbecken ab. Daniel war inzwischen in die Dusche gestiegen.

»Komm schon!«, rief er. »Ich brauche jemanden, der meinen Rücken wäscht.«

Leon schaute immer noch krampfhaft in die andere Richtung, als er sich seine Badehose abstreifte. Dann richtete er sich auf und sah Daniel ins Gesicht. Dieser ließ seinen Blick ungeniert über Leons Körper gleiten und leckte sich unbewusst über die Unterlippe. Leon spürte, dass sich sein bestes Stück langsam aufrichten wollte, und legte schützend seine beiden Hände darüber.

»Oh, ich habe gar keinen Windhauch gespürt«, bemerkte Daniel lachend mit Blick auf Leons Penis.

Leon ging zögernd auf Daniel zu und stieg zu ihm in die Duschwanne, wobei er seinen Schwanz immer noch mit den Händen zu verstecken versuchte.

»Nicht so schüchtern«, meinte Daniel sanft und zog Leons Hände zur

Seite. Als hätte er nur darauf gewartet, richtete sich Leons Penis augenblicklich zu voller Größe auf.

»Hm, ich bin beeindruckt«, meinte Daniel.

Der Anblick der gewaltigen Erektion ließ ihn natürlich nicht kalt und hatte auf seinen Penis den gleichen Effekt.

»Okay, deiner ist größer«, sagte Leon genervt. Können wir jetzt duschen?«

»Nichts lieber als das«, antwortete Daniel und drückte eine großzügige Portion Duschgel in seine Hand. Dann legte er die Hand um Leons heiße Erektion und begann mit sanften Bewegungen.

»Hier müssen wir besonders gründlich sein«, flüsterte er, bevor er seine Lippen auf Leons Mund legte.

Dieser stöhnte in den Kuss und legte seine Hand ebenfalls um Daniels Härte. Nachdem sie dies eine Weile fortgesetzt hatten, löste sich Daniel sanft von Leons Lippen und nahm seine Hand von dessen Erektion.

»So, und jetzt waschen wir den Rücken«, sagte er mit einer entschuldigenden Geste. »Das Andere machen wir besser in deinem Zimmer weiter.«

Leon war enttäuscht, musste aber gleichzeitig lachen. Nachdem sie die Seife abgespült hatten, verließen sie im Abstand von einigen Minuten das Bad und jeder ging auf sein Zimmer. Daniel, der als Erster gegangen war, föhnte sein Haar, während Leon sich einfach ausruhte, um etwas abzukühlen. Er hatte sich nach dem Duschen nur sein Handtuch umgebunden und seine Boxer unbenutzt zurückgetragen. Jetzt lag er nackt auf seinem Bett und dachte an Daniels zärtlichen Kuss und seine Berührungen. Bei diesen Gedanken wuchs seine Erektion schnell wieder zu voller Größe an. Nachdem im Nachbarzimmer das Geräusch des Haartrockners verklungen war, hörte man eine Weile gar nichts mehr. Dann kamen vom Balkon her ein leises Knarren und vorsichtige Schritte, bis Daniel in seinem Zimmer stand.

»Hm, wie ich sehe, hast du mich erwartet«, sagte Daniel mit Blick auf Leons Erektion.

»Laber nicht und komm endlich her!«, antwortete Leon und klopfte mit der flachen Hand neben sich auf die Matratze. Das ließ sich Daniel nicht zweimal sagen. In Sekundenschnelle ließ er sein Tanktop und seine Shorts auf den Boden fallen und sprang auf das Bett, wo er sich über Leon beugte und ihn küsste. Sofort kamen beide Zungen ins Spiel.

Daniel legte sich fest auf Leons Körper, so dass ihre Erektionen zwischen ihnen eingeklemmt waren. Langsam fingen beide an, sich aneinander zu reiben, wobei sie sich auf die Seite drehten. Nach einer Weile fasste Leon zwischen sie und ergriff beide pochenden Glieder mit einer Hand. Dann begann er mit sanften Bewegungen. Daniel stöhnte in den Kuss und ihre Erregung steigerte sich in ungeahnte Höhen. Plötzlich ertönte von unten das mehrmalige Läuten einer Glocke.

»Abendbrot!«, hörten sie Markus rufen.

Erschrocken fuhren Daniel und Leon auseinander. Dann sahen sie sich in die Augen und mussten lachen.

»Ganz schlechtes Timing«, sagte Daniel und gab Leon noch einen schnellen Kuss auf den Mund.

»Oh Mann, auf Abendessen hab ich ja jetzt gerade gar keinen Bock«, schmollte Leon. »Aber wir beeilen uns besser, bevor wir auffallen.«

Daniel nickte und hatte seine Klamotten fast genauso schnell wieder an, wie er sie vorhin ausgezogen hatte. Dann verließ er das Zimmer und ging direkt nach unten. Leon rappelte sich vom Bett hoch und suchte in aller Ruhe ein paar frische Sachen aus seinem Koffer, dann folgte er Daniel in den Gemeinschaftsraum. Josh, Daniel und Jan saßen bereits am Tisch, während Markus gerade eine große, dampfende Schüssel aus der Küche brachte. Offenbar gab es heute Spaghetti Bolognese. Nachdem auch Markus sich gesetzt hatte, begann Jan mit dem Tischgebet, an dessen Ende das obligatorische »Amen« von allen wiederholt wurde.

»Ab morgen früh wird jeden Tag ein anderer das Tischgebet sprechen. Sarah isst immer zu Hause mit ihrer Familie. Also dann, gesegnete Mahlzeit!«

Er häufte sich eine großzügige Portion auf den Teller. Offenbar hatte Markus ihm bereits etwas vom Tag am See und von den beiden Mädchen erzählt, denn Jan griff das Thema auf und lobte Leon und Daniel. Davon, dass die Mädchen enttäuscht abgezogen waren und von allem, was zwischen Daniel und Leon danach vorgefallen war, wusste niemand. Jan ermunterte die beiden begeistert, die Mädchen am nächsten Tag zum Eis einzuladen, und empfahl die Eisdiele im Nachbarort.

Josh schwieg während der gesamten Mahlzeit wie üblich und aß nur sehr wenig, wobei er angestrengt versuchte, die Hackfleischstückchen auszusortieren und an den Tellerrand zu schieben.

Nach dem Essen verabschiedete sich Jan und Markus war in der Küche beschäftigt, so dass Daniel, Leon und Josh alleine im Gemeinschaftsraum waren.

»Sollen wir uns etwas zu trinken mitnehmen und noch ein bisschen in den Garten setzen?«, fragte Leon, wobei er absichtlich die Frage mehr an Josh richtete, damit dieser sich nicht ausgeschlossen fühlte.

»Ich bin dabei«, antwortete Daniel und sah nun ebenfalls Josh an.

Josh nickte nur ganz knapp und stand dann auf.

Nachdem sich alle am Kühlschrank bedient hatten, stellten sie draußen drei Gartenliegen zusammen und machten es sich bequem.

»Ich möchte wissen, ob hier irgendwo abends noch was los ist«, sagte Daniel zu niemandem im Besonderen.

»Vergiss es, alles tot hier«, entgegnete Josh grimmig. »Man muss den Zug nach Zürich nehmen, wenn man was erleben will. Aber dafür reicht die Zeit nicht, weil um halb elf die Tür abgeschlossen wird.«

Leon und Daniel schauten ihn verwundert an. Es war das erste Mal seit ihrer Ankunft, dass Josh in ganzen Sätzen gesprochen hatte. Und noch dazu ohne irgendwelche Schimpfworte zu benutzen oder den Mittelfinger zu zeigen.

»Was?«, fragte Josh wütend, nachdem ihn beide eine Weile angestarrt hatten.

»Nichts, schon gut«, antwortete Leon freundlich. »Wann hast du das denn alles ausgekundschaftet?«

»Vorher im Internet«, antwortete Josh knapp. »Ist doch kein Wunder, dass sie uns hier am Arsch der Welt in die Mangel nehmen. Keine Ablenkung und so.«

»Du hättest mit zum See kommen sollen, da ist es nicht schlecht und es gibt was zu sehen«, sagte Daniel. »Morgen kommst du mit.«

»Lass stecken, Alter«, antwortete Josh. »Ich geh nicht schwimmen.«

»Musst du ja nicht«, entgegnete Daniel. »Das Ufer ist sehr flach, man kann auch ziemlich weit drinnen noch stehen. Oder du bleibst auf der Wiese sitzen und schaust dir unsere Astralkörper von Weitem an, während wir schwimmen.«

»Fick dich«, knurrte Josh und zeigte ihm den Mittelfinger.

Dass er einfach nur unsicher und unglücklich über seinen Körper war und sich nicht in Badekleidung zeigen wollte, konnten Daniel und Leon nicht ahnen. Unter all den schwarzen Klamotten und den vielen Piercings verbarg sich ein sehr schlanker, knabenhafter Körper, dessen

Rücken noch relativ frische Striemen von schwerer Misshandlung durch seinen Vater zeigte. Mit einem Ledergürtel hatte dieser seit geraumer Zeit vergeblich versucht, aus seinem Sohn einen ›normalen‹ Jungen zu machen, der ganz seinen Vorstellungen entsprechen sollte. Doch mit jedem Schlag, den er ihm zugefügt hatte, wuchs dessen Widerstand, bis er schließlich gegen alles und jeden rebellierte und von der Schule verwiesen wurde. In der Konversionstherapie sahen seine sehr religiösen Eltern die letzte Chance, ihren Sohn, dessen Aussehen und Verhalten sie nur noch als Schande empfanden, auf den richtigen Weg zu bringen. Es hätte vieles erleichtert, wenn Josh seinen beiden Leidensgenossen seine Geschichte erzählt hätte, aber vorläufig traute er niemandem. Er achtete streng darauf, sich nicht zu weit zu öffnen und die einmal eingenommene Attitüde vom harten Punker nicht aufzugeben. Dabei war er als einigermaßen braver Junge von zu Hause abgereist und hatte sich erst unterwegs in einer Bahnhofstoilette umgezogen, seine Piercings angelegt und die Nägel schwarz lackiert.

»Was auch immer«, sagte Leon. »Wir können ja auch mal zusammen auf die Berge raufklettern.«

Josh nickte nur stumm.

»Ja, ich möchte gerne ein paar Bergtouren für Fortgeschrittene machen«, erklärte Daniel. »Markus kennt sich da wohl ganz gut aus und würde mitgehen.

»Na ja, ein Klettersteig wäre mir zu heftig«, entgegnete Leon. »Und in manchen Situationen bin ich nicht ganz schwindelfrei. Ich dachte mehr an Wanderungen, die nicht so schwierig sind. Davon gibt es hier eine ganze Menge und es soll alles gut ausgeschildert sein.«

»Ein Stück oberhalb vom Haus ist ein Parkplatz mit einer Übersichtstafel. Von da starten verschiedene Wege. Hab ich gestern gesehen«, meinte Josh.

»Aha, interessant. Das musst du uns morgen mal zeigen«, entgegnete Leon, worauf Josh nur kurz nickte.

Sie unterhielten sich noch eine ganze Weile, bis ihnen der Gesprächsstoff ausging und es langsam dunkel und kühl wurde. Sie beschlossen, zurück ins Haus zu gehen, verabschiedeten sich kurz danach und gingen auf ihre Zimmer, während Markus seinen Rundgang machte und die Türen verriegelte. Es dauerte nur etwa fünf Minuten, bis Daniel über den Balkon in Leons Zimmer trat.

»Wenn ich mich richtig erinnere, sind wir vorhin unterbrochen worden«, flüsterte Daniel grinsend.

Leon, der angezogen auf der Bettkante saß, meinte leise: »Hilf mir mal auf die Sprünge, ich kann mich gar nicht mehr erinnern, wobei.«

»Was?«, fragte Daniel gespielt beleidigt. »Dann will ich deine Erinnerung mal auffrischen!« Er schubste Leon um, so dass dieser mit dem Rücken aufs Bett fiel. »Wir waren hier«, sagte er und kroch auf allen Vieren über ihn. »Und hier«, wobei er ihn auf den Hals küsste und seine Hand unter Leons T-Shirt gleiten ließ. »Und hier.« Er küsste ihn auf den Mund.

Leon lachte und löste sich aus dem Kuss. »So weit ich weiß, hatten wir aber nichts an«, sagte er und zog an Daniels T-Shirt.

»Stimmt!«, entgegnete Daniel, richtete sich kurz auf und zog sein T-Shirt aus. Dann öffnete er seine Hose und ließ sie fallen. Auf Unterwäsche hatte er verzichtet. Leon konnte den Blick nicht von Daniels nacktem und muskulösem Körper abwenden. Daniel ging auf Leon zu und öffnete erst den Knopf an dessen Hose, dann den Reißverschluss. Als er an der Hose zog, hob Leon sein Becken an. Hose und Boxershorts flogen in hohem Bogen auf den Boden. Leon richtete seinen Oberkörper kurz auf, zog sein T-Shirt aus und warf es hinterher. An beiden Händen zog er Daniel über sich, der jetzt eifrig den vorher unterbrochenen Zungenkuss fortsetzte. Er wartete nicht lange, bis er langsam über Leons Hals an seinen Brustwarzen und seinem Bauch entlangküsste. Er nahm Leons Härte in den Mund und begann ihn zu verwöhnen. Leon stöhnte.

»Dreh dich her, ich will auch«, schaffte Leon zu sagen.

Daniel unterbrach seine zärtlichen Aktivitäten kurz und positionierte seinen Körper so, dass sie voreinander lagen und sich gegenseitig mit dem Mund verwöhnen konnten. Ohne zu zögern, nutzten beide die dargebotene Gelegenheit. Da sie seit dem Nachmittag sexuell aufgeladen waren und ihre Zweisamkeit schon mehrmals unterbrechen mussten, brauchten sie nicht lange, um sich dem Höhepunkt zu nähern. Es war Leon, der sich als Erster entlud, und dies war der Auslöser für Daniels Orgasmus, der unmittelbar danach erfolgte. Einen kurzen Moment später kuschelten sie sich aneinander und küssten sich, wobei Leon die dünne Bettdecke über beide ausbreitete.

»Wow ...«, stöhnte Daniel, nachdem sich beide etwas beruhigt hatten. »Das war Wahnsinn!«

Leon strich ihm mit der Hand durchs Haar. »Ja, es war superschön«, flüsterte er grinsend. »Und außerdem dringend nötig. Ich hab vor dem Abendessen schon gedacht, dass mir gleich die Eier platzen. Ich bin kaum in meine Hose reingekommen.«

»Ja, und ich war vorhin im Garten so spitz auf dich, dass ich dich am liebsten vor Joshs Augen vernascht hätte. Was glaubst du, warum ich mich auf den Bauch gelegt habe? Bequem war das nicht«, lachte Daniel.

»Ich glaube kaum, dass Josh die Beule in deiner Hose gestört hätte«, antwortete Leon nachdenklich. »Wir sind schließlich alle aus dem gleichen Grund hier.«

»Ich weiß nicht«, meinte Daniel. »Der Kleine wirkt so naiv und unschuldig, ich bin gar nicht sicher, ob er wirklich schwul ist. Ich meine, wir wissen ja nichts über ihn. Vielleicht haben sie ihn nur dabei erwischt, wie er mit einem Kumpel herumexperimentiert hat. Und vielleicht weiß er selber nicht, was er ist.«

»Ich werde versuchen, mehr über ihn herauszufinden«, erklärte Leon. »Wie kommt es eigentlich, dass du hier bist. Haben dich auch deine Eltern geschickt?«

»Ja, meine Mutter war dabei die treibende Kraft«, antwortete Daniel. »Meine Urgroßeltern mütterlicherseits haben eine Maschinenfabrik gegründet und groß gemacht. Mein Vater war da Prokurist, bevor er die Tochter vom Chef, also meine Mutter geheiratet hat. Einen männlichen Erben gab es damals nicht. Und da ich Einzelkind bin, bleibt das alles irgendwann an mir hängen. Dass ich schwul bin, ist meinen Eltern total peinlich. Schließlich soll ich ja auch wieder einen Thronfolger zeugen. Keiner soll wissen, was für einen missratenen Sohn sie haben. Dazu kommt, dass sie sich stark in der Kirche engagieren und jeden Sonntag in den Gottesdienst rennen. Dabei sind sie so scheinheilig, dass es kracht. Mein Alter hat eine Affäre nach der anderen, obwohl er seit einigen Jahren nur noch Sekretärinnen bekommt, die kurz vor der Rente stehen. Und meine Mutter bescheißt den Staat, wo es nur geht, indem sie mit irgendwelchen Scheingeschäften eine Menge Verluste für die Firma ausweist und so Steuern hinterzieht. In Wirklichkeit machen sie fette Gewinne, die auf schwarzen Konten in irgendwelchen Steueroasen landen. So ganz blicke ich da noch nicht durch, aber irgendwann werden sie es mir erzählen müssen. Obwohl ich eigentlich überhaupt kein Interesse an der Firma habe. Ich würde lieber Sport studieren, aber meine Eltern wollen mich zu BWL zwingen. So, jetzt weißt du das Wesentliche über mich. Ach so: Und ich bin Single, das sollte ich vielleicht noch ergänzen. Willst du mir auch deine Geschichte erzählen? Ich bin neugierig.«

Eng aneinandergekuschelt im Bett liegend, berichtete jetzt Leon über seine Herkunft, seine Familie und über die gerade erst gescheiterte Beziehung zu Milan.

»Du liebst ihn immer noch«, stellte Daniel fest. »Vielleicht gibst du euch eine zweite Chance, wenn du wieder zu Hause bist.«

»Das kann ich mir nicht vorstellen. Er hat mich betrogen, wie soll ich ihm jemals wieder vertrauen können?«

»Meinst du nicht, dass die Gefühle zurückkommen, wenn er wieder vor dir steht?«, fragte Daniel. »Aber es ist ja auch egal, das kannst nur du entscheiden. Entweder nimmst du ihn zurück und vergisst, was passiert ist, oder du verbuchst das Ganze unter Erfahrungen und suchst dir einen Neuen. Wichtig ist nur, dass du auf dein Herz hörst.«

»Na ja, ich werde es erleben und dann werde ich mich an deinen Rat erinnern, versprochen.«

Nachdem sie noch eine Weile gekuschelt hatten, fielen ihnen die Augen zu und sie schliefen tief und fest bis zum nächsten Morgen.

Kapitel 16

Milan saß in seinem Zimmer und dachte sehnsüchtig an Leon. Fast eine Woche war es jetzt her, dass er abgereist war und ihre Beziehung beendet hatte. Noch am selben Tag hatte er mit Hilfe von Leons Mutter herausgefunden, wo dieser sich aufhielt, und auch die Festnetznummer des Hauses in Erfahrung gebracht. Seine Anrufe landeten bei einem Mitarbeiter namens Markus Mohler, der am Reisetag mehrmals beteuerte, dass Leon noch nicht eingetroffen sei. Er notierte Milans Nummer und wollte ihm baldmöglichst ausrichten, dass er angerufen habe. In den folgenden Tagen war Leon jeweils gerade in einer Sitzung, außer Haus oder nicht auffindbar, verbunden mit der Zusicherung, dass man es ihm ausrichten wolle. Ein Rückruf erfolgte nie. Frustriert gab Milan irgendwann auf, da er glaubte, dass Leon ihn einfach nicht mehr sprechen wollte. Auch sein Handy blieb weiterhin ausgeschaltet. Dass Leon nie etwas von diesen Anrufen erfahren hatte, konnte Milan nicht ahnen.

Morgen sollte der Prozess gegen Dominik stattfinden und er konzentrierte sich jetzt auf dieses bevorstehende Ereignis. Seit ihrem letzten Aufeinandertreffen hatte er von Dominik und seinen Kumpanen nichts mehr gehört oder gesehen. Er wusste aus den Prozessakten, die er bei seinem Anwalt eingesehen hatte, dass Dominik die gesamte Schuld auf sich genommen hatte, so dass das Verfahren gegen seine Kumpel mit geringen Auflagen eingestellt wurde. Mit wenigen abzuleistenden Sozialstunden würde die Sache für sie erledigt sein. Milan war das egal. Er wollte weder Dominik noch seinen Kumpeln etwas Böses. Für ihn war nur wichtig, dass er in Zukunft unbehelligt weiterleben konnte und sich die Täter an die möglichen Konsequenzen erinnern würden, bevor sie wieder jemanden zusammenschlagen wollten. Sollte Dominik tatsächlich zu seinem Onkel nach Bayern ziehen, würde sich die ganze Sache sowieso von selbst erledigen, denn ohne ihn waren seine beiden Kumpel ebenso hilf- wie harmlos. Er war stets die aggressive, treibende Kraft hinter allen Aktionen des Trios gewesen. Sein animalisch-machohaftes Gehabe war es, das Milan kurzeitig so fasziniert hatte. Der Gedanke, dass Dominik ihn einfach nehmen würde, wie er sich immer nahm, was er haben wollte, hatte ihn erregt. Diese Erregung hatte sich inzwischen in Wut verwandelt, nachdem Leon mit ihm Schluss gemacht hatte. Die Wut bezog sich weniger auf Dominik als auf ihn selbst, gab er doch sich alleine die Schuld am Scheitern seiner ersten großen Liebe. Er hoffte immer noch, dass er Leon nach seiner Rückkehr würde sehen können und dass ihre Beziehung fortbestehen könnte.

Als der große Tag endlich da war, saß Milan mit seinem Vater und seinem Anwalt auf dem Gerichtsflur und wartete auf den Prozessbeginn. Einige Minuten vor der angesetzten Uhrzeit kam Dominik in Begleitung seines Pflichtverteidigers. Im Vorbeigehen nickte er Milan und seinem Vater kurz zu, dann verzog er sich mit seinem Anwalt ans Ende des Korridors, um dort zu warten. Anspannung und Nervosität waren ihm deutlich anzumerken. Kurz danach kam ein weiterer Junge den Flur herunter. Er war offenbar in Begleitung seiner Eltern, die sich suchend umsahen. Sie blieben vor dem Gerichtssaal stehen, neben dessen Tür der Prozess gegen Dominik angezeigt wurde. Nervös schaute sich der Junge um, bis sein Blick auf Milan fiel, der auf der gegenüberliegenden Seite des Flurs in einem der Stühle saß. Er zupfte seine Mutter am Ärmel und sagte leise etwas zu ihr. Sie drehte den Kopf in Milans Richtung und lächelte, dann schob sie ihren Sohn auf ihn zu und folgte ihm.

»Hallo, ich bin Robin«, stellte sich der Junge schüchtern vor, als er direkt vor ihm stand. Er war eher klein, sehr schmal und wirkte sehr jung. Das dunkelblonde, längere Haar hatte er vergeblich zu bändigen versucht. Jetzt klemmte er es sich seitlich ständig hinter die Ohren, während der Rest verwuschelt aussah. Milan sah ihn fragend an.

»Du hast mich damals vor diesen Schlägern gerettet«, erklärte Robin, nachdem ihm seine Mutter von hinten einen kleinen Schubs gegeben hatte. »U-Und ich ..., ich wollte mich bei dir bedanken.« Mit rotem Kopf streckte er Milan seine Hand hin, der sie nach kurzem Zögern ergriff und schüttelte.

»Ich bin Milan«, sagte er lächelnd. »Ist schon okay, ich hab einfach getan, was getan werden musste. Ich hab gar nicht nachgedacht.«

»T-tut mir leid, d-dass ich weggelaufen b-bin«, stotterte Robin verlegen und starrte auf seine Schuhe.

»Das hätte ich auch getan, in deinem Alter.«

»Ich werde bald siebzehn«, protestierte Robin, immer noch verlegen. Milan wunderte sich, er hatte den Jungen auf höchstens fünfzehn geschätzt.

In diesem Moment öffnete sich die Tür zum Saal und Dominiks Prozess wurde aufgerufen.

»Wir können später weiterreden«, meinte Milan freundlich. Dann erhob er sich und folgte seinem Anwalt und seinem Vater in den Saal. Der Prozess begann mit der Feststellung der Anwesenheit der Beteiligten und ihrer Personalien, dann folgte die Verlesung der Anklage. Den größten Teil der Verhandlung bestritten die Juristen unter sich und Milan fiel es teilweise schwer, dem Geschehen zu folgen. Irgendwann wurde er aufgefordert, die Tat aus seiner Sicht zu schildern. Nachdem er damit fertig war, ergänzte er noch, dass Dominik ihm gegenüber Reue gezeigt und sich glaubwürdig bei ihm und seinem Vater entschuldigt habe. Damit war für ihn die Sache erledigt, auf den Rest hatte er keinen Einfluss und er stellte fest, dass ihn das Ergebnis nicht wirklich interessierte.

Leise verließ er den Saal und ging zur Toilette. Beim Händewaschen betrachtete er sich missmutig im Spiegel, dann setzte er sich auf einen der Stühle vor den Gerichtssaal. Er lehnte seinen Hinterkopf an die kühle Wand, schloss die Augen und wünschte sich meilenweit weg. Was kümmerte ihn Dominik und das zu erwartende Urteil? Er versank in Selbstmitleid über den Verlust von Leon und überlegte, ob er einfach mit dem Bus nach Hause fahren sollte. Dann hörte er leise Geräusche und spürte einen zarten Luftzug, so dass er träge die Augen öffnete. Er erschrak. Wenige Zentimeter vor ihm befand sich das Gesicht von Robin, der ihn aus großen Augen ernst anschaute.

»Was ... – oh Gott, du bist es. Hast du mich erschreckt!«, japste Milan.

»Sorry, das wollte ich nicht. Ist alles okay mit dir, geht es dir gut?«, fragte Robin, nachdem er seinerseits zurückgezuckt war. »Ich dachte, dass dir vielleicht schlecht geworden ist oder so.«

»Nein, nein, alles okay«, antwortete Milan etwas barsch. »Ich hatte nur keine Lust, wieder reinzugehen.«

»Bei mir hat er sich auch entschuldigt«, sagte Robin und wechselte damit unvermittelt das Thema.

»Aha?« Plötzlich war Milan sehr interessiert. »Hat er dich etwa auch ..., hat er sonst noch was gemacht?«

»Nein, was denn? Warum fragst du?«, fragte Robin verwirrt zurück.

»Ach nichts, schon gut.«

»Darf ich hier bei dir sitzen?«, fragte Robin und sah ihn mit großen

Augen an. »Ich hab auch keine Lust, wieder reinzugehen. Meine Aussage hab ich schon gemacht.«

»Wie du willst«, entgegnete Milan wenig einladend.

Auf eine Unterhaltung hatte er gerade gar keine Lust. Er streckte die Beine aus, lehnte den Hinterkopf wieder an die Wand und schloss erneut die Augen. Robin saß schweigend neben ihm und betrachtete ihn sehr genau, was er sich nur wegen Milans geschlossener Augen traute. Dieser musste kurz eingenickt sein, als Nächstes wurde er davon wach, dass ein Finger sanft sein Gesicht berührte und die Konturen nachzeichnete.

»Leon«, murmelte Milan im Halbschlaf und der Finger verschwand schlagartig von seinem Gesicht. Er realisierte langsam, wo er war und dass es unmöglich Leon gewesen sein konnte, der ihm das Gesicht gestreichelt hatte. Er öffnete die Augen ein wenig und sah Robin neben sich sitzen, der angestrengt wegschaute und so tat, als wäre nichts gewesen. Milan bewegte sich nicht und betrachtete heimlich Robins Profil aus halb geschlossenen Augen. Eigentlich war dieser kleine Kerl ziemlich süß, wie er so dasaß und still vor sich hin lächelte. Seine Wangen zierte ein Grübchen und um die Stubsnase herum waren einige Sommersprossen zu sehen. Die verwuschelten, leicht lockigen Haare passten gut zu ihm und ließen ihn noch jünger aussehen. Er trug ein eng anliegendes, weißes Hemd und eine ebenso enge, schwarze Jeans ohne Löcher, die seine Beine spindeldürr wirken ließ. Vermutlich konnte er noch in der Kinderabteilung einkaufen. Milan wurde warm uns Herz, als er Robin beobachtete. Er öffnete die Augen jetzt ganz und machte sich bemerkbar, indem er sich streckte und gähnte. Robin schaute ihm lächelnd in die Augen.

»Ups, war ich lange weg?«, fragte er verschlafen.

»Nee, nur ein paar Minuten«, sagte Robin lachend. »Aber du hast geschnarcht.«

»Was? Nie im Leben!«, behauptete Milan laut und mit gespielter Empörung. In dem großen, hohen Gerichtsflur hatte seine Stimme einen merkwürdigen Hall, vor dem er selbst erschrak. Sofort wurde er leiser. »Huch«, flüsterte er. »Ich glaube, die haben die Gerichtsgebäude früher extra so gebaut, damit man ordentlich eingeschüchtert ist, wenn man herkommen muss.«

»Das könnte sein«, antwortete Robin bewundernd und lächelnd. Er legte seine Hand auf Milans Oberschenkel.

Der tat nichts dagegen, sondern platzierte seine Hand auf Robins Hand. »Wie lange die wohl noch brauchen?«, fragte er beiläufig und verschränkte seine Finger mit Robins.

Dieser war in der Zwischenzeit feuerrot angelaufen und schaute Milan mit großen Augen an, während sein Herz einen Hüpfer machte und er sich fragte, ob dieser tolle, gutaussehende Held, der ihn damals so selbstlos gerettet hatte, ihn, den ewig zu kleinen und zu jungen aussehenden, wehrlosen, schüchternen Jungen tatsächlich mochte Milan beugte sich zu ihm und lächelte.

»Sollen wir nachher noch ein Eis essen?«, fragte Milan.

Robin schluckte und kaute unbewusst an seiner Unterlippe. »J-Ja«, stotterte er. »Das wäre schön!« Dann nahm er seinen ganzen Mut zusammen und drückte Milan einen kurzen Kuss auf die Wange.

Milan sah ihn staunend und mit offenem Mund an, so dass Robin sich wünschte, in einem Loch im Fußboden verschwinden zu können. Doch dann packte Milan ihn sanft am Kinn, drehte sein Gesicht herum und küsste ihn zärtlich. Als ihre Lippen aufeinandertrafen, war es für beide ein Feuerwerk der Gefühle, das jäh unterbrochen wurde, als sich die Türen zum Gerichtssaal öffneten und die Leute herausströmten. Milan und Robin lösten sich erschrocken voneinander.

»Die Beweisaufnahme ist beendet«, erklärte Milans Vater den beiden. »Jetzt gibt es eine kurze Beratung, dann folgt die Verkündung des Urteils.«

»Na super«, entgegnete Milan leicht genervt. »Ich kann dieses ganze Juristengelaber nicht mehr hören.« Als er bemerkte, dass sich in der Zwischenzeit sein Anwalt zu ihnen gesellt hatte, ergänzte er knapp: »Entschuldigung!«

»Ach was«, sagte der Jurist lachend. »Ich kann das verstehen. Nach einem langen Tag bei Gericht muss ich mich manchmal zusammenreißen, dass ich zu Hause mit meiner Frau und den Kindern nicht genau so rede.«

Alle lachten.

Robin, der inzwischen kurz mit seinen Eltern gesprochen hatte, kam zurück und meinte grinsend: »Das mit dem Eis geht klar. Ich bezahle!« Er wedelte mit einem Geldschein, den ihm sein Vater gerade zugesteckt hatte.

»Warum geht ihr nicht jetzt schon?«, fragte Milans Vater. »Wir müssen nicht mehr hier rumsitzen, unser Part ist erledigt und den Rest machen die Anwälte und Richter. Ich werde aus Interesse noch bleiben, aber ihr könnt ruhig schon gehen. Ich schreib dir dann, wie es ausgegangen ist.«

Milan sah Robin an. »Was meinst du, sollen wir?«, fragte er.

»Komm mit!«, antwortete Robin und zog Milan an der Hand aus dem Stuhl, auf dem er immer noch gesessen hatte. Ohne Milans Hand loszulassen, steuerte er auf seine Eltern zu, die etwas abseits standen.

»Mama, Papa, wir gehen jetzt schon Eis essen«, sagte Robin. »Milans Vater sagt, wir müssen nicht hierbleiben bis zum Schluss.«

»Willst du denn gar nicht wissen, wie es ausgeht?«, fragte Robins Vater verwundert.

»Nein, es reicht mir, wenn ihr es mir später erzählt«, antwortete er eilig.

»Na gut, Robin«, entgegnete seine Mutter sanft. »Geh nur.« Dann sah sie Milan an. »Ich freue mich, dass ihr etwas zusammen unternehmen wollt. Robin ... er hat nicht viele Freunde, weißt du«.

»Mama!« Robin war empört und verdrehte die Augen. Dann zog er wieder an Milans Hand und sagte: »Jetzt komm endlich, bevor sie noch peinliche Babygeschichten von mir erzählt.«

»Die würde ich aber gerne hören!«, meinte Milan, während er lachend hinter Robin her trottete.

»Willst du nicht, glaub mir«, antwortete Robin und steuerte auf den Ausgang zu.

Das Gerichtsgebäude war nicht weit vom Stadtzentrum entfernt und so gingen sie zu Fuß, bis sie das erste Eiscafé erreichten, das in einer Nebenstraße der Fußgängerzone lag. Sie setzten sich an einen freien Tisch vor dem Café und nach einem kurzen Blick auf die Karte bestellte jeder einen Eisbecher.

»Wer ist Leon?«, fragte Robin ganz plötzlich und wirkte sehr nervös. »Du hast im Schlaf seinen Namen gemurmelt.«

»Mein Exfreund«, antwortete Milan knapp.

»Heißt das, du bist ... schwul?« fragte Robin, jetzt wieder ganz schüchtern.

»Hey Mann! Wie viele Beweise brauchst du? Ich hab dich vorhin geküsst, schon vergessen?«

»N-Nein, sorry«, stammelte Robin. »Natürlich nicht. Ich hab nur ..., ich hab so was noch nie gemacht.« Er wurde rot und starrte auf die Tischplatte.

»Was?«, wollte Milan wissen. »Nie geküsst oder nie einen Kerl geküsst?«

Robin schwieg und rührte nervös in den langsam schmelzenden Resten seines Eisbechers. Da fasste ihn Milan vorsichtig am Kinn, zog ihn zu sich und drückte ihm einen kurzen Kuss auf die Lippen.

»Hm, Erdbeere«, sagte er lächelnd, während Robin ihn mit offenem Mund und mit großen Augen anstarrte.

»Ich ... boah, w-was machst du denn da?«, stotterte Robin erschrocken und schaute sich nach allen Seiten um. »D-die Leute können uns doch sehen!«

Milan griff nach seiner Hand, die auf der Tischplatte lag, und hielt sie fest. »Na und, sollen sie doch«, meinte er. »Ich habe gelernt, zu dem zu stehen, was ich bin. Und du solltest das auch.«

»Noch nie richtig geküsst«, sagte Robin leise und schaute wieder auf die Tischplatte.

Milan schaute ihn verständnislos an.

»Deine Frage von vorhin. Ich hab noch nie jemanden richtig geküsst. Ich weiß auch nicht, ob ich schwul bin. Aber es ist schön, dich zu küssen und deine Hand zu halten.« Er sah ihn von unten herauf mit seinen großen, braunen Augen an.

Bei diesem Dackelblick schmolz Milan schneller dahin als der Rest von seinem Eis in der Sonne. Als der Kellner kam, bestellten sie noch zwei Cola und unterhielten sich anschließend über alles Mögliche. Plötzlich trat eine breitschultrige, große Gestalt vor ihren Tisch, die etwas außer Atem wirkte.

»Dominik, was machst du denn hier?«, fragte Milan völlig überrascht, während sich Robins Augen angsterfüllt weiteten.

»Es ist vorbei, ich hab Bewährung gekriegt«, antwortete Dominik, zog sich einen Stuhl heran und setzte sich unaufgefordert dazu. »Dein Vater hat mir gesagt, wo ihr seid.«

»Warum bist du hier?«, fragte Milan knapp und abweisend.

»Ich wollte mich bei dir bedanken und mich verabschieden«, sagte Dominik ernst.

»Bedanken?«, fragte Milan. »Wofür?«

»Dass du dem Richter und dem Staatsanwalt erzählt hast, dass ich Reue gezeigt und mich entschuldigt habe. Das hat den Ausschlag gegeben, mir noch mal Bewährung zu geben. War nicht das erste Mal, dass ich vor diesem Richter stand«, erklärte er. »Also: Danke, Milan, und dir auch danke, Robin. Du hast ja auch von meiner Entschuldigung erzählt.«

Robin schwieg und wirkte immer noch ängstlich.

»Ich hoffe, das ist dir eine Lehre für die Zukunft. Beim nächsten Mal bin ich nicht mehr so nett«, entgegnete Milan.

Dominik lachte laut. »Das Gleiche hat der Richter auch gesagt«, meinte er dann. »Ich hab es ja verstanden. Ich ziehe nächste Woche nach Bayern zu meinem Onkel und werde auf seinem Hof arbeiten.«

»Es ist gut, dass du diese Chance bekommst«, sagte Milan. »Versau es nicht.«

»Keine Sorge«, meinte Dominik abschließend und stand auf. »Ich bin dann mal weg. Hab noch 'ne Menge zu tun vor dem Umzug.« Er stand auf und streckte Milan seine Hand hin. Dieser stand ebenfalls auf und nahm Dominik in die Arme, wobei er ihm auf den Rücken klopfte.

»Machs gut, Alter«, sprach er in Dominiks Schulter. Dann hob er den Kopf und grinste. »Und küss nicht gleich jeden Bauernlümmel in Bayern. Am besten, du übst erst mal mit den Kühen.«

»Bist du eifersüchtig oder willst du sagen, ich könne nicht gut küssen?«, fragte Dominik lachend.

»Pah, eifersüchtig, das hättest du gerne. Von was träumst du eigentlich nachts?«

Beide lachten und umarmten sich noch einmal.

»Mach du es auch gut, Milan«, sagte Dominik. »Ciao Robin!« Dann drehte er sich um und ging, während Milan sich wieder neben Robin setzte. Dieser schaute ihn staunend an.

»Dominik ist auch schwul und ihr habt euch geküsst?«, fragte er.

Milan lächelte und nahm Robins Hand. »Na ja, Dominik war sich nicht sicher und ich habe ihm ein wenig geholfen, in die richtige Spur zu kommen. Leider hat er es missverstanden und darüber ist meine Beziehung zu Leon kaputt gegangen«, erklärte er.

Robins Gesicht war voller Fragezeichen.

»Ich erkläre es dir ein anderes Mal«, sagte Milan. »Wollen wir noch ein bisschen durch die City bummeln?«

Als sie nach der Rechnung fragten, erklärte ihnen der Kellner, dass diese bereits bezahlt worden sei von dem Mann, der vorhin mit an ihrem Tisch gesessen habe.

»Jetzt übertreibt er aber!« Milan lachte und nahm Robin an der Hand.

Den Rest des Nachmittags verbrachten sie zusammen in der City und in einem angesagten Park, wo sie sich Hand in Hand nebeneinander auf eine Wiese legten und die Leute beobachteten. Milan war rundum glücklich, zum ersten Mal seit der Trennung. Sein Problem mit Dominik war für immer erledigt und der süße Junge neben ihm himmelte ihn an, als wäre er ein Superheld. Er nahm sich vor, nach vorn zu blicken und seinen Schmerz und seine immer noch große Liebe zu Leon ganz hinten in seinem Herzen zu begraben.

Kapitel 17

Alle Augen waren auf Josh gerichtet, der wie üblich als Letzter zum Frühstück kam. Dass seine Haare seit ein paar Tagen nicht mehr schwarz, sondern hellblau gefärbt waren, erregte keinerlei Aufmerksamkeit mehr. Dafür war seine Kleidung heute selbst für seine Verhältnisse extrem. Neben den üblichen klobigen, schwarzen Stiefeln trug er schwarze Netzstrümpfe und einen extrem kurzen Rock mit Schottenkaro. Dazu ein kurzes, bauchfreies Top mit Spaghettiträgern und viel mehr Schmuck als üblich. Dass er unter dem Minirock einen äußerst materialsparend gestalteten, roten String anhatte, blieb den Blicken der anderen nicht lange verborgen. Dazu hatte er sorgfältig ein vollständiges Make-up aufgetragen, das ihn einige Zeit gekostet hatte. Die großen Augen und die Wagenknochen wurden dadurch ebenso betont wie seine vollen, roten Lippen. Leon bewunderte ihn dafür. Obwohl er Josh anfangs als den Schwächsten der drei Teilnehmer eingeschätzt hatte, war er jetzt, nach etwas über einer Woche, der Letzte, der noch nicht gebrochen war und weiter unbeirrt sein Ding durchzog. Je heftiger Jan und Sarah auf ihn reagierten, desto mehr forderten sie seinen Widerstand heraus. Jetzt hatte er das Spiel auf das nächste Level gebracht und alle waren auf die Reaktion gespannt.

Im Gegensatz dazu war der vorher so selbstsichere Daniel nur noch ein Häuflein Elend. Er war mittlerweile fest davon überzeugt, vom Teufel besessen zu sein, und bettelte förmlich darum, dass Jan und Sarah einen Exorzismus an ihm durchführen sollten. Nachdem Markus ihn am Morgen des dritten Tages in Leons Bett erwischt hatte (sie mussten etwas zu laut gewesen sein), wurden beide in die Mangel genommen, was Daniel offenbar noch schlechter verkraftet hatte als Leon selbst.

Josh betrat also den Gemeinschaftsraum mit erhobenem Kopf. Wissend, dass alle Augen auf ihn gerichtet waren, trug er die Nase noch etwas höher und bewegte sich zum Tisch mit einer natürlichen Eleganz, die jedem Model auf dem Laufsteg Ehre gemacht hätte.

»Joshua, was soll das?«, brüllte Jan. »So kannst du nicht am Frühstück teilnehmen! Geh dich sofort umziehen und wasch dir das Gesicht!«

»Mein Dad hat für Vollpension bezahlt, also halt die Fresse!«, sagte Josh völlig ungerührt und setzte sich auf seinen üblichen Platz, während alle anderen ihn mit offenem Mund anstarrten. Er griff sich ein Brötchen und begann die Hälften mit Butter zu bestreichen.

Jans Kopf war feuerrot und schien demnächst zu explodieren. »Wir haben das Tischgebet noch nicht gesprochen!«, blaffte er Josh an, der sich weiterhin unbeeindruckt zeigte.

»Dann macht nur, das stört mich nicht beim Essen«, entgegnete der in ganz ruhigem Ton, während er Jan scharf mit den Augen fixierte.

Leons Bewunderung wuchs ins Unermessliche. So etwas hätte er sich schon vorher nicht getraut und jetzt erst recht nicht.

Jan sprang halb auf, beugte sich über den Tisch und schlug Josh das halbe Brötchen aus der Hand, das inzwischen mit Marmelade belegt war. »Hier wird vor dem Essen gebetet, das gilt auch für dich!«, brüllte er in äußerst aggressivem Ton.

»Du hast selbst gesagt, dass hier alles freiwillig ist, also fick dich!«, antwortete Josh und zeigte Jan den Mittelfinger. Er wirkte immer noch ruhig und gelassen.

Von solcher Souveränität war Jan jetzt weit entfernt.

»Das reicht!«, brüllte er weiter. »Du fährst heute noch nach Hause und dein Vater bekommt einen detaillierten Bericht von mir!«

»Erstens bin ich über achtzehn und ich verbiete dir, irgendwem irgendwas über mich zu berichten«, sagte Josh mit aller Gelassenheit. »Andernfalls verklage ich dich so lange, bis dein Laden hier für immer geschlossen wird. Alle hier sind meine Zeugen, dass ich es dir verboten habe.«

Jan japste und sein Kopf wurde noch roter, falls das überhaupt möglich war.

»Und zweitens«, fuhr Josh fort »hat mein Dad für zwei Wochen Vollpension bezahlt und ich reise ab, wenn die zwei Wochen um sind oder wann auch immer ich Lust dazu habe. Oder soll ich mit der Polizei wiederkommen? Denen würde ich dann erzählen, was du in Wirklichkeit so treibst in diesem Haus. Zum Beispiel, dass du nachts in meinem Zimmer warst und mich befummelt hast.«

»Das ist eine Lüge!«, brüllte Jan noch lauter als zuvor.

»Na und?«, fragte Josh zurück. »Dann beweise das Gegenteil. Bis dahin machen sie dir das Haus bestimmt zu. Und wenn erst mal alles in der Zeitung und in Social Media steht, wird danach wohl keiner mehr kommen.« Dann stand er auf und beugte sich leicht zu Jan herunter.

»Überleg dir gut, was du machen willst, Wichser. Wenn du glaubst, du könntest dich mit mir anlegen, hast du den Falschen erwischt.« Er setzte sich wieder hin und nahm sich lächelnd ein neues Brötchen.

»Das wirst du bereuen!«, brüllte Jan, stand auf und verließ wutschnaubend den Raum. Josh ließ es sich inzwischen schmecken, so dass nach einem kurzen Moment der Ruhe auch Leon nach einem Brötchen griff. Sarah nahm wie üblich nicht am Frühstück teil.

»Äh ..., das Tischgebet«, versuchte Markus zu intervenieren. »Ach, was solls«, sagte er leise, als ihn alle wortlos und missbilligend anschauten.

So wurde an diesem Tag zum ersten Mal, seit Jan hier das Sagen hatte, eine Mahlzeit ohne Tischgebet eingenommen.

Da heute der Tag von Daniels Exorzismus sein sollte und sowohl Josh als auch Leon sich geweigert hatten, daran mitzuwirken, hatten die beiden heute einen freien Tag. Leon wollte an einer Teufelsaustreibung nicht teilnehmen, nicht zuletzt, weil er einfach mal einen Tag Pause brauchte. Die Gedanken drehten sich unaufhörlich in seinem Kopf, angefeuert von den ständigen manipulativen Versuchen von Jan und Sarah, ihm ein schlechtes Gewissen und Reue für sein bisheriges Leben einzureden. Wenn er ehrlich zu sich selbst war, musste er sich eingestehen, dass sie damit großen Erfolg hatten. Ständig wollten sie ihm vor Augen führen, wie schön es doch wäre, wenn er frei von Sünde und in Einklang mit Gottes Ordnung im Schoße seiner Gemeinde leben würde, so wie er es früher getan hatte, als er noch unbefleckt von sündigen Gedanken gewesen sei. Der Gedanke erschien ihm verlockend, hätten sich doch dann all seine Probleme erledigt. Diese Art von Gespräch dauerte jeden Tag mehrere Stunden, gefolgt von intensivem Gebet. Nachmittags oder abends kamen meist noch gemeinsames Bibelstudium und ein kurzer Gottesdienst dazu, so dass von Freizeitgestaltung nicht mehr sehr oft die Rede war.

Die Tatsache, dass Josh und Leon heute einen Tag Pause von ihrer allumfassenden Kontrolle haben würden, behagte Jan und Sarah überhaupt nicht. Nachdem sie erfolglos versucht hatten, beide umzustimmen, mussten sie es schließlich zähneknirschend zulassen.

Leon hatte schon am Vortag für heute eine Bergwanderung angemeldet. Da die Hausordnung vorschrieb, dass man aufgrund der allgemeinen Gefahren nicht alleine durchs Gebirge wandern sollte, hatte sich Markus als Begleiter angeboten. Leon hatte dies abgelehnt und Josh überredet, sich dafür anzumelden. Er brauchte ihn nicht lange zu überzeugen, da die Vereinbarung lautete, dass sie sich außerhalb der Sichtweite des Dorfes trennen wollten, damit jeder seinen eigenen Plänen nachgehen konnte. Josh drängte darauf, möglichst früh aufzubrechen, da er mit der Bahn nach Zürich fahren und einen Tag in der Stadt verbringen wollte. Am Abend wollten sie sich dann am Bahnhof des Nachbarortes treffen, um gemeinsam zum Haus zurückzukehren. Auf diese Art würde Leon viele Stunden für sich haben, worauf er sich sehr freute.

Zum Frühstück erschien Jan nicht mehr, so dass Markus irgendwann achselzuckend aufstand und den Tisch abräumte. Sarah ließ sich entgegen ihrer sonstigen Gewohnheit heute ebenfalls nicht im Gemeinschaftsraum blicken. Offenbar hatte Jan sie informiert und sie war direkt in sein Büro gegangen. Leon, Josh und Daniel hörten ihre Stimme, als sie den Gemeinschaftsraum verließen.

»Ich geh mich schnell für die Wanderung umziehen«, sagte Josh grinsend und polterte die Treppe hinauf. Daniel hatten sie von ihren heimlichen Plänen nichts erzählt, damit er sich nicht aus Versehen verplapperte. Sie schätzten ihn inzwischen als so labil ein, dass er Josh und Leon vielleicht sogar freiwillig verraten hätte. Leon und Daniel starrten Josh nach, wobei sie einen guten Blick auf dessen runde Pobäckchen unter dem Minirock bekamen. Leon musste grinsen, Daniel wandte verstört den Blick ab.

»Bist du sicher, dass du das machen willst?«, fragte Leon noch einmal. Seit der Termin für die Teufelsaustreibung feststand, hatte er mehrmals versucht, Daniel davon abzubringen.

»Ja, Leon, es muss sein«, antwortete Daniel. Seinem Blick wich er aus. Seit sie an jenem Morgen gemeinsam im Bett erwischt worden waren, hatten sie sich nicht mehr berührt, nicht zuletzt deshalb, weil Daniel immer abweisender geworden war und es vermied, mit ihm allein zu sein.

»Gut, es ist deine Entscheidung«, meinte Leon. »Ich wünsche dir viel Glück. Wir sehen uns heute Abend, ja?«

Daniel nickte stumm und ging dann den Flur hinunter in den Gartensalon, wo die Prozedur stattfinden sollte. Leon ging kurz hinauf in sein Zimmer, wo sein Rucksack für die Wanderung bereits fertig gepackt war, mit Regenjacke, Wasserflasche und so weiter. Ein Paar Nordic-Walking-Stöcke und ein Fernglas hatte er von Markus geliehen. Er brauchte zum Bergwandern nur einen der beiden Stöcke, der zweite war zur Tarnung für Josh vorgesehen. Er würde ihn in der Nähe vom Haus versteckt zurücklassen. Unten im Flur traf er auf Josh, der wieder seine üblichen Klamotten trug und die Schminke entfernt hatte. Er hatte ebenfalls einen Rucksack umgeschnallt.

»Markus, wir gehen los!«, brüllte Leon durch die Tür des Gemeinschaftsraums in Richtung Küche, wo man Geschirr klappern hörte. Er wartete nicht auf eine Antwort. Gemeinsam gingen sie ein Stück die Straße hinauf.

»Wow, das war ein toller Auftritt heute Morgen«, sagte Leon lachend. »Du hast sehr süß ausgesehen in dem Röckchen.«

»Die Sachen hab ich vorher nur ein einziges Mal zu Hause angehabt«, antwortete Josh. »Mein Alter hat mich zur Belohnung dermaßen verdroschen, dass die Nachbarn die Polizei gerufen haben. Ich wusste natürlich heute früh, dass der Blödmann Jan ausrasten würde, wenn ich so auftauche.«

»Wo nimmst du nur diesen Mut her?«

»Ach, weißt du, eines habe ich hier gelernt: mutig zu sein. Angst kann ausschließlich nur in deinem Kopf existieren. Ob du ihr diesen Raum gibst oder nicht, ist allein deine Entscheidung. Für mich habe ich entschieden, dass Angst bei mir keinen Platz hat. Und wenn die Angst weg ist, bin da nur noch ich, völlig frei und ohne Skrupel«, antwortete Josh.

»Wow und das funktioniert so einfach?«, wolle Leon wissen.

»Als ich hierherkam, hatte ich große Angst vor Jan und vielleicht auch vor dem, was er aus mir herausholen würde«, erzählte Josh. »Aber je öfter er mich in die Mangel nahm – und ich würde das, was er macht, schon seelische Folter nennen –, desto mehr habe kam ich zu der Überzeugung, dass er nur ein machtgeiler, triebgesteuerter kleiner Wicht ist, der seine eigenen Minderwertigkeitskomplexe damit kompensiert, dass er Schwächere nach seiner Pfeife tanzen lässt. Also nicht anders als die Bullies an der Schule, die sich einen Spaß daraus machen, die Kleineren zu mobben. Und mit denen bin ich bisher immer fertiggeworden.«

»Du bist echt Hammer, Josh. Ich hätte nie gedacht, dass du von uns allen der Stärkste bist«, sagte Leon voller Bewunderung.

Josh lachte nur und grinste still vor sich hin.

Sie gelangten zu einem Parkplatz im Wald, wo es eine Tafel mit einer Übersicht über die Wanderwege gab.

»Also, ich biege da hinten rechts ab und gehe in einem Bogen durch den Wald zum Bahnhof des Nachbardorfs, das sind von hier vielleicht vier Kilometer. Da treffen wir uns heute Abend um spätestens 21 Uhr. Du kannst dir einen anderen Weg aussuchen«, erklärte Josh und zeichnete seine Tour mit dem Finger auf der Tafel nach.

»Alles klar, ich wünsche dir viel Spaß in Zürich. Und pass auf dich auf!«, antwortete Leon gut gelaunt.

»Das mach ich, keine Sorge«, antwortete Josh ungewohnt fröhlich. »Ich hab die Klamotten vom Frühstück und das Schminkzeug im Rucksack, vielleicht muss Zürich mal ein bisschen aufgemischt werden.« Erneut lachte er.

Das hatte er bisher extrem selten getan und Leon fiel auf, dass er dabei noch süßer aussah als ohnehin schon.

Josh winkte kurz, drehte sich um und ging in die vorher angezeigte Richtung. Leon schaute ihm lächelnd nach, bis er außer Sicht war und wandte sich dann wieder der Tafel zu.

Kapitel 18

Leon entschied sich für einen Weg, der als mittelschwer gekennzeichnet war und von hier über den relativ niedrigen Hausberg des Dorfes bis zum nächsten Gipfel führte, dann durch ein Seitental bis zu dem Nachbarort, in dem er später Josh treffen wollte. Die Gehzeit war mit viereinhalb bis fünf Stunden angegeben, so dass er sich jede Menge Zeit lassen konnte. Unterwegs würde es eine Berghütte geben, in die er einkehren wollte. Er machte sich auf den Weg und genoss die frische, würzig riechende Waldluft, die trotz der schon höher stehenden Sonne noch angenehm kühl war. Der Weg war gut beschildert und es war einfach, die richtigen Abzweigungen zu finden. Zunächst ging es etwa eine Stunde steil bergauf, was Leon etwas aus der Puste brachte. Dann wurde der Weg flacher und nach einer weiteren halben Stunde stand Leon an der Spitze des Hausberges und somit vor dem ersten Gipfelkreuz für den heutigen Tag. Außer ihm war nur ein älteres Ehepaar anwesend, das aus einer anderen Richtung gekommen war und sich jetzt gegenseitig vor dem Gipfelkreuz fotografierte. Leon bot freundlich an, beide zusammen zu fotografieren, doch sie schauten ihn nur böse an, packten eilig die Kamera ein und gingen schnell weiter.

»Huuh, wer hat Angst vorm schwarzen Mann?«, rief Leon den beiden wütend hinterher. Seine gute Laune war verflogen. Er setzte sich auf eine der Bänke am jetzt verwaisten Gipfelplateau und machte eine kurze Pause. Ein paar Schlucke aus der Wasserflasche brachten die Lebensgeister zurück und nach wenigen Minuten, in denen er die Aussicht auf den See und die umliegenden Dörfer genoss, setzte er seinen Weg fort. Jetzt ging es wieder bergab durch den dichten Bergwald bis zu einer schmalen, tiefen Schlucht, die er auf einem abenteuerlichen Steg überquerte. In der Tiefe rauschte ein reißender Gebirgsbach und Leon musste sich anstrengen, nicht zu lange hinunterzusehen. In solchen Situationen wurde ihm schon seit seiner Kindheit schnell ein bisschen mulmig. Er beeilte sich und war froh, wieder festen Boden unter den Füßen zu haben. Von hier an ging der Weg wieder steil bergauf und sein Tempo verlangsamte sich zwangsläufig. Ob es von dem rassistischen Ehepaar auf dem Berg oder von der Anspannung bei der Schlucht kam, war ihm nicht klar, doch seine Gedanken verfinsterten sich und begannen um dieselben Fragen zu kreisen wie in den ganzen letzten Tagen seit Beginn der Konversionstherapie: War es Gott oder der Teufel, der ihn schwul gemacht hatte? Warum konnte er nicht einfach in Ruhe ein normales Leben haben, wie die anderen Mitglieder seiner Kirchengemeinde?

Nach einem langen Aufstieg und völlig erschöpft erreichte er den felsigen, baumlosen Gipfel des zweiten Berges auf seiner Wanderung. Unterwegs war er nur wenigen Leuten begegnet und hatte diese kaum wahrgenommen. Hier auf dem Gipfel war jedoch einiges los. Eine Gruppe von Wanderern mit einem Bergführer hatte sich etwas abseits zum Picknick niedergelassen, während mehrere Paare und Familien mit größeren Kindern auf dem kleinen Felsen mit dem Gipfelkreuz herumkletterten. Leon hielt sich von dem Trubel fern und setzte sich auf einen großen Stein, wo er Pause machte und seinen trüben Gedanken nachhing. Er wollte sich nicht lange dort aufhalten. Nach weiteren 45 Minuten leichter Wanderung sollte er zu der Berghütte kommen, wo er einkehren und sich eine deftige Mahlzeit gönnen wollte. Also machte er sich wieder auf den Weg, der jetzt in großen Bögen sanft bergab verlief. Über satte Bergweiden, auf denen tatsächlich ein paar träge Ziegen und Schafe in der Sonne grasten, führte der Weg mühelos weiter, bis er zu einer Stelle kam, an der ein Abzweig von seinem geplanten Weg einen »Panoramablick« versprach. Spontan entschloss er sich, diesem Hinweis zu folgen.

Es ging wieder bergauf. Nach wenigen hundert Metern stand er an einer Felskante, von der aus man eine atemberaubende Aussicht über ein weites Tal und die angrenzende Bergwelt hatte. Ein vorsichtiger Blick über die Kante zeigte ihm, dass der Fels hier praktisch senkrecht abfiel, und zwar geschätzt mehrere hundert Meter in die Tiefe. Dazu wehte ein starker Wind. Sofort wurde ihm wieder mulmig und er strauchelte einen Schritt zurück. Suchend sah er sich um und fand in wenigen Metern Entfernung einen Felsbrocken, auf den er sich setzte. Er war allein. Wanderer, die vom Gipfel kamen und dort die Aussicht genossen hatten, machten sich nur selten die Mühe, diesen Umweg zu nehmen. Da er ohnehin viel Zeit hatte, beschloss er, erst mal sitzen zu bleiben und die Stille zu genießen. Er ließ seinen Blick über die fernen Berge schweifen und über die Wolken, die an den Gipfeln festzuhängen schienen. Er sah die saftigen Weiden, die Dörfer und Höfe unten im Tal, die Wolkenschatten, die über den Talboden und die Berghänge huschten, genau wie die Schatten, die an seiner Seele nagten, und sich bald schon zu einer unheilvollen, schwarzen Masse verdichteten. Nach und nach vergaß er alles um sich herum und hing wieder seinen trüben Gedanken nach. Was würde die Zukunft für ihn bringen? Würde sein Vater ihn je akzeptieren? Spielte das überhaupt noch eine Rolle, nachdem Milan ihn betrogen hatte und er mit all seinen Problemen alleine war? Der ganze Zweck seiner Reise, dass sein Vater ihm hinterher erlauben würde, mit Milan zusammen zu sein, hatte sich schon vor Abfahrt des Zuges erledigt. Warum war er noch hier? Er wusste längst, dass sein Vater ihn mit miesen Tricks und falschen Versprechungen in eine sogenannte Konversionstherapie gepresst hatte, und er fühlte sich von ihm genauso schlimm betrogen wie von Milan. Sein gesamtes soziales Umfeld bestand ausschließlich aus Gemeindemitgliedern und keiner von denen würde ihn jemals akzeptieren, wenn sie wüssten, wer er wirklich war. Schon gar nicht, solange sein Vater dort das Sagen hatte, der am liebsten jeden Sünder selbst bestraft hätte, bevor Gott es tun konnte, damit nur nichts auf ihn und seine Gemeinde abfärbte. Sein Vater glaubte offenbar an einen rachsüchtigen, alttestamentarischen Gott, der nicht zimperlich war mit seinen Strafen und eventuelle Kollateralschäden achselzuckend hinnahm. Glaubte Leon selbst noch an Gott? Ja, das tat er, aus ganzem Herzen. Und er glaubte an Jesus, der für unsere Sünden in den Tod gegangen ist. Aber was war jetzt Sünde und was nicht? Reine, bedingungslose Liebe konnte doch keine Sünde sein – oder doch, wenn es sich nicht um Mann und Frau handelte? Wenn man einen Partner hat, den man liebt, für den man Verantwortung übernimmt, um den man sich kümmert, an guten wie an schlechten Tagen, ist das dann Sünde, nur weil beide das gleiche Geschlecht haben? Offenbar waren sich alle, die Einfluss auf ihn hatten, darin einig. Und Milan, der einzige Gegenpol, sein einziger Bezugspunkt außerhalb der Gemeinde? Ihn hatte er für immer verloren.

Ihn fröstelte. Erst jetzt bemerkte er, dass es kälter geworden war. Leichter Nebel war aufgezogen. Er zog die Jacke an, die er bisher locker um die Hüfte geknotet getragen hatte, blieb aber auf seinem Stein sitzen. Der Wind hatte nachgelassen. Das trübe Bild, das sich ihm bot, passte sehr gut zu seinen trüben Gedanken. Was machte das alles noch für einen Sinn? Wem konnte er noch vertrauen? Seine erste große Liebe und sein eigener Vater hatten ihn belogen und betrogen. Alle anderen versuchten ihn in eine Ecke zu drängen. Und das Schlimmste war, dass er inzwischen selbst nicht mehr wusste, was richtig war und was falsch.

Was, wenn doch der Teufel ihn schwul gemacht hatte? War ihm diese Versuchung auferlegt, damit er ihr widerstehen und seine bedingungslose Liebe zu Gott beweisen konnte? Waren all diese Dinge, die ihm erst sein Vater und dann auch Jan, Sarah und Markus einzureden versuchten, am Ende doch wahr? Was, wenn er der Versuchung nicht widerstand und am Ende in der Hölle landete? Was, wenn er der Versuchung widerstünde und dadurch sein Leben auf Erden für ihn zur Hölle werden würde? Leon wurde übel und er erbrach sich zwischen seine Füße. Er registrierte rasende Kopfschmerzen und hielt den Kopf zwischen die Knie gesenkt. Wie Hammerschläge kamen immer wieder dieselben Fragen zu ihm zurück, ohne dass er sie beantworten konnte. Vor Schmerz, Wut und Verzweiflung liefen Tränen über sein Gesicht und tropften in sein eben erbrochenes Frühstück. So konnte er nicht weitermachen. Warum überhaupt weitermachen? Hier, nur zwei Meter von einem tiefen Abgrund entfernt, standen ihm doch alle Möglichkeiten offen! Diese Erkenntnis wirkte wie eine Befreiung auf ihn. Langsam hob er den Kopf und schaute sich um. Der Nebel war dichter geworden, die Sicht betrug vielleicht noch hundert Meter. Er schloss die Augen und betete.

»Herr, du kennst alle meine Sünden, für die ich dich um Vergebung bitte. Obwohl ich das in den letzten Tagen schon zigmal gemacht habe. Und du kennst auch meine Verzweiflung, mit der ich hier sitze, weil ich nicht mehr weiß, was richtig oder falsch ist. Jesus, wie jeden Tag, seit ich hier bin, frage ich dich, ob es wirklich Sünde sein kann, jemanden zu lieben, der das gleiche Geschlecht hat. Je länger ich darüber nachdenke, desto weniger weiß ich. Herr, bitte gib mir Klarheit, gib mir ein Zeichen. Amen.«

Leon öffnete die Augen und schaute sich um. Es war unverändert neblig und leichter Nieselregen hatte eingesetzt. Die Kälte spürte er kaum, obwohl die Temperatur inzwischen auf fast null Grad gefallen war. Ansonsten tat sich nichts. Mit wackligen Knien stand er auf und atmete tief ein und aus. Feuchte Kälte kroch durch seine Kleidung. Wie in Trance ging er auf den Abgrund zu, ohne es zu merken. Er blickte hinunter, sah jedoch nichts als dichten Nebel. Das war es also. Kein Zeichen von Gott. Ein Schritt ... nur ein einziger Schritt. Er würde in diesen Nebel fallen wie in wohlig weiche Watte und dann ... nichts mehr, keine Probleme, keine Tränen, keine Schmerzen, keine Verzweiflung. Er stand am Abgrund, zitterte und Tränen liefen über sein Gesicht. Nur ein einziger

Schritt ... er müsste nur den rechten Fuß heben und nach vorne bewegen, dann das Gewicht verlagern. Er blickte auf seinen rechten Schuh. Der Angst keinen Raum geben ... zitternd hob er den Fuß an und stellte ihn wieder ab.

»Jesus, wo bist du?«, rief er in seiner Verzweiflung laut in das neblige Nichts.

Plötzlich tauchte eine Hand neben seinem Fuß auf. Er erschrak und trat einen Schritt zurück. Dann war ein Helm zu sehen, noch eine Hand und schließlich das freundliche, aber erschöpfte Gesicht eines jungen Mannes.

»Was hast du gerufen?«, fragte er außer Atem und mit starkem Schweizer Akzent. Er wartete die Antwort nicht ab. »Komm, hilf mir mal!«, sagte er stattdessen, streckte Leon seine rechte Hand entgegen und reichte ihm ein Seil. Mechanisch und ohne nachzudenken ergriff Leon das Seil und begann daran zu ziehen, bis der Fremde seinen ganzen Körper über die Kante gewuchtet hatte.

Dann richtete dieser sich auf, zog das Seil erneut stramm und rief in den Abgrund herunter: »Gleich habt ihr es geschafft, nur noch ein paar Meter!«

Mit vereinten Kräften halfen Leon und der Fremde zwei weiteren Bergsteigern über die Kante des Abgrunds. Erschöpft blieben die beiden erst einmal liegen und atmeten tief durch. Leon schob in aller Stille und unauffällig noch ein Dankesgebet nach für das Zeichen, das er von Gott erhalten hatte, und die Rettung, die ihm zuteilwurde.

Der erste Bergsteiger saß auf der feuchten Wiese und lehnte sich mit dem Rücken gegen den Felsen, auf dem Leon jetzt wieder Platz genommen hatte. Er streckte ihm erneut seine Hand entgegen.

»Urs«, sagte er knapp. »Danke für deine Hilfe.«

Dieser schüttelte die Hand. »Ich bin Leon.«

»Pass auf, da vorne hat jemand hingekotzt«, sagte Urs. »Was machst du hier mitten in dem Nebel? Du solltest längst beim Abstieg sein, es ist sehr gefährlich hier.«

»Ich ..., äh..., das könnte ich dich auch fragen«, antwortete Leon mit aller Schlagfertigkeit, zu der er noch fähig war.

»Okay, der Nebel kam etwas früher, als ich erwartet hatte. Aber ich bin Bergführer und kenne mich hier aus«, meinte Urs etwas kleinlaut. »Aber wir können hier nicht sitzen bleiben, das Wetter wird später noch schlechter. Wir gehen jetzt runter bis zu der Berghütte, von da aus haben wir dann hoffentlich eine Mitfahrgelegenheit bis zur Seilbahn. Der Wirt ist ein Freund von mir und könnte uns mit dem Geländewagen dahin bringen. Am besten kommst du mit uns, oder?« Erneut wartete er nicht auf Antwort. »Was ist los, Männer, seid ihr bereit? Ab hier ist es nur noch ein Spaziergang. In einer halben Stunde sind wir bei der Hütte!«

Mühsam rappelten seine Kameraden sich auf und sortierten ihre Ausrüstung. Die Aussicht auf eine warme Mahlzeit machte sie erstaunlich schnell wieder beweglich.

Leon war genauso erschöpft wie die Bergsteiger. Noch dazu war er völlig verwirrt. Okay, wenn das ein Zeichen Gottes gewesen war, dann wusste er jetzt, dass er hier und heute nicht in den Abgrund springen sollte. Aber das löste kein einziges seiner anderen Probleme und beantwortete keine seiner Fragen. Schulterzuckend und seufzend stand er auf. Erst jetzt bemerkte er, wie entsetzlich kalt es inzwischen geworden war. Zähneklappernd schloss er seine dünne Regenjacke und verschaffte sich etwas Bewegung, um warm zu werden. Urs und seine beiden Kameraden hatten inzwischen ihre Rucksäcke wieder aufgesetzt und schienen ihren Weg fortsetzen zu wollen.

»Komm, du kannst hier nicht bleiben!«, rief Urs ihm zu und Leon gesellte sich zu ihnen.

Die beiden anderen Bergsteiger waren etwas älter als Urs, einer war um die vierzig, den anderen schätzte er auf Anfang bis Mitte dreißig.

»Hi, ich bin der Marius und das ist der Sebastian«, sagte der Jüngere von beiden.

»Leon«, war die knappe Antwort, die direkt von Urs unterbrochen wurde, der einige Meter vorausgeeilt war und jetzt wild mit den Armen fuchtelte.

»Macht schon, Leute, für Smalltalk haben wir später noch Zeit!«, rief er ungeduldig.

»Darum: Augen auf bei der Wahl deines Bergführers«, entgegnete Sebastian grinsend und setzte sich in Bewegung.

Marius folgte ihm und Leon trottete als Schlusslicht hinterher. Da er sehr langsam war und schon nach der ersten Biegung den Anschluss verlor, ließ Urs die Gruppe anhalten und auf ihn warten.

»Du kommst am besten zu mir nach vorne«, meinte er. »Sonst gehst du uns noch verloren. In dem Nebel würdest du dich garantiert verlaufen.«

Dann setzte sich die kleine Gruppe wieder in Bewegung. Schweigend tappte Leon neben Urs her, Sebastian und Marius folgten mit einigem Abstand und unterhielten sich.

Urs wollte unbedingt ein Gespräch anfangen, um Leon etwas aufzumuntern. »Wo kommst du eigentlich her?«, fragte er freundlich.

»Dortmund«, antwortete er knapp.

»Aha. Die beiden da hinten kommen aus der Gegend von Köln«, erwiderte Urs. »Pass auf und bück dich nicht, wenn die in der Nähe sind. Das sind zwei Hinterlader ... vom anderen Ufer, verstehst du?« Urs lachte und fand sich ungeheuer witzig.

»Bin ich auch«, antwortete Leon ohne das geringste Anzeichen eines Lächelns.

»Oh ..., okay«, stammelte Urs und biss sich auf die Unterlippe.

Von da an setzten sie ihren Weg weitestgehend stumm fort, bis endlich die ersehnte Hütte aus dem Nebel auftauchte. Auf den letzten Metern mobilisierten sie noch mal alle Kräfte, bis sie im ansonsten leeren Gastraum standen. In einem Ofen in der Ecke prasselte ein wärmendes Feuerchen. Die Männer ließen ihre Rucksäcke auf den Boden fallen und scharten sich darum. Urs rief etwas auf Schweizerdeutsch, worauf ein bulliger Kerl mit langem Vollbart aus dem hinteren Teil der Hütte in den Gastraum trat und zur Begrüßung kurz nickte. Urs redete weiter auf den Mann ein, ohne dass Leon oder die anderen ein Wort verstehen konnten. Als Antwort brummte der Mann kurz und verschwand dann wieder nach hinten.

»Es gibt gleich Tee und dann Erbsensuppe mit Würstchen«, erklärte Urs und zeigte auf den Tisch neben dem Ofen. »Kommt, wir setzen uns. Zieht eure Jacken aus.«

Wenige Minuten später kam der Hüttenwirt wieder aus der Küche und stellte vier Becher Tee auf den groben, massiven Holztisch. Er sprach mit einer angenehm tiefen Bassstimme in ruhigem Ton zu Urs. Seine Unterarme und Handrücken waren vollständig von Tattoos bedeckt, vermutlich genau wie der Rest seines Körpers, der unter der groben Arbeitskleidung verborgen war.

»Aha, also er sagt, dass die Gondelbahn noch fährt und dass er uns nach dem Essen mit dem Auto hinbringt«, übersetzte Urs, nachdem der Mann den Tisch wieder verlassen hatte.

Leon klammerte sich, immer noch zähneklappernd, an seinen Teebecher. Kälte und Nässe waren in jede Faser seines Körpers gekrochen und ließen sich nicht so schnell vertreiben.

»Meine Güte, du bist viel zu dünn angezogen für die Berge«, tadelte Urs, als er Leons Zustand bemerkte. »Wenn man hier heraufgeht, muss man immer warme Sachen dabeihaben. Mindestens einen Pullover. So eine dünne Regenjacke reicht da nicht. Und man braucht vernünftige Bergstiefel. Sneakers sind hier nur zweite Wahl, die geben dir nicht genug Halt, sind aber immer noch besser als Flip-Flops oder glatte Lederschuhe. Du glaubst nicht, was man hier oben alles zu sehen bekommt. Sogar Damen mit hohen Absätzen laufen hier rum und wundern sich, wenn sie umknicken oder hinfallen.«

Leon hörte schweigend zu und nickte stumm in seinen Tee. Der Hüttenwirt verteilte Teller und Besteck, dann kam er mit einem großen, dampfenden Topf und einer Kelle aus der Küche und platzierte beides in der Mitte des Tisches. Urs übernahm es, die Suppe auf die Teller zu verteilen, und fischte für jeden zwei Würstchen aus dem Topf. In der Zwischenzeit hatte der Wirt noch einen Korb mit Bauernbrot gebracht und alle ließen es sich zunächst schweigend schmecken.

»Ah, das tut gut«, sagte Sebastian, nachdem er seinen ersten Appetit gestillt hatte. »Eigentlich mag ich keine Erbsensuppe, aber gerade jetzt finde ich sie sehr lecker. Nicht wahr, Marius?« Er stupste ihm mit dem Ellenbogen leicht in die Seite.

»Oh ja!«, antwortete Marius. »Das ist fast so lecker wie unser Hochzeitsmenü.« Beide lachten.

»Ja, weißt du, das ist unsere Hochzeitsreise«, wandte sich Sebastian jetzt an Leon. »Bisher war es auch echt super, aber die Klettertour heute ... Das war viel anstrengender als gedacht und dann sind wir auch noch in diesen Nebel geraten.« Er bedachte Urs mit einem vorwurfsvollen Blick.

Dieser war sichtlich nicht erfreut darüber, verkniff sich jedoch einen Kommentar. Geschäft ist Geschäft und der Kunde ist König. Als Bergführer im Sommer und Skilehrer im Winter hatte er zwar ein gutes Auskommen, aber er war natürlich selbstständig und konnte sich schlechte Bewertungen nicht leisten. Er war froh, dass Leon sich jetzt am Gespräch beteiligen zu wollen schien.

»Ihr seid also miteinander verheiratet«, sagte Leon. Es war mehr eine Feststellung als eine Frage.

»Ja«, erwiderte Marius strahlend. »Zuerst standesamtlich und jetzt auch kirchlich.«

»Kirchlich? Das geht auch?«, fragte Urs überrascht.

»Ja, die evangelische Kirche im Rheinland macht das seit einigen Jahren«, antwortete Marius. »Sebastian ist zwar katholisch, aber das war kein Problem für unseren Pfarrer.«

»Und es war eine richtige Trauung, wie bei Hetero-Paaren auch?«, wollte Leon wissen.

»Außer dass keiner von uns ein weißes Kleid mit Schleier getragen hat, war alles so, wie man es kennt«, sagte Sebastian lachend. »Wir wollten es auch ganz traditionell, mit Kutsche, Hochzeitsmarsch, Ringen, Kuss und weißen Tauben. Meine Eltern werfen uns heute noch vor, dass es viel zu kitschig war.«

»Seid ihr gläubig oder habt ihr nur kirchlich geheiratet, weil man das eben so macht?«, fragte Leon. »Oh sorry, die Frage ist vielleicht zu indiskret, ihr müsst nicht antworten«, setzte er erschrocken nach, als ihm bewusst wurde, dass nicht jeder gerne über dieses Thema spricht.

»Ist schon okay«, antwortete Sebastian. »Für uns war Gottes Segen schon wichtig, da wir beide gläubig sind. Dabei ist es mir als Katholik nicht leichtgefallen, mich evangelisch trauen zu lassen. Aber es gab keine andere Möglichkeit. Immerhin hat mein katholischer Pfarrer uns schließlich noch gesegnet, obwohl er da von der geplanten evangelischen Trauung schon wusste. Aber es war nur ein Segen, keine Trauung und er fand natürlich nicht im Rahmen eines öffentlichen Gottesdienstes statt. Da waren nur wir beide anwesend und sonst niemand. Das wäre uns beiden aber zu wenig gewesen. Wir wollten so heiraten wie alle anderen auch.«

»Und es gibt keine Probleme, weil ihr schwul seid?«, wollte Leon jetzt wissen.

»Ach ja, natürlich gibt es in der evangelischen Kirche und auch in unserer Gemeinde Leute, denen das nicht passt, weil sie die Bibel anders, also traditionell interpretieren«, erwiderte Marius. »Ich denke, die wird es immer geben. Aber die offizielle Lehrmeinung ist nun mal so, dass wir toleriert und akzeptiert werden und alle Rechte haben, wie andere Gemeindemitglieder auch. Ich denke, dass manche vielleicht hinter unserem Rücken über uns reden, aber im Großen und Ganzen lassen sie uns in Ruhe. Und die überwiegende Mehrheit geht ganz normal mit uns um, wie es sich gehört.«

Leon war beeindruckt. Nicht nur, dass die beiden demonstrierten, wie leicht sich Homosexualität und Glaube verbinden ließen, sondern in vielen Gemeinden war dies offenbar gelebte Praxis. Zumindest in evangelischen Gemeinden, aber vermutlich auch bei einigen anderen christlichen Glaubensrichtungen. Schlagartig wurde ihm klar, dass all seine Zweifel, seine Scham und seine Schmerzen nicht von Gott herkamen, sondern ausschließlich von seiner Gemeinde, die, besonders in Gestalt seines eigenen Vaters, an einer althergebrachten Bibelauslegung festhielt und sich jedem abweichenden Einfluss widersetzte. Massiv verstärkt und intensiviert wurde das Ganze noch durch die unselige Konversionstherapie, die aber durch seinen Vater verursacht beziehungsweise veranlasst worden war. Also galt es nur, seinen Vater zu überzeugen oder die Gemeinde zu wechseln, dann wären viele seiner Probleme gelöst.

Endlich hatte er die Antworten, die er gesucht hatte, und er dankte Gott in einem stillen Gebet. Blieben noch der Schmerz über den Betrug, den sein Vater an ihm verübt hatte, und der schmerzliche Verlust seiner ersten großen Liebe. Der Gedanke an Milan hatte ihn die ganze Zeit nicht losgelassen. Oft ertappte er sich, wie er sich und Milan als Paar sah, bevor ihm schmerzlich bewusst wurde, dass dies der Vergangenheit angehörte. Wenn er zurück nach Dortmund fuhr, würde kein Milan auf ihn warten. Es gäbe keinen gemeinsamen Stadtbummel mehr, keine Nachmittage in Milans Zimmer, keine Zärtlichkeiten … Der Gedanke schmerzte ihn, aber er hatte immer wieder das Bild vor Augen, wie Milan und der andere Kerl sich auf offener Straße innig geküsst hatten. Das konnte er ihm nicht verzeihen. Wahrscheinlich vergnügte Milan sich jetzt gerade mit diesem Kerl im Bett und verschwendete keinen Gedanken an ihn.

Kapitel 19

Milan sah in der Ferne verschwommen eine Person stehen und wusste instinktiv, dass es sich um Leon handelte. Mit aller Kraft rief er seinen Namen, doch kein Ton kam über seine Lippen. Also versuchte er in dessen Richtung zu rennen. Doch immer wenn er ein Stück näher kam, entfernte sich Leon wieder. Die verschwommene Gestalt, die Leon war, rief etwas Unverständliches, doch Milan wusste, dass er große Angst hatte und verzweifelt war. Dann hob Leon die Hand und ein vom Himmel kommendes warmes Licht breitete sich um ihn herum aus. Jetzt erschien er ihm nicht länger verschwommen, sondern war deutlich zu erkennen. Er wirkte ganz entspannt und angstfrei. Noch einmal sammelte Milan seine Kraft und rief nach Leon. Laut erschallte der Ruf, doch Leon reagierte nicht. Milan wollte erneut zu ihm laufen, doch eine unbekannte Kraft packte ihn an den Schultern und schüttelte ihn ...

»Milan! Wach auf!«, rief Robin halb in Panik, da dieser offenbar einen Albtraum hatte.

Friedlich waren sie am Nachmittag in Milans Bett eingeschlafen, nackt und eng aneinandergekuschelt. Irgendwann wurde Robin unsanft geweckt, weil Milan um sich schlug und unverständliches Zeug murmelte. Plötzlich rief er laut und deutlich Leons Namen. Robin hatte ihn an beiden Schultern gepackt und geschüttelt. Schließlich hörte Milans Körper auf zu zucken und nach einem kurzen Moment öffnete er vorsichtig die Augen.

Robin hatte seinen Kopf auf den Ellenbogen gestützt und schaute ihn ernst an.

»Oh..., Robin, ich ..., ich hatte einen Alptraum«, stammelte Milan mit krächzender Stimme. »Tut mir leid, wenn ich dich geweckt habe.«

»Ja, muss ein Alptraum gewesen sein, du hast schon wieder von ihm geträumt«, antwortete Robin mit leichtem Vorwurf in der Stimme. »Du hast seinen Namen gerufen und mich dabei getreten!« Er zog einen Schmollmund und sah dabei so süß aus, dass Milan ihm einfach durch die Locken wuscheln musste. Anschließend umarmte er ihn und drückte ihn fest an sich.

»Tut mir leid, Schatz«, entschuldigte er sich sanft. »Es war ein ganz sonderbarer Traum.« Dann erzählte er Robin alles, woran er sich noch erinnern konnte.

»Hm«, erwiderte Robin. »Ich hab keine Ahnung, was ein Traumdeuter dazu sagen würde. Aber ich denke, du liebst ihn immer noch und willst zu ihm.«

»Ach Robin, das ist Vergangenheit«, erklärte Milan und küsste ihn auf die Stirn. »Hast du auch Hunger? Irgendwie ist mir nach Erbsensuppe mit Würstchen, aber wir werden was anderes essen müssen. Es ist kalt hier drin, oder? Frierst du nicht?« Er ging durch ein merkwürdiges Wechselbad der Gefühle, was Robin nur erstaunt zur Kenntnis nehmen konnte. Weder war es kalt, noch konnte er wirklich hungrig sein. Jeder hatte eine Pizza gegessen, bevor sie hierhergekommen waren.

Milan strampelte sich frei und setzte sich auf die Bettkante. »Papa kommt gleich nach Hause«, sagte er, als ob das irgendetwas ändern würde. Sein Vater war es längst gewohnt, dass Milan und Robin die Nachmittage häufig in dessen Zimmer verbrachten, und es war ihm klar, was hinter der verschlossenen Tür passierte. Er hatte nicht das geringste Problem damit, sondern freute sich, dass sein Sohn eine offenbar harmonische Beziehung führte.

Robin spürte, dass Milan genug gekuschelt hatte. Er setzte sich neben ihn, schlang die Arme um seine Mitte und legte seinen Kopf auf Milans Schulter.

»Ich liebe dich, Milan«, sagte er leise.

Milan drehte sich um, nahm Robins Kopf in beide Hände und küsste ihn innig. Obwohl es längst an der Zeit gewesen wäre, hatte er es bisher nicht übers Herz gebracht, die drei magischen Worte zu Robin zu sagen, oder nur ›Ich dich auch‹ zu entgegnen. Dabei liebte er ihn wirklich. Robin war immer süß und lieb und anschmiegsam und erfüllte ihm jeden Wunsch. Ganz selten empfand er es als etwas nervig, dass Robin oft devot war bis zur Selbstverleugnung. Er hätte sogar sein T-Shirt ausgezogen und über eine schlammige Pfütze gelegt, damit Milans Schuhe nicht schmutzig würden. Nie äußerte Robin eigene Wünsche, sondern machte freudig alles mit, was Milan vorschlug. Ihm war das momentan ganz recht, nach der Trennung auf einen neuen Partner einzugehen, dafür fehlten ihm die Nerven. Die gescheiterte Beziehung zu Leon war kein Geheimnis zwischen den beiden und Robin tat alles, damit Milan seinen Exfreund vergessen konnte. Noch war ihm dies nicht gelungen, denn Milan sagte oft beiläufig Dinge wie ›Dieses Café hätte Leon auch gefallen‹ oder Ähnliches, oder er rief im Schlaf Leons Namen, wie heute Nachmittag. Das gab Robin jedes Mal einen kleinen Stich ins Herz, doch danach bemühte er sich noch intensiver um Milans Liebe.

»Bitte vergiss nicht wegen Morgen«, sagte Robin.

Milan rollte die Augen, lächelte aber. »Wie könnte ich das vergessen«, entgegnete er. »Wir sind es doch schon tausendmal durchgegangen. Morgen sagst du es deinen Eltern und ich warte in der Nähe auf deine Nachricht. Wenn es dann so weit ist, komme ich mit dem Geburtstagsgeschenk für deine Mutter. Alles klar, mach dir keine Sorgen.«

»Ich bin so aufgeregt«, antwortete Robin. »Hoffentlich machen sie nicht so ein Riesending daraus, wie sonst immer. Du bist dir doch darüber im Klaren, dass wir dann für meine Mutter so gut wie verlobt sind, ja?«

»Ja, kein Problem«, antwortete Milan. »es wird schon alles gut gehen.«

»Ich bin gespannt, wie Opa und Oma und meine Onkel und Tanten reagieren«, fragte sich Robin. »Meine Cousins und Cousinen sind ja auch zum Teil dabei. Dass ich mich vor der ganzen Verwandtschaft auf einmal oute, ist vielleicht doch keine gute Idee.«

»Ach was, du hast es beschlossen, jetzt zieh es einfach durch«, versuchte Milan zu beruhigen. »Ist doch viel besser, als es allen Verwandten einzeln zu erzählen. Irgendwann erfahren sie es sowieso. Ich bin ja bei dir – das heißt, ich warte auf meinen Einsatz. Lass mich nur nicht zu lange warten.«

»Wenn alle an der Kaffeetafel sitzen«, erklärte Robin zum gefühlt tausendsten Mal. »Tisch decken ist wie immer meine Aufgabe und dann wird ein Gedeck mehr auf dem Tisch sein. Auf dem Platz neben mir. Wenn alle sitzen, werde ich aufstehen und meine Ansage machen. Boah, mir zittern jetzt schon die Knie. Hoffentlich muss ich nicht wieder heulen.«

»Ist doch nicht schlimm.« Milan legte seinen Arm um Robins Schulter.

»Doch, weil mich dann keiner mehr versteht. Ich kann nicht heulen und deutlich sprechen gleichzeitig«, sagte Robin lachend und knuffte Milan in die Seite. Dieser reagierte sofort. Er schubste Robin mit dem Rücken zurück aufs Bett, kniete sich über ihn und begann ihn in die Seiten zu kneifen. Längst wusste er, wo Robin besonders kitzlig war, und er nutzte dieses Wissen gnadenlos aus, bis Robin vor Lachen kaum noch Luft bekam. Dabei versuchte er seinerseits, Milan zu kitzeln, was ihm teilweise gelang.

»Bin wieder da-ha!«, hörten sie Milans Vater vom Flur her rufen.

Milan packte Robins Handgelenke, drückte sie auf das Bett und beugte sein Gesicht zu ihm herunter.

»Gibst du freiwillig auf oder muss ich dir den Hintern versohlen?«, fragte er lachend und ein wenig atemlos.

»Hilfe, du Unhold!«, rief Robin keuchend. »Ich gebe nur auf, wenn du mir noch mal dein Schwert zeigst!« Er spürte Milans Härte an seinem Bauch.

»Dachte ich es mir doch, mein magisches Schwert bringt dich zum Schweigen«, antwortete Milan mit der verstellten Stimme eines imaginären Bösewichts. Er richtete sich auf und Robin nahm ihn in den Mund.

»Hm«, nickte er und verwöhnte Milan, so gut er konnte. Er war der erste Junge, mit dem Robin sexuelle Erfahrungen sammelte, und inzwischen wusste er ganz gut, was dieser bevorzugte.

Nachdem er Robin später an der Haustür verabschiedet hatte, setzte sich Milan zu seinem Vater ins Wohnzimmer.

»Hi Dad, wie war dein Tag?«, fragte er eher beiläufig.

Sein Vater stellte den Ton des Fernsehers leiser. »Geht so«, antwortete er. »Manche Kunden sind echt anstrengend. Aber immerhin, die Vorgaben vom Chef konnte ich trotzdem erfüllen für diesen Monat, obwohl Ferienzeit ist.«

»Na, dann musst du ja auch irgendwann die Beförderung bekommen«, erwiderte Milan müde lächelnd.

»Was gibts bei dir Neues?«, fragte sein Vater. »Du siehst müde aus.«

»Nichts Besonderes«, antwortete Milan. »Morgen will Robin sich bei seiner Familie outen und ich soll dann zu der Feier dazukommen. Das ist ganz schön aufregend für ihn.«

»Ich weiß«, entgegnete sein Vater. »Aber dich bedrückt doch was? Hast du nun doch Angst, dass Robins Familie es nicht gut aufnehmen wird?«

»Nein, das ist es nicht. Ich hatte nur heute Nachmittag einen ganz seltsamen Albtraum.« Dann erzählte er seinem Vater davon. »Es ist ja nicht das erste Mal, dass ich von Leon träume. Aber so etwas ... Und stell dir vor, als ich aufgewacht bin, habe ich gefroren und mir war nach Erbsensuppe!«

»Uuuh, wer will denn bei der Hitze Erbsensuppe essen?«, fragte sein

Vater. »Wenn du ein Mädchen wärst, würde ich dich jetzt fragen, ob du vielleicht schwanger bist. Aber mal im Ernst, du liebst ihn immer noch, was?«

»Na ja, die Trennung ist noch nicht lange her«, sagte Milan. »Natürlich kann ich nicht so schnell vergessen. Also: Ja, ich liebe ihn immer noch.«

»Weiß Robin das?«, wollte sein Vater wissen.

Milan rollte die Augen. »Natürlich weiß er, dass mir die Trennung noch weh tut, und er wird sich seinen Teil denken«, antwortete er.

»Nun, letztlich musst du das selbst wissen«, entgegnete sein Vater. »Aber pass auf, dass du Robin nicht weh tust. Ich sehe, dass er dich total bewundert. Und jetzt stellt er dich offiziell seiner Familie vor. Da hast du eine gewisse Verantwortung ihm gegenüber. Er ist halt noch sehr jung und naiv, das musst du berücksichtigen, was auch immer du tust.«

»Ja, Dad«, entgegnete Milan etwas kleinlaut. »Ich mag Robin ja wirklich. Aber das mit Leon ... das ist nicht so einfach abgehakt. Kann ich nicht mit beiden gleichzeitig zusammen sein?«

»Na ja, wenn sie beide einverstanden wären, könnte man sicher mal eine Beziehung zu dritt ausprobieren. Wer weiß, vielleicht funktioniert so was ja sogar. Für mich könnte ich mir das allerdings gar nicht vorstellen«, sagte sein Vater.

»Also dass manche Menschen mehr als eine Person lieben können, ist ja bekannt«, meinte Milan. »Aber dass dann beide möglichen Partner das genauso können und mit einer Dreiecksbeziehung einverstanden sind, ist doch eher unwahrscheinlich. Nein, Leon hat Schluss gemacht und jetzt bin ich mit Robin zusammen. Und der braucht mich morgen! Ich gehe dann mal auf mein Zimmer. Nacht, Dad!«

»Nacht, Sohn. Erzähl mir morgen Abend, wie es gelaufen ist bei Robin.«

Am nächsten Tag um 16 Uhr saß Milan im Auto seines Vaters eine Straßenecke von Robins Haus entfernt und wartete auf sein Zeichen. Er hatte sich für seine Verhältnisse schick angezogen und ordentlich gekämmt, das gemeinsame Geburtstagsgeschenk für Robins Mutter lag auf dem Beifahrersitz. Er kam sich etwas blöd vor. Er hatte nicht ganz verstanden, warum er nicht von Anfang an mit hineingehen konnte und Robin ihn einfach als seinen Freund vorstellte. Aber Robin wollte unbedingt zuerst alleine mit seiner Familie sprechen und ihn dann dazuholen. Milan fand den bevorstehenden Auftritt etwas peinlich, denn alle Augen würden auf ihn gerichtet sein. Er musste souverän wirken, lächeln, die Hände in der richtigen Reihenfolge schütteln, durfte zu keinem etwas Falsches sagen und in keine Fettnäpfchen treten. Robin hatte ihn eingehend vorbereitet, aber ihm lag es überhaupt nicht, im Mittelpunkt des Interesses zu stehen.

Robin war den ganzen Tag über unglaublich nervös. Morgens beim Frühstück hatte er mit seinem Vater zusammen ›Happy Birthday‹ gesungen, doch dann musste er seiner Mutter erklären, dass sie sein Geschenk erst am Nachmittag bekommen würde. Am Vormittag und am frühen Nachmittag hatte er seinen Eltern bei den Vorbereitungen geholfen. Fast die gesamte Verwandtschaft sollte mit Kaffee und Kuchen und später mit einem leckeren Barbecue verwöhnt werden. Für den Abend waren zusätzlich Nachbarn und Freunde eingeladen. Aufgrund des warmen Wetters sollte auf der Terrasse und im Garten gefeiert werden. Sie bauten einen Pavillon und Tische und Bänke auf, holten Stühle aus dem Haus und zusätzliche Sonnenschirme aus dem Keller. Lampions wurden aufgehängt, Geschirr und Gläser nach draußen verfrachtet und sämtliche Kühlschränke mit Getränken bestückt. Dann deckte Robin die Kaffeetafel mit dem feinen Geschirr seiner Mutter und mit Blumenschmuck in der Mitte. Natürlich vergaß er nicht, ein zusätzliches Gedeck für Milan aufzulegen.

Nachdem alles fertig war und er sich umgezogen hatte, lief er nervös in seinem Zimmer auf und ab und wartete auf das Eintreffen der Gäste. Seine Hände waren kalt und schwitzten. Er versuchte mehrmals vergeblich, sie an seinen Hosenbeinen trockenzureiben. Dann war es endlich so weit. Als die Klingel ertönte, stürmte er zur Haustür und riss sie auf. Seine Großeltern waren wie immer die Ersten. Überschwänglich begrüßten sie Robin und seine Eltern. Dann kamen nach und nach die anderen Verwandten. Robin überließ die Haustür seinem Vater, damit er seinen und Milans Platz am Tisch frei halten konnte. Als nach einer gefühlten Ewigkeit endlich alle saßen und jeder ein Stück Torte vor sich hatte, sah seine Mutter sich um und entdeckte das zusätzliche Gedeck

»Ich glaube, jetzt sind alle da. Haben wir ein Gedeck zu viel am Tisch oder habe ich jemanden vergessen?«, fragte sie verwundert.

Das war der Moment, auf den Robin gewartet hatte. Schnell schickte er die vorbereitete Nachricht an Milan, dann stand er mit zitternden Knien auf.

»Es kommt noch jemand«, sagte er mit krächzender Stimme, aber laut genug, dass es alle hören konnten. Fragende Gesichter schauten ihn an. »Mein Freund Milan kommt gleich. Und bevor ihr fragt, ich bin schwul und er ist mein fester Freund.« Seine Stimme begann zu zittern. »Ich hoffe, ihr könnt damit leben.« Tränen schossen ihm in die Augen und er setzte sich wieder hin. Seine Mutter, die ihm gegenüber saß, nahm seine Hand.

»Ach Robin, Liebling«, sagte sie sanft. »Ich habe das schon immer gewusst. Wir, also dein Vater und ich, haben uns gefragt, wann du es uns endlich sagen willst. Ich freue mich für dich und deinen Freund und er ist hier herzlich willkommen.«

Robin konnte sich endgültig nicht mehr zurückhalten und weinte hemmungslos. Alle am Tisch hatten etwas feuchte Augen, nur Robins Großvater grummelte etwas Unverständliches und aß weiter seine Torte. In diesem Moment klingelte es. Robin sprang auf und lief zur Haustür.

Nachdem er Robins Text erhalten hatte, hatte Milan sich noch einen Augenblick Zeit genommen und tief durchgeatmet. Er startete das Auto und fuhr um die Ecke bis vor Robins Haus. An der Haustür richtete er noch einmal seine Kleidung und seine Frisur, atmete erneut durch und drückte mit zitterndem Finger den Klingelknopf. In der anderen Hand hielt er einen Blumenstrauß und das Geschenk für Robins Mutter. Nach einer gefühlten Ewigkeit öffnete Robin mit verheulten Augen.

»Oh Gott, Robin«, rief Milan erschrocken aus. »Ist es danebengegangen? Gab es Ärger?«

»Nein, alles ist gut«, antwortete Robin mit einem schiefen Lächeln. »Komm endlich rein, du Blödmann!« Dann schlang er seine Arme um Milans Mitte und küsste ihn auf den Mund. Komm mit«, sagte er, löste die Umarmung und führte seinen Freund an der Hand zur Terrasse. Wie von Milan befürchtet, waren alle Augen erwartungsvoll auf ihn gerichtet und er wurde sehr nervös.

»Ach, was für ein hübscher junger Mann!«, rief Robins Oma plötzlich und löste damit die allgemeine Anspannung. Milan ging auf Robins Mutter zu, gratulierte ihr zum Geburtstag und überreichte die Blumen und das gemeinsame Geschenk. Vorher hatte er aus dem Blumenstrauß noch eine einzelne Rose gezogen, die er der Großmutter reichte, während er sich vorstellte. Nach und nach schüttelte er allen die Hand und wurde freundlich aufgenommen. Nur der Großvater war etwas reserviert, aber nicht unfreundlich.

Nachdem Milan neben Robin Platz genommen hatte, flüsterte dieser ihm zu: »Das hast du super gemacht, Oma ist ganz hin und weg von dir. Das mit der Rose war eine tolle Idee!«

Als alle satt waren, öffnete Robins Mutter die Geschenke. Robin und Milan hatten zusammengelegt und ihr eine Halskette mit Medaillon gekauft, worin sich ein winziges Foto von beiden befand. Gerührt und mit Tränen in den Augen bedankte sie sich bei den beiden und zeigte ihr Geschenk voller Stolz den anderen Verwandten.

Der Rest des Nachmittags und der Abend verliefen in angenehmer Atmosphäre und Milan lernte nach und nach alle kennen. Sogar der Großvater unterhielt sich längere Zeit mit ihm. Es stellte sich heraus, dass er aufgrund von Hunger und leichter Unterzuckerung zunächst etwas ungehalten über die Unterbrechung beim Tortenessen gewesen war und deshalb griesgrämig gewirkt hatte. Jetzt ging es ihm gut und er bot Milan einen Schnaps an. Milan war froh, dass er mit dem Auto gekommen war und somit einen guten Grund hatte, das Angebot dankend abzulehnen. Er blieb bis gegen 23 Uhr, dann verabschiedete er sich von allen. Robin begleitete ihn noch bis zum Auto, wo sie sich lange und innig küssten.

»Danke, Milan, dass du das heute alles mitgemacht hast«, sagte Robin. »Ich weiß, es war vielleicht ein bisschen nervend oder langweilig mit meiner Verwandtschaft, aber du hast das sehr gut gemacht. Du hast einen bleibenden Eindruck hinterlassen.«

»Kein Problem. Die waren alle sehr nett. Ich hoffe, dein Opa ist nicht zu enttäuscht, dass ich keinen Schnaps mit ihm getrunken habe.«

»Das war sehr klug von dir«, lachte Robin. »Fang das bloß nie an! Meinen Vater und meinen Onkel hat er gnadenlos unter den Tisch gesoffen, bevor er sie als Ehemänner für seine beiden Töchter akzeptiert hat.«

Als Milan nach Hause kam, lag sein Vater schlafend auf dem Sofa im Wohnzimmer und im Fernseher lief eine Talkshow. Milan schaltete den Fernseher aus und wollte seinen Vater zudecken, als dieser wach wurde.

»Na, wie ist es gelaufen?«, wollte er wissen.

»Alles okay«, antwortete Milan lächelnd. »Keiner hat sich aufgeregt, alle waren nett. Seine Mutter lässt dich schön grüßen und sagt, sie wird dich demnächst mal einladen.«

»Oh Gott, das hört sich ja wirklich nach Verlobung an«, stöhnte sein Vater scherzhaft. »Dann muss ich wohl dringend mal meinen guten Anzug in die Reinigung bringen.«

»Ach was, die sind eigentlich ganz locker, da brauchst du keinen Anzug«, entgegnete Milan. »Ich weiß nicht, mir geht das alles ein bisschen zu schnell, dass ich da jetzt zur Familie gehören soll und so. Aber so ist seine Mutter nun mal.«

»Für einen Rückzieher ist es jetzt ein bisschen zu spät, findest du nicht?«, fragte sein Vater eher scherzhaft. »Sag mir Bescheid, wenn du Hilfe bei der Hochzeitsplanung brauchst.«

»Papa!«, rief er empört und rollte die Augen. »Das ist nicht witzig! Und außerdem wenig hilfreich.«

»Was denn, Milan?«, wollte sein Vater wissen. »Willst du von mir hören, wie du ihn ohne Gesichtsverlust wieder loswirst, weil du ihn in Wirklichkeit doch nicht so sehr liebst?«

Milan rollte erneut die Augen. »Ich gehe jetzt ins Bett. Gute Nacht!«, sagte er barsch und ging wütend auf sein Zimmer.

Auf seinem Bett liegend, dachte er über das Gespräch mit seinem Vater nach. Er hatte einen wunden Punkt getroffen. Natürlich liebte er Robin, aber im Vergleich zu seiner Liebe zu Leon war es anders, nicht so intensiv. Zu viel Nähe war ihm eher lästig und er fühlte sich von Robin öfter bedrängt und vereinnahmt. Robin hatte nichts falsch gemacht. Milan fühlte sich einfach nur manchmal überfordert von seiner uneingeschränkten Bewunderung und Anhänglichkeit. Seufzend wälzte er sich im Bett hin und her, bis er in einen unruhigen Schlaf fiel.

Es war dunkel. Er stand auf einer Wiese und Robin war an seiner Seite. Sie hielten sich an den Händen und schauten sich lächelnd in die Augen, als ihre Aufmerksamkeit plötzlich abgelenkt wurde. Auf einem Hügel in einiger Entfernung stand eine leuchtende Gestalt, klar als Leon erkennbar. Er wollte sofort loslaufen, doch Robin hielt ihn fest und schaute ihn flehentlich an. Da erkannte er, dass eine kleine Gestalt mit hellblauen Haaren auf Leon zulief und sich ihm in die Arme warf. Eng umschlungen standen sie reglos auf dem Hügel. »Leon, nein!«, brüllte Milan mit aller Kraft. Als er langsam zu sich kam und erkannte, dass er zu Hause in seinem Bett lag, zeigten die Leuchtziffern seines Weckers 3:15 Uhr an. Fluchend warf er die Bettdecke zurück und tapste barfuß in die Küche, um sich eine Flasche Wasser zu holen.

Kapitel 20

Da Robin am nächsten Tag die Reste der Geburtstagsfeier aufräumen und anschließend mit seinen Eltern einen Ausflug machen sollte, bummelte Milan an jenem Nachmittag etwas ziellos durch die Stadt. Ein verkaufsoffener Sonntag hatte einigermaßen viele Menschen angelockt und Milan ließ sich mit den Massen treiben. Er landete in einem kleinen Café. Draußen waren alle Tische belegt, deshalb ging er hinein, wo er einen Platz am Fenster ergatterte und gedankenverloren in seinem Cappuccino rührte.

Aus dem Augenwinkel nahm er wahr, dass vor dem Fenster jemand stand, der in das Café hineinschaute. Er drehte sich um und erkannte Deniz, Dominiks Kumpel. Dieser schien zunächst erschrocken zu sein und blickte verlegen zu Boden. Dann schaute er Milan an, winkte ihm kurz zu und begab sich zur Eingangstür. Wenige Augenblicke später ließ er sich auf einen Stuhl an Milans Tisch fallen.

»Hi«, sagte Deniz kurz und streckte seine Beine raumgreifend unter dem Tisch aus.

Milan war genervt, er hatte keine Lust auf Konversation, schon gar nicht mit diesem Deniz, den er in schlechter Erinnerung hatte.

»Willst du dich nicht hier rübersetzen?«, fragte er in giftigem Ton. »Dann wärst du näher bei deinen Füßen.«

»Uuuh, sorry«, antwortete Deniz, setzte sich aufrecht und zog seine Beine zurück. »Da ist aber einer schlecht gelaunt. Ich wollte nur fragen, ob du was von Dominik gehört hast.«

In diesem Moment kam die Kellnerin und Deniz bestellte einen Espresso.

»Nein, warum sollte ich?«, erwiderte Milan knapp.

»Na ja, ich dachte … dass ihr euch etwas näher steht«, sagte Deniz zögerlich. »Wegen dem Kuss und so.«

»Damit hat er mich damals überfallen und ich war stinksauer«, antwortete Milan.

»Aber du bist doch schwul«, warf Deniz ein.

»Na und? Das heißt noch lange nicht, dass ich auf Typen wie Dominik stehe und mich von jedem gleich abschlabbern lassen muss!«, blaffte er zurück.

»Aber er ist doch wegen dir schwul geworden! Vorher war er nur hinter Mädchen her«, rief Deniz mit fast weinerlicher Stimme.

»Oh Mann, wer hat dich denn aufgeklärt? Deine Urgroßmutter?«, gab Milan ärgerlich zurück. »Jetzt hör mir mal zu, du kleiner Spinner! Weder kann ich jemanden schwul machen, noch kann man überhaupt schwul werden. Man ist so, wie man ist, und dabei bleibt es. Ob Dominik schwul ist, fragst du ihn am besten selbst. Vielleicht ist er bi oder er wollte nur mal was ausprobieren. Ausprobieren ist an sich keine schlechte Sache, aber er hätte vorher wenigstens mal fragen können.«

»Dominik ist damals einfach weggerannt und hat seitdem kein Wort mehr mit mir geredet«, erklärte Deniz.

»Na ja, vielleicht ist er vor sich selbst erschrocken und hat sich im Nachhinein vor dir geschämt, weil er mich geküsst hat. Wenn du wieder Kontakt mit ihm haben willst, dann mach du halt den Anfang«, entgegnete Milan.

»Meinst du wirklich? Meinst du, er will noch was mit mir zu tun haben?«, fragte Deniz.

»Wenn du ihn nicht fragst, wirst du es vielleicht nie herausfinden. Du hast doch sicher seine neue Adresse. Wenn nicht, kann ich sie dir geben.«

»Doch, hab ich«, entgegnete Deniz kleinlaut und seufzte. Dann trank er seinen inzwischen schon fast kalt gewordenen Espresso aus und legte ein paar Münzen auf den Tisch.

»Danke, Milan«, sagte er und stand auf. »Man sieht sich.«

Milan winkte ihm stumm, dann verließ Deniz das Café.

Er bestellte sich einen weiteren Cappuccino und dachte über das Gespräch mit Deniz nach. Es war schon witzig, dass er jetzt auch noch die Leben seiner einstigen Peiniger in Ordnung bringen musste. Immerhin stellten Deniz und Dominik nun keine Gefahr mehr für ihn dar.

Kapitel 21

Leon erwachte am Morgen nach tiefem, festem Schlaf und fühlte sich frisch und munter. Nur ein leichter Muskelkater erinnerte an die anstrengende Bergwanderung vor zwei Tagen. Viel zu früh war er am vereinbarten Treffpunkt eingetroffen und hatte sich auf eine lange Wartezeit eingestellt, als Josh plötzlich aus dem nächsten einfahrenden Zug gesprungen war und sich ihm direkt in die Arme geworfen hatte. Eine Weile standen sie eng umschlungen auf dem Bahnsteig, bis die übrigen Fahrgäste verschwunden waren. Joshs Schluchzen wurde lauter und Leon spürte, dass sein T-Shirt an der Schulter langsam nass wurde. Sanft legte er eine Hand auf Joshs hellblaue Haare und drückte ihn noch fester an sich. Am Ende stellte sich heraus, dass Josh in Zürich von drei Kerlen verprügelt worden war, nur weil sie fanden, dass er schwul aussehe. Dabei hatte er sein übliches Outfit an, nicht das Röckchen vom Frühstück. Leon empfand tiefes Mitleid mit Josh und tröstete ihn, bis er aufhörte zu weinen und sie Hand in Hand durch den Wald zurück zu ihrer Unterkunft gingen. Seinen Zimmernachbarn Daniel sah er an jenem Abend und auch am nächsten Tag nicht. Er hielt sich scheinbar in seinem Zimmer auf, denn gelegentlich hörte Leon Geräusche von dort.

Seit seinem Erlebnis auf dem Berg fühlte er sich wie neu geboren. Gestern hatte er zwar an der Sitzung mit Sarah und Jan teilgenommen, jedoch nur, um ihnen seinen Standpunkt zu erläutern und klarzumachen, dass er sich auf gar keinen Fall »umpolen« lassen werde. Erstmals verweigerte er auch das gemeinsame Gebet, da dies stets in eine Art intensives »Wegbeten« seiner Homosexualität ausgeartet war. Jan war davon wenig angetan, zumal die »Therapie« bei Josh ebenfalls gescheitert zu sein schien. Einzig Daniel schien noch gewillt, die Konversion bis zum Ende durchzuführen. Doch dieser kam nach der Teufelsaustreibung nicht mehr aus seinem Zimmer. Immer wieder versuchten sie ihn wenigstens zur Teilnahme an den gemeinsamen Mahlzeiten zu bewegen, was jedoch stets damit endete, dass Markus ihm ein Tablett mit Speisen und Getränken aufs Zimmer brachte, wovon Daniel nur sehr wenig aß und manchmal auch gar nichts.

Leon schaute auf die Uhr und stellte fest, dass er bis zum Frühstück noch etwas Zeit hatte. Trotzdem stand er auf und trat auf seinen Balkon. Er genoss die morgendliche Stille und die kühle Luft. Keine Wolke zeigte sich am Himmel und es versprach ein perfekter Tag zu werden. Genau richtig für ein Bad im See. Er schaute hinüber zu Daniels Balkon und stellte fest, dass die Tür geöffnet war. Von seinem Zimmernachbarn war aber nichts zu hören oder zu sehen. Daniel hatte ihm oft genug demonstriert, wie einfach es war, um die Abtrennung zwischen den beiden Balkonhälften herumzuklettern. Spontan entschloss er sich, nach Daniel zu sehen und mit ihm zu sprechen. Problemlos bestieg er die Balkonbrüstung und tastete sich um die Abtrennung herum. Sekunden später stand er vor der geöffneten Balkontür und schaute vorsichtig in Daniels Zimmer. Was er sah, ließ ihm das Blut in den Adern gefrieren. Daniel lag auf dem Bett, neben ihm lagen eine fast leere Wodkaflasche und die Reste einer leeren Medikamentenverpackung mit der Aufschrift »Diazepam«. Der Name sagte Leon zwar nichts, dennoch wusste er instinktiv, dass für Daniel höchste Gefahr bestand. Er versuchte ihn wachzurütteln, schlug ihm leicht auf die Wangen und rief verzweifelt seinen Namen. Er schaffte es nicht, Daniels Puls zu fühlen. Entweder war er zu aufgeregt oder es gab keinen. Nachdem er einsehen musste, dass seine Bemühungen sinnlos waren, rannte er hinunter in den Flur und wählte am Telefon neben der Rezeption ohne nachzudenken die 112. Glücklicherweise war dies inzwischen auch in der Schweiz die allgemeine Notrufnummer, so dass er schnell jemanden am Telefon hatte. Aufgeregt brüllte er die wenigen Informationen in den Hörer, die nötig waren. Aufgeschreckt von dem Lärm, kam Markus, der gerade mit den Vorbereitungen für das Frühstück beginnen wollte, in den Flur.

»Was ist passiert?«, fragte er, nachdem er aufgelegt hatte.

»Daniel, er ..., komm schnell«, antwortete Leon und begann die Treppe wieder hinaufzustürmen.

Markus folgte dicht hinter ihm. Als sie in Daniels Zimmer kamen, lag dieser unverändert leblos auf dem Bett.

»Ach du Scheiße!«, murmelte Markus und beugte sich über ihn. Er nahm sein Handgelenk und suchte den Puls. »Gott sei Dank, er hat noch Puls. Schwach, aber immerhin«, sagte er erleichtert. »Und er atmet noch ... ein wenig.«

Plötzlich stand Josh in der Tür. »Was zum ..., oh Gott, Daniel!«, rief er entsetzt, nachdem er die Situation begriffen hatte.

Leon drehte sich zu ihm um. »Josh, schnell, geh runter und schau, dass der Krankenwagen nicht am Haus vorbeifährt. Und dann zeigst du ihnen, wo sie hin müssen!«, rief er ihm zu. Josh drehte sich um und polterte die Treppe hinunter. Inzwischen hatte Markus sich an seinen Erste-Hilfe-Kurs erinnert und versuchte gerade, Daniel in die stabile Seitenlage zu bringen. Leon half ihm dabei. Schier endlose Minuten lang versuchten sie, Daniel wachzurütteln, bis sie endlich die Sirenen des Krankenwagens hörten, der schnell näherkam.

Der hereineilende Notarzt schickte Leon und Markus aus dem Zimmer. Nach einem Blick auf die Medikamentenschachtel zog er eine Spritze mit dem Gegenmittel auf und verabreichte es Daniel in die Vene. Die beiden Sanitäter legten ihn danach auf eine Trage und brachten ihn über die enge Treppe nach unten.

»Wir nehmen ihn mit zur Beobachtung«, erklärte der Notarzt. »Vielleicht braucht er noch mehr von dem Gegenmittel. Aber in zwei bis drei Tagen spätestens geht es ihm wieder gut.«

»Wohin bringen sie ihn?«, wollte Leon wissen.

»Ins Kantonsspital«, sagte der Notarzt kurz und sprang in den Krankenwagen.

»Ich weiß, wo das ist«, erklärte Markus. »Wir fahren gleich hin. Ich will nur zuerst Jan anrufen.«

»Meinst du nicht, wir sollten lieber seine Eltern informieren?«, fragte Leon.

»Das kann der Jan nachher übernehmen«, antwortete Markus. »Hier ist der Autoschlüssel, ich komme sofort!«

Sie setzten sich in den alten VW-Bus. Nach wenigen Minuten kam Markus mit rotem Kopf aus dem Haus und schloss die Haustür hinter sich ab. Dann stieg er hinters Lenkrad und setzte das Auto in Bewegung.

»Oh Mann, der war vielleicht sauer!«, sagte er, nachdem sie auf die Landstraße eingebogen waren. »Hat mich angeschrien wie ein Verrückter. Als ob ich was dafür kann!«

»Na ja, eigentlich ...«, entgegnete Leon zögernd. »Wenn ihr so einen Scheiß macht mit Daniel, dann könnt ihr ihn nicht alleine auf seinem Zimmer liegen lassen. Schon gar nicht mit Alkohol und Tabletten.«

»Das hat allein Jan zu verantworten!«, entgegnete Markus empört. »Ich habe damit nichts zu tun. Woher soll ich denn wissen, dass der solches Zeug von zu Hause mitgebracht hat? Ich kann ja schließlich nicht eure Zimmer durchsuchen. Eigentlich ist Jan dafür zuständig, euch zu sagen, dass solche Dinge wie Alkohol, Drogen und medizinisch nicht notwendige Tabletten im Haus genauso verboten sind wie Handys und Computer.«

»Ja, ja, den ganzen Quatsch hat er uns gleich zur Begrüßung erzählt«, gab Leon zurück. »Aber das reicht doch nicht, wenn er eine Teufelsaustreibung macht. In meinen Augen ist er ein Scharlatan, ein Quacksalber wie er im Buche steht. Und was die angebliche psychologische Qualifikation von Sarah betrifft, bin ich mir auch nicht so sicher.«

»Also der Jan kann ja gar kein Quacksalber sein, weil er für das Medizinische oder Psychologische gar nicht zuständig ist«, erwiderte Markus. »Er ist Leiter der Einrichtung und euer Ansprechpartner für alle Fälle, besonders für Fragen des Glaubens oder der Religion allgemein. Die psychologische und medizinische Leitung hat Sarah, die hat das studiert und einen entsprechenden Abschluss. Das Diplom hängt an der Wand in ihrem Büro.«

»Trotzdem war es verantwortungslos, wie ihr mit Daniel umgegangen seid«, sagte Leon wütend. »Und damit meine ich jeden Einzelnen von euch. Ihr seid alle mit schuld daran, dass er jetzt in Lebensgefahr schwebt!« Ihm schossen die Tränen in die Augen. Bei dem Gedanken, dass Daniel sterben könnte, krampfte sich sein Herz zusammen.

Sie saßen noch im Wartebereich der Notaufnahme – auch Jan war inzwischen eingetroffen –, als der behandelnde Arzt hereinkam.

»Wo sind die Angehörigen von Daniel Schulte?«, fragte er.

Leon, Josh, Markus und Jan sprangen auf und umringten ihn.

»Wie geht es ihm?«, fragten alle fast gleichzeitig.

»Also, der Patient ist stabil«, erklärte der Arzt. »Er hat eine große Menge eines starken Schlafmittels zu sich genommen. In Verbindung mit dem Alkohol hätte das tödlich sein können. Wir haben ihm das Gegenmittel verabreicht, so dass die Wirkung vorläufig aufgehoben ist. Wir müssen ihn aber auf jeden Fall zur Beobachtung hierbehalten.«

»Haben Sie ihm den Magen ausgepumpt?«, wollte Leon wissen.

»Nein, wenn die Einnahme des Medikaments länger als eine Stunde her ist, bringt eine Magenspülung nicht mehr viel. Da ist ein Antidot wesentlich effektiver und genau das haben wir ihm gegeben. Er wird jetzt auf die Station verlegt. Wissen Sie, ob eine suizidale Absicht bestand?«

Hier schaltete sich Jan hektisch in das Gespräch ein. »Also nein, auf keinen Fall!«, sagte er etwas zu laut und mit falschem Lächeln. »Bestimmt hat er sich vertan, weil er den Alkohol nicht vertragen hat.«

»Halts Maul, du Lügner!«, zischte Josh und riss Jan mit aller Kraft von dem Arzt weg.

»Was zum ..., was fällt dir ein?«, brüllte Jan zurück und begann einen heftigen Streit mit Josh.

In der Zwischenzeit nahm Leon den Arzt beiseite.

»Die Wahrheit ist, wir wissen es nicht. Es kann aber sein. Ich würde Sie bitten, ein Auge auf Daniel zu haben und ihn selbst zu fragen, sobald er wieder klar ist«, sagte er.

»Selbstverständlich, das hätten wir sowieso gemacht«, entgegnete der Arzt verständnisvoll. »Ich denke, Sie können ihn morgen besuchen.«

Noch bevor Leon ihm danken konnte, wandte sich der Arzt an Jan und Josh, die immer noch lautstark miteinander stritten.

»Hallo Sie, das ist hier immer noch ein Spital und kein Wirtshaus. Wenn Sie nicht ruhig sind, lasse ich Sie vom Sicherheitsdienst hinausbegleiten!«, rief er und verließ den Raum durch die Milchglastür, durch die er gekommen war.

Zurück im Haus, gingen Jan und Markus zuerst in Sahras Büro und überließen Leon und Josh sich selbst.

»Komm, wir setzen uns in den Garten«, sagte Josh, nachdem sie eine Weile unschlüssig im Flur gestanden hatten. Sie stellten zwei Liegen in die Sonne und ließen sich hineinfallen.

»Bin gespannt, ob wir noch Frühstück bekommen.«

»Das wird heute wohl ausfallen«, antwortete Leon. »Und Mittagessen vielleicht auch. Aber ich habe sowieso keinen Hunger nach dem, was ich heute früh gesehen habe. Ich dachte, er wäre tot.« Tränen traten ihm in die Augen. »Eigentlich hatte ich mit dem Gedanken gespielt, vorzeitig abzureisen. Aber jetzt bleibe ich noch die restlichen drei Tage, bis ich weiß, dass es ihm besser geht.«

»Ich bleibe auch«, erklärte Josh und legte seine Hand auf Leons Schulter. »Aber Jan und Sarah können mich mal! Außer den Mahlzeiten mache ich hier gar nichts mehr mit.«

Er wollte gerade etwas entgegnen, da erschien Markus in der Tür und rief: »Josh, Leon, kommt mal bitte ins Büro!«

»Es geht um die Fortsetzung der Therapie«, sagte Jan, hinter seinem Schreibtisch sitzend. Alle anderen hatten auf Stühlen vor ihm Platz genommen. »Wir haben noch drei Tage und sollten das Programm wie geplant zu Ende bringen. Ich schlage vor, dass wir nach dem Mittagessen anfangen.« Er sagte das in einem Ton, der keinen Widerspruch duldete.

»Tja, tut mir leid, Jan«, entgegnete Leon und kam damit Josh zuvor, der gerade zu einer aufbrausenden Antwort ansetzen wollte. »Leider haben wir jedes Vertrauen in euch und eure zweifelhaften Methoden verloren und sehen in einer Fortsetzung der Therapie keinen Sinn mehr. Ich denke, du wirst verstehen, dass nach dem Vorfall mit Daniel nicht so sehr die Fortsetzung der Therapie im Vordergrund steht als vielmehr die endgültige Schließung dieser Einrichtung.«

Jan wurde blass. »Dafür gibt es überhaupt keinen Grund! Was wir hier tun, ist komplett legal! Ihr seid Erwachsene und habt am Anfang bestätigt, dass ihr freiwillig an unserem Programm teilnehmen wollt. Ich habe euch auch gesagt, dass der Ausgang offen ist und hier niemand gezwungen wird, sich zu verbiegen. Wenn ihr kein Interesse mehr habt, dann ist das allein eure Entscheidung, die ich akzeptieren muss. Aber glaubt bloß nicht, dass ihr etwas erstattet bekommt. Steht alles im Vertrag. Ich nehme an, ihr wollt so schnell wie möglich abreisen? Markus kann euch die Zugverbindungen raussuchen und bringt euch zum Bahnhof.«

»Wir reisen erst ab, wenn wir wissen, dass es Daniel besser geht«, erklärte Leon. »Und wenn es schon keine Erstattung gibt, dann nehmen wir hier im Haus die bereits bezahlten Übernachtungen und Mahlzeiten wahr. Du und Sarah könnt euch gerne ein paar freie Tage nehmen. Wir brauchen euch nicht mehr.« Er stand auf und Josh folgte seinem Beispiel. »Wenn das alles ist, fahren wir jetzt zum See und genießen den Rest des Tages dort. Zum Abendessen sind wir wieder zurück.« Damit drehten sich beide um und verließen den Raum.

Jan war kreidebleich geworden und lehnte sich sprachlos in seinem Sessel zurück.

»Vielleicht solltest du wirklich ein paar Tage ausspannen, Jan«, sagte Sarah sanft und legte ihre Hand auf seine. »Diesmal haben wir verloren und es bleibt nicht mehr viel zu tun. Das bisschen schafft Markus alleine. Ich werde mir in den nächsten Tagen überlegen, wie wir unser Konzept ein wenig verbessern können.«

Jan nickte stumm und das Gespräch war beendet. Er saß noch lange reglos an seinem Schreibtisch, ohne einen klaren Gedanken zu fassen, bevor er sich ächzend erhob und müde nach Hause ging.

Kapitel 22

Leon und Josh fuhren mit den Fahrrädern zum See. Dort gönnten sie sich erst mal eine Portion Pommes als Ersatz für das ausgefallene Frühstück und Mittagessen und setzten sich dann auf eine Decke in der Nähe des Wassers. Leon zog sich sofort aus bis auf die Badehose, doch Josh zögerte.

»Was denn?«, fragte Leon. »Hast du die Badehose nicht gleich druntergezogen? Da hinten gibt es Umkleidekabinen.« Er zeigte in Richtung eines flachen Gebäudes gegenüber vom Kiosk.

»Ne, schon gut«, antwortete Josh, atmete tief durch und zog sich mit einem Ruck das T-Shirt über den Kopf.

Leon starte mit großen Augen und offenem Mund auf Joshs Rücken. »Oh mein Gott«, war alles, was er stammeln konnte.

Joshs Rücken war übersät mit dicken, roten Striemen, teilweise noch mit getrocknetem, verkrustetem Blut, die sich von seiner sehr blassen Haut deutlich abhoben.

»Wer hat dir das angetan?«

»Das war mein Alter, der verdrischt mich bei jeder Gelegenheit mit seinem scheiß Gürtel«, antwortete Josh. »Aber ich schwör dir, nächstes Mal reiß ich ihm den Riemen aus der Hand und schlage zurück. Ich werde nicht mehr um Gnade winseln. Ich habe schon ein altes Stuhlbein unter meinem Bett deponiert und träume davon, ihm damit einen Scheitel zu ziehen. Meine Mutter und ich – wir müssen den Dreckskerl loswerden.«

»Schlägt er deine Mutter auch?«

»Ja, aber da gehe ich jedes Mal dazwischen, damit er sich an mir austoben kann«, meinte Josh. »Und das tut er dann auch ausgiebig. Aber inzwischen habe ich erkannt, dass er ein armseliges Würstchen ist, das Angst vor mir hat, weil ich so anders bin als er.«

»Oh Gott, das ist ja schrecklich«, sagte Leon nachdenklich, während Josh seine Shorts auszog und danach nur noch mit einer Badehose bekleidet war.

»Los jetzt, komm ins Wasser!«, rief Josh fröhlich und rannte los. Leon schaute ihm einen Augenblick mit offenem Mund nach, dann folgte er ihm. Im Wasser begann eine wilde Schlacht mit Fontänen und Untertauchen, bis sich beide ausgetobt hatten.

Am nächsten Morgen fuhren sie mit Markus zum Krankenhaus, um Daniel zu besuchen. Als sie ankamen, lag dieser in seinem Zimmer im Bett und war relativ munter.

»Boah, du hast mir vielleicht einen Schrecken eingejagt!«, rief Leon und nahm Daniels Hand. »Mach das bloß nicht noch mal.«

»Schon gut, schon gut«, wehrte Daniel ab. »Mit dem Thema bin ich jetzt durch.«

»Du meinst ..., du bist jetzt nicht mehr schwul?«, fragte Josh.

»Doch!«, antwortete Daniel. »Der ganze Hokuspokus hat überhaupt nichts genutzt, außer dass ich mich so richtig scheiße gefühlt habe und irgendwie völlig hilflos war. Aber jetzt reicht es mir, ich werde nicht mehr dagegen ankämpfen. Ich hab es versucht und es hat mich verdammt noch mal fast das Leben gekostet. Und nach dem alten Motto ›Wenn du die Dinge nicht ändern kannst, dann musst du eben deine Einstellung dazu ändern‹ werde ich ab sofort kein schlechtes Gewissen mehr haben. ›Ich glaube, der Mensch ist am Ende ein so freies Wesen, dass ihm das Recht, zu sein, was er glaubt zu sein, nicht streitig gemacht werden kann‹, das hat der sehr weise Physiker Christoph Lichtenberg vor langer Zeit mal gesagt. Die Suche nach mir selbst war lang und gefährlich, aber nun weiß ich ganz sicher, was ich bin, und das lasse ich von niemandem mehr anzweifeln.« Nach dieser langen Rede ließ er seinen Kopf erschöpft in die Kissen sinken und schloss kurz die Augen.

»Das hört sich gut an«, sagte Leon sanft. »Ich hoffe, dass du bald wieder fit bist.«

»Ich denke, dass ich morgen entlassen werde«, antwortete Daniel müde. »Kannst du mich dann abholen, Markus?«

»Ja klar«, antwortete Markus. »Ruf mich an, wenn du die Uhrzeit weißt, dann komme ich und hole dich ab.«

»Wissen deine Eltern Bescheid?«, wollte Josh wissen.

»Nein, das will ich nicht«, entgegnete Daniel. »Die müssen davon nicht unbedingt erfahren. Ich werde sowieso für das neue Semester in ein Studentenwohnheim ziehen. Die Zusage dafür habe ich schon. Wird langsam Zeit, mich abzunabeln und meinen eigenen Weg zu gehen. Auch wenn ich vielleicht einmal als Hilfskraft beim Paketdienst oder in einer Spülküche ende, ich will nicht länger auf das Geld meiner Eltern angewiesen sein. Dann können sie mir auch keine Vorschriften mehr machen. So ist jedenfalls mein Plan, wenn ich zurück nach Hause komme.«

»Hört sich gut an«, kommentierte Josh. »Ich denke, dass wir hier alle etwas gelernt haben, wenn auch nicht so, wie unsere Eltern sich das vorgestellt hatten oder Jan, der Loser. Was hast du gelernt, Leon?«

»Ich habe gelernt, dass Christentum und Homosexualität sehr wohl vereinbar sind. Mein Problem ist nicht Gott oder gar der Teufel. Mein Problem ist mein Vater und mit ihm unsere Gemeinde. Ich denke, ich muss zu beiden etwas Abstand bekommen, vielleicht mache ich das so ähnlich wie Daniel.«

»Und ich habe gelernt, vor nichts und niemandem Angst zu haben«, ergänzte Josh. »Am allerwenigsten vor meinem Alten. Ich werde versuchen, meine Mutter so weit zu bringen, dass sie den alten Sausack rausschmeißt und sich von ihm scheiden lässt. Es ist höchste Zeit. Wahrscheinlich hat er sie inzwischen grün und blau gedroschen, weil ich nicht da war, um sie zu schützen.«

»Ich werde mir nach der Sommersaison einen neuen Job und eine neue Wohnung suchen«, sagte Markus aus dem Hintergrund, alle sahen ihn überrascht an. »Mit Jan war es eh immer schwierig. Und, na ja, nach dem, was heuer passiert ist …, ich kann das nicht länger mittragen.«

Leon legte ihm eine Hand auf die Schulter und sah ihm in die Augen. »Das ist das Beste, was du machen kannst, Markus. Viel Glück bei der Jobsuche!« Die anderen murmelten zustimmend. »Ich kenne da einen Bergführer namens Urs und kann dir seine Karte geben. Vielleicht wäre das ja etwas für dich.«

»Wer weiß?«, entgegnete Markus lachend. »Aber fürs Erste gehe ich wohl ins Tischlerhandwerk, da kenne ich mich wenigstens aus.«

Als der Tag der Abreise gekommen war, brachte Markus alle drei jungen Männer mitsamt ihrem Gepäck zum Bahnhof. Jan und Sarah hatten sich nicht mehr blicken lassen und kamen auch nicht zum Abschied, was allen sehr recht war. Den Bummelzug bis Zürich nahmen sie gemeinsam, dann trennten sich ihre Wege. Für Daniel war ein Flug nach Hannover gebucht, so dass er sich schnell verabschiedete, um nach Kloten zum Flughafen zu fahren. Natürlich hatten sie vorher noch ihre Adressen und Handynummern getauscht und sich gegenseitig versprochen, in Kontakt zu bleiben. Das Handy hatte Leon kurz vor der Abreise zum ersten Mal seit zwei Wochen aufgeladen und eingeschaltet. Die vielen Textnachrichten von Milan hatte er ungelesen gelöscht und die Chronik der fast siebzig verpassten Anrufe bereinigt, um gar nicht erst in Versuchung zu kommen, ihn zurückzurufen. Josh und Leon reisten noch einige Zeit im selben Zug, bis auch Josh sich verabschiedete und Leon alleine seinem ungewissen Schicksal entgegenfuhr.

Kapitel 23

»Fuck!«, fluchte Milan, weil er keinen Parkplatz fand. Jetzt kurvte er schon zum dritten Mal im Wagen seines Vaters um den Block, in dem Robins Schule lag. Für Robin war es der erste Schultag nach den Ferien und er hatte sich von Milan gewünscht, dass er ihn abholt. Milan ärgerte sich, dass er sich darauf eingelassen hatte. Robin hatte ihn ausdrücklich gebeten, persönlich an der Eingangstür zum Schulgebäude auf ihn zu warten, sonst hätte er sich einfach in die Schlange der Elterntaxis einreihen können, anstatt einen Parkplatz zu suchen. Wahrscheinlich alles nur, damit Robin vor seinen Kollegen mit seinem neuen Freund angeben konnte. Endlich erspähte er in einer Seitenstraße einen älteren Herrn, der in seinen Wagen stieg und offenbar wegfahren wollte. Eine gefühlte Ewigkeit später war die Parklücke frei und Milan setzte mit dem Wagen seines Vaters gekonnt rückwärts hinein. Gerade noch rechtzeitig, denn als er den Schulhof betrat, ertönte der Gong, der das Ende von Robins letzter Schulstunde für heute verkündete. Er platzierte sich gut sichtbar gegenüber der Eingangstür, aus der bereits einige Schüler ins Freie strömten. Schließlich kam Robin zusammen mit einer kleinen Gruppe von Jungs und Mädchen aus dem Gebäude und sah sich suchend um. Als er Milan entdeckte, begann sein Gesicht zu strahlen.

»Milan!«, rief er schon von Weitem und rannte auf ihn zu.

Dieser breitete die Arme aus und Robin warf sich hinein, dann küssten sie sich zur Begrüßung. Inzwischen waren Robins Mitschüler nähergekommen und starrten die beiden erstaunt an. Robin löste den Kuss und drehte sich um, hielt aber seine Arme noch um Milans Mitte geschlungen.

»Das ist Milan, mein Freund«, sagte er breit grinsend, wobei er errötete. In der Gruppe sah man erstaunte und teilweise erfreute Gesichter.

»Wie süüüß!«, kreischte eines der Mädchen, hüpfte auf und ab und schlug sich die Hände vors Gesicht. Sie sah aus, als wäre sie frisch aus einem japanischen Manga geschlüpft, und Milan musste laut lachen. Ihr Name war Naomi.

»... und das ist mein bester Freund Luke«, sagte Robin an Milan gewandt und zeigte auf einen schlaksigen Jungen, der etwas abseits stand und als Einziger nicht fröhlich wirkte.

»Hallo Luke!« Milan streckte ihm die Hand hin. Doch statt diese zu ergreifen und ihn ebenfalls zu begrüßen, sah man, wie dem Jungen plötzlich Tränen in die Augen traten. Dann drehte er sich um und rannte Richtung Straße.

»Luke, warte!«, rief Robin erschrocken, dann versuchte er, ihm zu folgen. Doch Luke war schon außer Sichtweite, so dass Robin nach kurzer Zeit zurückkehrte.

»Was war das denn?«, fragte Milan und die anderen aus der Gruppe waren neugierig.

»Ich weiß auch nicht«, antwortete Robin nachdenklich. »Vielleicht hat er ein Problem damit, dass ich schwul bin. Er wusste es bisher noch nicht.«

Naomi, das Mangamädchen, rieb sich nachdenklich die Nase und biss sich auf die Unterlippe. Es schien, dass sie etwas sagen wollte, doch Robin bemerkte es nicht.

»Na komm, ich lade dich zu einem Eis ein«, schlug Milan vor und legte seinen Arm um Robins Schulter.

»Kommt jemand von euch mit in die Eisdiele?«, fragte Robin in die Runde, doch alle verabschiedeten sich und gingen ihrer Wege.

»Du, ich glaube, wir können uns heute nicht treffen«, sagte Robin am nächsten Tag am Telefon zu Milan. Der Anruf kam gegen Mittag. »Luke war heute nicht in der Schule und er geht nicht ans Telefon. Ich glaube, ich gehe mal zu ihm nach Hause und schaue, wie es ihm geht.«

»Ist er krank?«, wollte Milan wissen.

»Ich weiß nicht«, antwortete Robin. »Naomi hat heute so ein paar seltsame Andeutungen gemacht, was mit ihm sein könnte, wollte aber nicht so richtig mit der Sprache herausrücken. Sie habe ihm versprochen, nichts zu erzählen, meinte sie.«

»Was glaubst du, worum geht es dabei?«, fragte Milan.

»Ich bin mir nicht sicher …, ich erzähle es dir später, nachdem ich mit ihm gesprochen habe«, entgegnete Robin und beendete das Gespräch. Er wusste sehr wohl, worum es ging. Die Andeutungen von Naomi waren relativ leicht zu verstehen gewesen. Wenn sie Recht hatte, dann war Luke schon lange heimlich in ihn verliebt und hatte sich nie getraut, etwas zu sagen. Zu blöd, dass es Robin genauso ergangen war, bevor er Milan kennengelernt hatte. Luke war ein echter Mädchenschwarm und überall sehr beliebt. Robin hätte nie zu hoffen gewagt, dass er etwas anderes als Freundschaft für ihn empfinden könnte. Folglich hatte er nie etwas unternommen, das auch nur andeutungsweise den Verdacht aufkommen lassen könnte, er sei schwul und in Luke verliebt. Wenn sich jetzt herausstellen sollte, dass beide den gleichen dummen Fehler gemacht hatten, wäre das wirklich eine Ironie des Schicksals.

Kapitel 24

Bin wieder da-ha!«, rief Leon fröhlich, nachdem er die Haustür geöffnet hatte. Sofort stürmte seine Mutter aus der Küche und umarmte ihn so fest wie sie nur konnte.

»Gott sei Dank, dass du wieder zu Hause bist!«, rief sie mit Freudentränen in den Augen. »Ich freue mich so sehr, dass du gesund zurückgekommen bist. Entschuldige bitte, dass ich dich nicht vom Bahnhof abholen konnte, aber dein Vater ist noch bei seiner Versammlung in Potsdam und hat das Auto mitgenommen. Komm in die Küche und setz dich, mein Schatz.« Sie überschlug sich vor Freude und Fürsorge. »Dein Vater kommt erst morgen zurück. Komm, trink einen Kaffee mit mir und erzähl, wie es war. Du hättest dich ruhig zwischendurch mal melden können!«

Nachdem Leon ihr eine Kurzversion der Ereignisse mitgeteilt hatte, war seine Mutter den Tränen nah, obwohl er die schlimmsten Details seiner Bergwanderung vorsichtshalber weggelassen hatte.

»Oh Gott, das ist ja furchtbar!«, sagte sie nach einem kurzen Moment des Schweigens. »Da ist deinem Vater sicher ein Fehler unterlaufen, als er dich dort angemeldet hat.«

»Da bin ich mir nicht sicher. Es war eigentlich zu offensichtlich, was der Zweck dieser Veranstaltung war. Ich meine, ich selbst war zu naiv, um es zu erkennen, aber Vater dürfte klar gewesen sein, zu was er mich angemeldet hat.«

»Ach, das glaube ich nicht«, entgegnete seine Mutter, obwohl sie nicht sicher war. »Warum sollte er das tun? Du bist unser Sohn und Vater liebt dich.«

»Na ja, wir werden sehen, was er sagt, wenn er morgen hier ist. Du weißt ja, was er immer über Homosexuelle predigt.«

Seine Mutter wollte gerade etwas erwidern, da hörten beide, wie die Haustür geöffnet wurde, und schauten überrascht und gespannt Richtung Flur.

»Überraschung!«, rief Leons Vater fröhlich und erschien eine Sekunde später breit grinsend in der Küchentür.

»Was machst du denn hier?«, rief seine Mutter, sprang auf und zog ihren Mann in eine feste Umarmung.

Auch Leon war aufgesprungen und eilte um den Küchentisch herum zu seinem Vater.

»Die Versammlung war langweilig«, erklärte er. »Also bin ich etwas früher abgereist. Ich wusste doch schließlich, dass heute mein Sohnemann aus dem Urlaub zurückkommt.« Er lachte und wuschelte Leon durchs Haar. »Na Sportsfreund, wie war es in der Schweiz?«

»Nu komm, zieh erst mal deine Jacke aus und setz dich zu uns an den Tisch. Dann bekommst du einen Kaffee und Leon kann erzählen«, unterbrach die Mutter, noch bevor Leon das Wort ergreifen konnte.

»Kaffee!«, rief er. »Den kann ich jetzt gut gebrauchen nach der langen Autofahrt. Du bist wie immer ein Engel, Schatz. Also gut, ich gehe eben schnell Hände waschen, dann komme ich und will alles hören. Ich bin wirklich gespannt!«

Gut gelaunt ging der Vater in Richtung Badezimmer, während seine Mutter Leon einen vielsagenden Blick zuwarf. Gleichzeitig stellte sie eine weitere Kaffeetasse auf den Tisch und zauberte einen Kuchen aus dem Kühlschrank hervor, den sie sogleich anschnitt. Nachdem sie alles auf den Tisch gestellt hatte, kam Leons Vater zurück in die Küche.

»Aah, es ist so schön, nach Hause zu kommen, wo meine Lieben auf mich warten. Sogar mit Kaffee und Kuchen!«, sagte er freudestrahlend. »Nun erzähl, Sohn, wie war es?«

Erneut erzählte Leon seine Geschichte, diesmal mit mehr Details zu Josh und vor allem zu Daniel und der missglückten Teufelsaustreibung mit anschließendem Selbstmordversuch. Auch über seine eigenen Zweifel, als er buchstäblich vor dem Abgrund stand, und die ihm auf wundersame Weise zuteilgewordene Rettung berichtete er ausführlich.

»... und von dir bin ich sehr enttäuscht, Papa. Du hast gesagt, du schickst mich in ein Bibelcamp, und dann entpuppt sich das Ganze als Konversionstherapie. Das war eine Lüge von dir!«, beendete Leon seinen Bericht. Noch bevor sein Vater das Wort ergreifen konnte, fuhr er fort: »Aber keine Angst, Papa, ich kann dich beruhigen: Bei mir hat die Therapie nicht gewirkt und ich bin noch ganz der Alte.«

»Ich bin es, der enttäuscht ist«, erwiderte sein Vater. »Ich hatte gedacht, dass du dort zur Besinnung kommst. Du kannst doch nicht ewig in Sünde leben, Sohn. Ich wollte verhindern, dass du in der Hölle endest! Wir haben dich bei uns aufgenommen und dich erzogen im Namen von Jesus Christus. Und so dankst du es uns?«

»Ich habe lange mit Gott geredet. Sehr lange«, entgegnete Leon. »Er hat mich gemacht, wie ich bin, und es ist nichts falsch daran, jemanden aufrichtig und von ganzem Herzen zu lieben, egal wer das ist. Also in wessen Namen sprichst du, wenn du von Sünde redest? Es kann nicht der Name Gottes sein. Ist es nicht vielmehr deine eigene Eitelkeit?«

»Wie kannst du es wagen?«, explodierte sein Vater und schlug mit der Faust auf den Tisch, dass die Kaffeetassen klirrten. »Das wirst du bereuen!«

»Ja, Papa«, schnitt ihm Leon das Wort ab. »Wir sind alle voller Reue, immer und überall. Für unsere Sünden. Das ist es doch, was du immer wieder predigst. Aber ich glaube, das können wir besser machen. Ein Leben voller Reue hat niemand von uns verdient und ist von Gott nicht gewollt.« Während er das sagte, stand er auf und ging hinaus.

»Das ist doch ..., wo willst du hin? Wir sind noch nicht fertig!«, brüllte sein Vater hinter ihm her, während die Mutter mit einer beschwichtigenden Geste ihre Hand auf den Unterarm ihres Mannes legte.

Leon ließ sich nicht beirren und stapfte die Treppe hinauf in sein Zimmer, wo er sich erschöpft aufs Bett fallen ließ. Er musste sehr müde gewesen sein, Sekunden später war er in voller Bekleidung eingeschlafen und wachte vor dem nächsten Morgen nicht mehr auf.

Seine Eltern saßen an diesem Abend noch lange zusammen und diskutierten. Während sein Vater auf seinen undankbaren Sohn schimpfte, äußerte seine Mutter, zum ersten Mal in ihrer Ehe, sehr zaghaft und vorsichtig leise Zweifel und Bedenken, ob ihr Mann in Bezug auf Leon denn wirklich alles durchdacht und richtig gemacht habe und ob man nicht zu einer friedlichen Lösung kommen könne, die alle Interessen berücksichtigen würde. Doch der Vater hatte sich so in Rage geredet, dass er die leisen Andeutungen seiner Frau nicht wahrnahm.

Als Leon am nächsten Morgen in die Küche schlurfte, saß seine Mutter am Tisch und studierte die Prospekte mit den Sonderangeboten, während sie ihren Einkaufszettel schrieb.

»Morgen, Mama«, grüßte er knapp und ließ sich auf einen Stuhl fallen.

»Guten Morgen«, entgegnete seine Mutter. »Du hast aber lange geschlafen. Was möchtest du zum Frühstück?«

»Schon gut, Mama. Ich mache mir gleich ein Müsli«, antwortete Leon.

Sofort sprang seine Mutter auf, holte eine Schale aus dem Schrank und bereitete ihrem Sohn das Müsli zu.

»Mama, ich kann mir das auch selber machen!«, rief er genervt, doch seine Mutter ließ sich nicht beirren. Lächelnd stellte sie das Müsli vor ihn auf den Tisch.

»Ach Kind, du warst so lange weg und gestern hast du nicht mal Abendbrot gegessen. Lass deine alte Mutter doch ein bisschen ihren einzigen Sohn verwöhnen«, sagte sie strahlend. »Ich wollte dich zum Abendbrot wecken, aber du hast auf nichts reagiert. Du musst sehr müde gewesen sein.«

»Ja, ich weiß nicht, ich muss wohl mein eigenes Bett vermisst haben. Eigentlich wollte ich nur fünf Minuten ausruhen, bin aber sofort ganz fest eingeschlafen«, erklärte er lachend. »Ich packe gleich meinen Koffer aus.«

»Ach, das habe ich schon längst gemacht, du Langschläfer«, antwortete seine Mutter. »Die Sachen sind in der Wäsche. Eine Maschine hab ich schon durch und die zweite läuft gerade.«

»Mama! Du sollst doch nicht immer hinter mir herräumen. Dann lass mich wenigstens nachher helfen, die Wäsche aufzuhängen.«

»Du, Leon, sag mal«, wechselte seine Mutter rasch das Thema. »Dieser Milan …, der war hier, so ein, zwei Tage, nachdem du weg warst. Er wirkte ein bisschen verzweifelt und sagte, er könne dich nicht erreichen. Ich hab ihm dann die Adresse und die Telefonnummer von deiner Unterkunft gegeben. Hast du mit ihm gesprochen?«

»Nein, bei mir hat sich niemand gemeldet«, antwortete Leon. »Das war gut so, ich brauchte ein bisschen Abstand.«

»Na, das musst du selbst wissen. Aber er schien sehr besorgt zu sein, also melde dich mal bei ihm«, sagte sie. »Er ist so ein netter Junge.«

»Vielleicht nicht so nett, wie du denkst«, erwiderte Leon. Er war froh, dass es in diesem Moment an der Tür klingelte und seine Mutter eine Weile mit dem Paketboten über das Wetter sprach. Wenn sie in die Küche zurückkommen würde, hätte sie das Thema sicher schon wieder vergessen.

Kapitel 25

Milan saß im Wohnzimmer und zappte gelangweilt durch die Fernsehprogramme, als sein Vater von der Arbeit nach Hause kam und mit hängendem Kopf seine Tasche abstellte und seine Schuhe auszog. Dann erblickte er seinen Sohn auf dem Sofa.

»Oh, heute ganz alleine?«, fragte er verwundert.

»Ja, Robin besucht einen Freund, dem es nicht gut geht«, antwortete Milan knapp. »Ist was passiert? Du siehst so geknickt aus.«

»Ach«, antwortete sein Vater. »Mit der Beförderung wird es nichts. Ich habe mir so den Arsch aufgerissen für die Firma und zum Dank haben sie mir jetzt einen Neuen vor die Nase gesetzt, den sie von der Konkurrenz abgeworben haben. Ich kann ihn jetzt schon nicht leiden, obwohl ich ihn noch gar nicht kenne.« Er ließ sich in den Sessel fallen.

»Ach Mensch, Papa, das tut mir echt leid«, entgegnete Milan mitfühlend.

»Tja, Sohn, so ist das nun mal. Weißt du, ich liebe meine Arbeit, aber sie gibt einem niemals Liebe zurück.«

»Vielleicht solltest du in Zukunft deine Liebe nicht mehr auf die Arbeit konzentrieren«, erwiderte Milan. »Vermisst du nicht jemanden, der dich zurückliebt? Ich weiß, Mutters Tod war für uns alle schwer und wir werden sie immer lieben. Aber sieh dich um nach etwas Neuem und liebe wieder, innig und dauerhaft.«

»Sieh an, mein Sohn ist erwachsen geworden«, sagte der Vater milde lächelnd. »Ich weiß, mich in die Arbeit zu stürzen war vielleicht nicht die beste Art der Trauerbewältigung. Aber niemand kann deine Mutter ersetzen.«

»Nein, niemand kann sie ersetzen, da hast du Recht«, antwortete Milan. »Aber ich meinte keinen Ersatz für Mutti, sondern einfach eine neue Liebe, mit der du vielleicht den Rest deines Lebens verbringen kannst. Sieh mal, wer weiß, wie lange ich noch hier wohnen kann, bis Studium oder Beruf mich woanders hinführen. Mir wäre wesentlich wohler, wenn du jemanden an deiner Seite hättest und nicht alleine hier in dem großen Haus sitzen würdest.«

»Wie wäre es, wenn du uns mal zwei Bier aus dem Kühlschrank holst? Also ich kann jetzt eines gebrauchen«, erklärte sein Vater.

Milan grinste und kam kurze Zeit später mit zwei geöffneten Flaschen und zwei Gläsern zurück.

»Mein Glas kannst du wegstellen«, sagte der Vater. »Heute trinke ich mal aus der Flasche.«

Milan beschloss, es ihm gleichzutun. Sie stießen mit den Flaschen an und jeder nahm einen großen Schluck.

»Aaah!«, sagte Milan. »Lecker!«

»Ja, das tut gut«, antwortete sein Vater. »Sag mal, müsste Leon nicht bald aus der Schweiz zurückkommen?«, fragte er, nachdem sie eine Weile schweigend ihr Bier getrunken hatten.

»Äh..., ja«, antwortete Milan unsicher und schaute zum Kalender an der Wand. »Äh..., gestern, er müsste gestern zurückgekommen sein.«

»Na dann hättest du vielleicht noch mal Gelegenheit, mit ihm zu sprechen und das Missverständnis aufzuklären«, meinte sein Vater.

»Ach, ich weiß nicht, Papa. Das bringt doch jetzt auch nichts mehr«, antwortete Milan frustriert.

»Also ich bin immer noch der Meinung, dass Reden die beste Lösung ist. Jedenfalls besser, als Konflikte still auszusitzen oder mit Gewalt zu lösen«, gab sein Vater zu bedenken.

»Na ja, mal sehen«, antwortete Milan wenig überzeugt. »Vielleicht ergibt es sich mal in nächster Zeit.«

Kapitel 26

Leon hatte es geschafft, seinem Vater für den Rest der Woche weitestgehend aus dem Weg zu gehen. Bei den gemeinsamen Abendessen der Familie hatte seine Mutter dafür gesorgt, das jeweilige Gesprächsthema von eventuell strittigen Fragen abzulenken, wofür er ihr sehr dankbar war. Heute jedoch war Sonntag und die Konfrontation war unausweichlich.

Nach einem schweigsamen Frühstück war er mit seinen Eltern in der Kirche, um den Gottesdienst vorzubereiten, bis die anderen Gemeindemitglieder nach und nach eintrudeln würden. Schweigsam hatte er die Stühle zurechtgerückt und den Saal gelüftet, während sein Vater noch einmal seine Predigt durchlas und seine Zettel sortierte. Dann hatte sich Leon ans Klavier gesetzt, sich ein wenig eingespielt und die Reihenfolge der Lieder für den heutigen Gottesdienst studiert. In der ganzen Zeit würdigten sich Vater und Sohn fast keines Blickes. Leon war merkwürdig angespannt, obwohl er schon oft den Gottesdienst musikalisch begleitet hatte. Er teilte sich dieses Amt mit Frau Schulte-Ritter, einer ältlichen Jungfer, die sich eigentlich nach und nach hatte zurückziehen wollen und doch nicht ihre zunehmend steifen Finger vom Klavier lassen konnte. Die Gemeindemitglieder freuten sich jedenfalls, Leon am Klavier sitzen zu sehen, begrüßten ihn freundlich und fragten, ob er sich im Urlaub gut erholt habe. Als sein Vater mit seiner Predigt begann, war ihm sofort klar, dass diese nur ihm gelten konnte.

Zu Beginn zitierte er wieder mal 1. Korinther 6, 9 bis 11 und 1. Timotheus 1, 8 bis 11 und hob hervor, dass Homosexualität Sünde sei, dann arbeitete er sich an den furchtbaren Strafen Gottes und den Höllenqualen ab, die Sündern zuteilwürden. Leon saß zunehmend aufgeregt hinter seinem Klavier und rutsche auf seinem Hocker hin und her. Er ballte die Fäuste und biss sich auf die Lippen, bis er es nicht mehr aushielt. Mitten in der Predigt sprang er auf, wobei der Klavierhocker krachend umfiel.

»Gott beschützt die Schwachen und Verachteten!«, brüllte er seinen Vater an. Dann drehte er sich zur Gemeinde um, zeigte auf seinen Vater und sagte: »Hass, der sich als Religion tarnt, ist immer noch Hass! Dort seht ihr den Teufel stehen, doch er tut so, als würde er Halleluja singen!«

Er stürmte durch die Reihen zum Ausgang und warf die Tür laut knallend hinter sich zu. Verzweifelt und mit Tränen in den Augen rannte er weiter, ohne sich umzusehen. Außer Atem kam er zu Hause an, schloss sich in sein Zimmer ein und warf sich aufs Bett.

Kapitel 27

Seit drei Tagen hatte Milan nichts mehr von Robin gehört. Seit drei Tagen wählte er seine Nummer und schickte ihm Nachrichten. Doch das Telefon schien ausgeschaltet zu sein und die Nachrichten wurden nicht gelesen. Er ahnte nichts Gutes, denn ähnlich war es ihm mit Leon ergangen, am Tag von dessen Abreise. Schlecht gelaunt warf er sein Handy aufs Bett und begann sich umzuziehen. Er musste sich etwas ablenken. Da traf es sich gut, dass seine Freunde Moritz und Hasan mittlerweile von ihren Urlaubsreisen zurückgekehrt waren. Sie verabredeten sich in der Innenstadt an dem großen Brunnen in der Fußgängerzone.

Wie immer an Sonntagen war dort nicht besonders viel los. Sie liefen ein wenig herum, holten sich Döner und aßen diese auf den Stufen vor der großen Kirche sitzend. Hasan und Moritz erzählten ausführlich von ihren Urlaubserlebnissen und -flirts, während Milan überwiegend schweigend zuhörte.

»Wo ist dein Freund?«, fragte Moritz. »Seid ihr nicht mehr zusammen?«

»Was? Wie, dein Freund?«, fragte Hasan erschrocken, bevor Milan antworten konnte. »Bist du jetzt 'ne Schwuchtel oder was?«

»Ach, das weiß er ja noch gar nicht«, sagte Moritz. »Milan hat einen Freund. Leon heißt der und sie haben sich im Krankenhaus kennengelernt.«

Während Hasan ungläubig mit offenem Mund von einem zum anderen schaute und wieder zurück, blickte Milan schweigend auf den Boden.

»Ist das wahr?«, fragte Hasan.

»Nichts davon ist wahr«, antwortete Milan und Hasan wollte schon beruhigt aufatmen. »Mit Leon ist schon längst Schluss und mein neuer Freund heißt Robin. Den habe ich beim Gericht kennengelernt.«

»Oh, echt jetzt?«, fragte Moritz besorgt.

»Ihr wollt mich doch verarschen!«, rief Hasan dazwischen und lachte gekünstelt.

»Nein, das ist die Wahrheit«, entgegnete Milan. »Komm, ich zeig dir Fotos.« Er kramte sein Handy aus der Hosentasche und öffnete die Galerie. Es gab jede Menge Selfies von ihm und Robin Arm in Arm oder küssend. Auch ein paar Fotos mit Leon gab es noch.

»Oh Mann, Alter«, meinte Hasan. »Das kommt jetzt echt überraschend. Aber solange du deine Finger von mir lässt, ist es okay ... denke ich.«

»Ey Diggah«, antwortete Milan. »Bloß weil du ein Kerl bist, heißt das noch lange nicht, dass ich auf dich stehe. Ne, Mann, du bist echt nicht mein Typ!« Er zog ein leicht angewidertes Gesicht.

»Soll das etwa heißen, dass ich nicht gut aussehe?« empörte sich Hasan lachend. »Also die Chicas stehen voll auf mich!«

»Wahrscheinlich gibt es genug Frauen mit schlechtem Geschmack«, warf Moritz ein.

»Wenn es davon genug gäbe, hättest du auch eine Freundin«, entgegnete Milan und alle mussten lachen. Sie bummelten noch ein wenig durch die Stadt, bis sie sich am Bahnhof trennten.

Milan saß zusammengekauert auf seinem Sitz in der S-Bahn und schaute gelangweilt aus dem Fenster. Bis zur Abfahrt würden noch einige Minuten vergehen, ein stetiger Strom von Passagieren kam die Treppe hoch zum Bahnsteig, um sich in den zunehmend vollen Vorortzug zu quetschen. Als sich die Türen gerade schlossen, kamen noch zwei Jungs Hand in Hand die Treppe hochgerannt, mussten jedoch vor der anfahrenden Bahn zurückweichen. Milan traute seinen Augen kaum. Bei den beiden handelte es sich eindeutig um Robin, zusammen mit diesem Luke, dem es angeblich so schlecht gegangen war. Das Letzte, was er sehen konnte, war, dass Robin Luke in die Arme nahm und sie gemeinsam dem verpassten Zug hinterherschauten. Er ballte die Fäuste und sein Magen krampfte sich zusammen. Wenn die beiden den nächsten Zug nahmen, würden sie zwanzig Minuten später ankommen und vermutlich am selben Bahnhof aussteigen. Zumindest für Robin wäre das die richtige Station. Wo dieser Luke wohnte, wusste er nicht. Er wollte Robin auf jeden Fall zur Rede stellen. Falls er ihn nicht am Bahnhof erwischen würde, müsste er eben später an seiner Haustür klingeln. Am Kiosk gegenüber der S-Bahn-Station holte er sich entgegen seiner sonstigen Gewohnheit eine Flasche Bier und suchte sich dann einen Standort, von dem aus er den Ausgang im Auge behalten konnte, ohne selbst sofort gesehen zu werden.

Die nächste S-Bahn fuhr pünktlich ein und nur eine Minute später kamen Robin und Luke Händchen haltend und beide breit grinsend zwischen den anderen Passagieren aus dem Bahnhof. Sie gingen in Milans Richtung, waren jedoch zu sehr in ihr Gespräch vertieft, um ihre Umgebung wahrzunehmen. Kurz bevor sie ihn erreichten, trat Milan aus dem Schatten und stellte sich den beiden in den Weg. Luke blieb abrupt stehen und starrte ihn mit großen Augen an, während Robin ein wenig länger brauchte, ihn zu bemerken. Dann blieb er ebenfalls stehen und wurde rot im Gesicht. Erkennbar machte sich Panik in ihm breit und er schaute sich instinktiv nach einem Fluchtweg um.

»Hallo Robin«, sagte Milan sanft und ohne jeden Vorwurf in der Stimme. »Ich habe mir Sorgen gemacht. Du gehst nicht ans Telefon und beantwortest meine Nachrichten nicht.«

»Ich ..., das ist ...«, stammelte Robin.

»Aber wie ich sehe, scheint es dir gut zu gehen. Das ist beruhigend. Also ... fühle nur ich mich gerade unwohl?«

»Milan, das ist ... Ich liebe Luke«, meinte Robin mit Tränen in den Augen, während Luke seinen Arm um Robins Schulter legte. »Ich liebe ihn schon sehr lange. Ich habe es nur nicht für möglich gehalten, dass er mich auch liebt. Aber jetzt ... jetzt ist es so und das ist alles, wovon ich immer geträumt habe.«

»Und was war ich dann für dich?«, fragte Milan traurig. »Ein Ersatz, ein Lückenfüller?«

»Dich liebe ich auch, Milan. Aber anders. Ich war einsam und verzweifelt, als wir uns kennenlernten. Und du ... du hast mich da rausgeholt und gerettet. Ohne dich würde ich heute noch in meinem Zimmer vor mich hin brüten und mich nicht trauen, ich selbst zu sein. Das hast du erst möglich gemacht. Aber für mich bist du doch vielleicht eher so eine Art großer Bruder, das habe ich jetzt erst erkannt.« Dann riss er sich von Luke los und fiel Milan weinend um den Hals.

Dieser war viel zu überrascht, um sofort reagieren zu können. Nach einem kurzen Moment stemmte er sich gegen Robin und schob ihn von sich weg.

»Dass ich von dir maßlos enttäuscht bin, muss ich ja wohl nicht extra betonen«, sagte er. »Dass du mich einfach so fallen lässt ... Ich weiß nicht, was ich davon halten oder wie ich damit umgehen soll. Es ist besser, wenn wir uns nicht mehr sehen!« Damit schob er Robin und Luke grob zur Seite und wollte sich entfernen.

Robin packte ihn am Handgelenk. »Bitte, Milan, ich möchte, dass wir Freunde bleiben«, flehte er mit tränenüberströmtem Gesicht. »Sei doch ehrlich zu dir selbst! Du liebst immer noch deinen Leon und kannst ihn nicht vergessen. Wir haben uns doch beide was vorgemacht!«

Milan riss sich los und ging weiter, ohne sich noch mal umzudrehen. Luke nahm Robin in die Arme und zusammen schauten sie ihm nach, bis er nicht mehr zu sehen war. Er hatte sich zwar beherrscht, so lange er vor Robin gestanden hatte, doch innerlich kochte er vor Wut. Seine halbleere Bierflasche, die er die ganze Zeit in der Hand gehalten hatte, schleuderte er wütend ins Gebüsch, wo sie an einem Stein klirrend zerbrach. Anschließend stürmte er auf direktem Weg nach Hause, schloss sich in seinem Zimmer ein und warf sich aufs Bett.

Kapitel 28

»Leon, mach sofort auf!«, brüllte sein Vater und hämmerte mit der Faust gegen die Tür. Im Hintergrund hörte Leon seine Mutter, die erfolglos versuchte, ihren Mann zu beruhigen. Im gleichen Moment gab die Tür nach und sein Vater stürmte auf Leon zu, der sich gerade vom Bett erheben wollte. Er packte ihn grob an beiden Schultern und schüttelte ihn.

»Was fällt dir ein, die Predigt zu unterbrechen und einen solchen Skandal zu machen? Hm?«, brüllte er. »Du hast gedacht, du könntest mich bloßstellen, was? Das wird Konsequenzen haben! Ich werde dich lehren, was es heißt, das Wort Gottes zu unterbrechen und mich einen Teufel zu nennen!«

»Dein Wort ist nicht Gottes Wort, das habe ich dir schon mal gesagt!«, brüllte Leon zurück. Da hob sein Vater die Hand und verpasste ihm eine schallende Ohrfeige, die ihn fast auf das Bett zurückgeworfen hätte. Einen kurzen Moment lang starrte er seinen Vater mit offenem Mund an und hielt sich die Wange, während der Alte vor Wut bebte und keinen Ton herausbrachte. Dann ballte er die Fäuste und schlug seinem Vater mit aller Kraft die Rechte unters Kinn und gleich anschließend die Linke in die Magengrube. Sein Vater ging unmittelbar darauf zu Boden. Dahinter wurde Leons Mutter sichtbar, die kreidebleich die Hände vors Gesicht geschlagen hatte und zu keiner Regung fähig war. Sein Vater wand sich am Boden und stöhnte vor Schmerzen.

»Von dir nehme ich keine Lehren mehr an, Vater!«, brüllte Leon. »Und du solltest dich besser in Demut üben, wenn du als Pastor glaubwürdig sein willst.«

»Raus!«, brüllte sein Vater zurück. »Ich will dich in meinem Haus nicht länger sehen!«

»Oh Gott!«, rief die Mutter dazwischen.

»Du bist ein lächerlicher alter Mann, der Hass predigt und die Lehren des Teufels verbreitet.« Leons Stimme blieb erstaunlich ruhig. »Ich verlasse dein Haus mit Freude!«

Er schnappte sich seinen Rucksack und warf eilig ein paar Sachen hinein, während seine Mutter ihrem Mann wieder auf die Beine half. Dieser wollte sofort wieder auf Leon losgehen, doch der war schneller.

Er packte seinen Vater mit der rechten Hand an der Kehle und drückte ihn gegen die Wand.

»Wag es nicht, mich noch mal anzufassen!«, presste er wütend hervor. »Sonst wirst du erfahren, was Reue bedeutet.«

Seine Mutter schrie laut auf. Er ließ von seinem Vater ab, schob seine Mutter beiseite und verließ das Zimmer. Er polterte die Treppe hinunter, schnappte seine Schuhe und eine Jacke.

»Leon!«, rief seine Mutter hinter ihm her. »Leon, bleib doch!«

Aber da hatte er das Haus schon verlassen und die Tür fiel hinter ihm ins Schloss. Er lief geradeaus, ohne auf seine Umgebung zu achten. Zu viel raste ihm gerade durch den Kopf, als dass er einen klaren Gedanken hätte fassen können. Erst nach einer halben Stunde kam er langsam zu sich und fragte sich, wo er gerade war und wohin er gehen könnte. Es war noch hell und er fand schnell heraus, in welchem Stadtviertel er sich befand. Von hier aus war es nicht weit zu Saskia, einer Freundin aus der Jugendgruppe der Gemeinde, mit der ihn seine Mutter sehr gerne verkuppelt hätte. Mit ihr hatte er sich immer sehr gut verstanden. Zehn Minuten später stand er vor ihrem Haus und klingelte. Es dauerte einen Moment, bis die Tür geöffnet wurde. Vor ihm stand Saskia und schaute ihn überrascht an.

»Leon, was machst du denn hier?«, fragte sie. »Ach was, komm erst mal rein«, fuhr sie fort, bevor er antworten konnte. Sie zog ihn an der Hand in den Hausflur und von dort ins Wohnzimmer. Ihre Eltern schienen nicht da zu sein.

»Sorry, dass ich dich überfalle«, sagte er, nachdem beide auf dem Sofa Platz genommen hatten. »Ich hab mich mit meinem Vater gestritten und wusste erst mal nicht, wohin ich gehen sollte.«

»Oh Mann, das glaube ich, nach deinem Auftritt heute in der Kirche«, entgegnete Saskia lachend. »Schade, dass du so schnell gegangen bist, du hast einiges verpasst.«

»Warum, was war denn los?«, wollte Leon wissen.

»Es kam zum Aufstand«, berichtete Saskia. »Mindestens die Hälfte der Gemeinde hat sich gegen deinen Vater aufgelehnt und deine Seite ergriffen, obwohl keiner genau wusste, was du eigentlich sagen wolltest. An Gottesdienst war nicht mehr zu denken. Aber nachdem dein Vater ebenfalls die Kirche verlassen hatte, haben wir noch für euch beide gebetet. Was war das denn? Warum bist du explodiert?«

»Weil seine Predigt gegen mich persönlich gerichtet war.«

»Gegen dich persönlich? Moment mal, heißt das ...?«, stammelte Saskia.

»Dass ich schwul bin, ja genau«, bestätigte er. »Und das scheint er nicht verkraften zu können. Mein sogenannter Urlaub war eine Konversionstherapie, in die er mich gezwungen hat. Die hat aber nicht funktioniert, sondern war ein einziges Desaster.«

»Oh Gott, und wie geht es jetzt weiter?«, fragte Saskia besorgt.

Er kaute auf seiner Unterlippe. »Ich weiß es nicht. Vorhin hat er mich geschlagen und ich habe zurückgeschlagen. Er hat mich rausgeworfen, ich kann nicht zurück.«

Saskia überlegte eine Weile.

»Vielleicht kannst du heute Nacht hier im Gästezimmer schlafen. Meine Eltern müssten gleich nach Hause kommen und dann fragen wir sie«, schlug Saskia vor. »Alles andere sehen wir dann morgen, wenn sich alles beruhigt hat. Bestimmt kannst du dann wieder nach Hause gehen.«

Obwohl es ihm unangenehm war, musste Leon das Angebot erst mal annehmen. Saskias Eltern waren sofort einverstanden. Sie hatten das Drama in der Kirche miterlebt und sofort Leons Seite ergriffen. Er war erleichtert, dass er ihnen die Hintergründe nicht näher erläutern musste.

»Na ja, junge Männer müssen irgendwann gegen ihre Väter rebellieren, das war schon immer so«, sagte Saskias Vater. »Bei dem einen mehr, bei dem anderen weniger. Irgendwann renkt sich das wieder ein. Ich bin sicher, dass das bei dir und deinem Vater auch so sein wird. In der Gemeinde könnten wir ein bisschen frischen Wind gebrauchen, da sind viele nicht mit dem einverstanden, was dein Vater predigt. Das hat schon lange unter der Oberfläche geschwelt und ist heute wie ein Vulkan ausgebrochen, nachdem du den Gottesdienst verlassen hattest. Dein Vater wird sich umstellen müssen oder er wird einen Teil der Gemeinde verlieren.«

»Viele andere sind aber ganz auf seiner Linie«, entgegnete Leon. »Die wollen keine Änderungen und hassen jeden, der mal andere Denkweisen einzubringen versucht. Jesus lehrt uns eine radikale, bedingungslose Liebe zu den Menschen. Aber Vater und seinesgleichen wollen das nicht verstehen und predigen stattdessen Hass und ewige Verdammnis.«

»Dein Vater müsste für beide Seiten offen sein«, gab Saskia zu bedenken. »Es ist nur eine Frage der Zeit, bis sich eine der beiden Strömungen in der Gemeinde durchsetzt. Wenn er dann auf der falschen Seite steht, wird es ganz schwer für ihn.«

»Wenn es um Parteipolitik ginge, hättest du vollkommen recht«, entgegnete ihr Vater. »Aber hier geht es um Glauben und Religion, das heißt, es geht um tiefste Überzeugungen, die Kompromisse nur schwer vertragen. Eine Regierungskoalition zu bilden dürfte in dieser Hinsicht einfacher sein.«

Für heute beendeten sie die Diskussion und nach etwas Smalltalk zog sich Leon in das Gästezimmer zurück und ging sehr früh ins Bett. Die Ereignisse des Tages hatten ihn so erschöpft, dass er schnell in einen tiefen Schlaf fiel.

Am nächsten Tag verließ er Saskias Familie und klingelte gegen 11 Uhr an seiner eigenen Haustür. Seine Schlüssel hatte er gestern in der Eile nicht mitgenommen. Immerhin war er sicher, dass sein Vater um diese Uhrzeit im Geschäft war und er ihm nicht begegnen musste. Über die Reaktion seiner Mutter konnte er nur spekulieren. Nach einem kurzen Moment wurde die Haustür aufgerissen und seine Mutter starrte ihn aus verheulten Augen an, dann fiel sie ihm um den Hals.

»Leon!«, schluchzte sie in seine Schulter. »Was machst du nur für Sachen! Dein Vater ist außer sich! Wie konntest du ihn so angehen?« Sie hob ihren Kopf und sah ihm in die Augen. »Ach, mein Junge, was ist nur aus dem lieben kleinen Leon geworden? Du hast dich so verändert.«

»Mama«, antwortete er. »Jeder wird mal erwachsen und geht seinen eigenen Weg. Offenbar kann Papa das noch schlechter verarbeiten als du. Entweder ich bin ich selbst oder ich bin das, was Papa von mir erwartet. Beides passt einfach nicht zusammen.«

»Nun komm erst mal rein!« Seine Mutter zog ihn am Handgelenk in die Küche. »Du hast doch bestimmt Hunger.«

»Ich habe gut gefrühstückt.«

»Ich weiß, dass du bei Müllers übernachtet hast. Saskias Mutter hat mich angerufen. Aber ich habe gerade das Mittagessen fertig. Es gibt Schnitzel.« Sie schüttete das Kartoffelwasser ab und nahm zwei Teller aus dem Schrank.

»Na gut, ich esse mit«, entgegnete er, woraufhin seine Mutter zufrieden lächelte.

»Ich habe deinen Koffer gepackt«, sagte die Mutter, als beide satt waren. »Im Moment kannst du hier nicht wohnen, dein Vater ist immer noch unglaublich wütend. Ich weiß nicht, was passieren würde, wenn er heute Abend von der Arbeit käme und dich hier sähe.« Seufzend stand sie auf, ging zum Schrank und holte eine alte Kaffeekanne aus dem obersten Fach. Sie stellte sie auf den Tisch und nahm den Deckel ab.

»Hier sind 500 Euro drin, die ich vom Haushaltsgeld gespart habe. Mehr kann ich dir nicht geben. Du musst für ein paar Tage in ein Hotel oder eine Jugendherberge gehen.«

»Mama, das Geld nehme ich nicht. Ich komme schon irgendwie zurecht.«

»Aber wo willst du denn schlafen und was willst du essen ohne Geld?«, fragte seine Mutter entsetzt. »Oder kannst du bei Saskia bleiben?«

»Mach dir keine Sorgen um mich, Mama. Ich komme zurecht.«

»Wenn dein Vater nicht hier ist, kannst du gerne zum Essen kommen. Du weißt, ich habe immer was da oder ich koche eben schnell was für dich«, sagte seine Mutter.

»Danke, Mama«, antwortete Leon, stand auf und umarmte seine Mutter. »Ich gehe jetzt mal los und suche mir eine Bleibe für die Nacht.«

»Willst du wirklich nicht das Geld …«, setzte seine Mutter an, doch er unterbrach sie.

»Nein, Mama, das ist dein Geld. Du sollst es behalten. Ein bisschen habe ich selbst noch, das sollte erst mal reichen. Aber meinen Haustürschlüssel nehme ich mit, für alle Fälle.«

Kurze Zeit später befand er sich wieder auf der Straße, trug seinen Rucksack auf dem Rücken und zog einen kleinen Rollkoffer hinter sich her. Zum ersten Mal in seinem Leben wusste er nicht, wohin er gehen und was er tun sollte. In Wirklichkeit hatte er nur etwas über 50 Euro in der Tasche. Wenn das eine Weile reichen sollte, käme ein Hotel nicht in Frage. Doch sein Stolz und seine Ehre hätten ihm niemals erlaubt, das Geld seiner Mutter anzunehmen. Saskias Eltern wollte er nicht länger zur Last fallen, also musste ihm bis heute Abend etwas einfallen. Jetzt war es früher Nachmittag, es war angenehm warm und er setzte sich auf eine Bank im Park und beschloss, seine Freiheit zu genießen. Er drehte sein Gesicht in die wärmende Sonne und schloss kurz seine Augen.

Als er etwa eine halbe Stunde später wieder aufwachte, hatte er keine Ahnung, wie viel Zeit vergangen war. Er schaute sich um und es dauerte eine Weile, bis er sich seiner Situation vollkommen bewusst war. Er saß immer noch im Park auf der Bank, die Sonne war inzwischen von einigen dunklen Wolken verdeckt, die einen baldigen Regenguss versprachen. Sein Koffer, der neben der Bank gestanden hatte, war verschwunden. Von seinem Rucksack und seiner Jacke mit dem Geldbeutel, die er locker auf die Bank gelegt hatte, fehlte ebenfalls jede Spur. Leise fluchte er und ärgerte sich, dass er erst eingeschlafen und dann offenbar bestohlen worden war. Langsam kam Panik in ihm auf. Er hatte jetzt keinen Cent mehr und nur noch die Kleidung, die er am Leib trug. Er hatte er keine Papiere und keine Ahnung, wohin er gehen sollte. Sein Haustürschlüssel befand sich noch in seiner Hosentasche, doch nach Hause wollte er auf gar keinen Fall. Würde ihn eine Polizeistreife kontrollieren, was aufgrund seiner Hautfarbe sehr oft vorkam, würde er ohne Ausweis eine Nacht in der Zelle verbringen müssen.

Seufzend erhob er sich von seiner Parkbank und ging mit müden Schritten in Richtung der kleinen Fußgängerzone seines Vorortes, wo er sich wenigstens vor dem drohenden Regen würde unterstellen können. Zu weiteren Planungen und Überlegungen fehlte ihm jetzt die Kraft. Verzweifelt schleppte er sich unter das Vordach eines leeren Ladenlokals und wartete auf den Regen, der kurz darauf heftig einsetzte.

Kapitel 29

Seit gestern war Milan kaum aus seinem Zimmer gekommen. Immer wieder musste er über Robins Worte nachdenken. Und je länger er das tat, desto mehr kam er zu dem Schluss, dass Robin Recht hatte. Stimmt, er hatte nie aufgehört, Leon zu lieben. Aber was nutzte ihm diese Erkenntnis, wenn dieser ihn nicht mehr wollte? Jetzt, nachdem Robin ihn eiskalt abserviert hatte, dachte er öfter an Leon als zuvor. Immer wieder schaute er die wenigen Fotos an, die er noch auf seinem Handy gespeichert hatte. Abwartend kreiste sein Finger über dem grünen Button, auf dem Leons Nummer stand. Er war nicht sicher, ob er, zum ersten Mal seit langer Zeit, seine Nummer wählen sollte. Was würde er sagen, wenn er ihn tatsächlich erreichen würde? Mit einem merkwürdig unentschlossenen Zucken landete sein Finger auf dem Symbol, was er im selben Moment schon wieder bereute. Leons Handy war, wie immer, ausgeschaltet und eine freundliche Computerstimme teilte ihm mit, dass der Teilnehmer momentan nicht erreichbar sei.

Ein Blick auf die Uhr verriet ihm, dass es bereits Nachmittag war. Er fasste einen Entschluss. Energisch stand er vom Bett auf, ging ins Bad und duschte sich. Nachdem er sich wieder halbwegs wie ein Mensch fühlte, zog er sich frische Klamotten an und verließ das Haus. Mit Blick auf die dunklen Regenwolken am Himmel beschleunigte er seine Schritte und stand schon bald vor dem Haus, das ihm so bekannt war. Nach kurzem Zögern drückte er beherzt die Klingel und Augenblicke später wurde die Tür aufgerissen. Er erschrak. Leons Mutter sah nicht mehr so frisch und strahlend aus, wie er sie in Erinnerung hatte, sondern wirkte grau und verhärmt, mit blutunterlaufenen Augen.

»Milan!«, rief sie überrascht. »Was machst du denn hier?«

»Ist Leon da? Ich muss ihn dringend sprechen.«

»Oh Gott, Milan!« Die Tränen schossen ihr in die Augen. Schnell schaute sie nach links und rechts, dann packte sie ihn am Handgelenk und zog ihn ins Haus. In Milan kamen sofort die schlimmsten Befürchtungen hoch.

»Was ist los?«, fragte er besorgt, während ihn die Mutter auf einen Stuhl am Küchentisch dirigierte.

»Mein Mann hat Leon rausgeworfen«, sagte sie unter Tränen. »Nachdem er aus der Schweiz zurückgekommen ist ... Es war alles so furchtbar. Sie haben sich nur noch gestritten, wenn sie sich nicht gerade ignorierten. Gestern war dann endgültig Schluss. Sie haben sich geprügelt, oben in seinem Zimmer. Seitdem ist er weg.«

»Und wo ist er jetzt? Wo wird er wohnen?«

»Ich weiß es nicht. Letzte Nacht hat er bei Bekannten aus unserer Gemeinde übernachtet und heute Mittag war er kurz zum Essen hier und hat noch Sachen mitgenommen. Ich habe keine Ahnung, wohin er gehen will.«

»Okay, ich gebe Ihnen meine Adresse und meine Telefonnummern. Falls er zurückkommt, soll er sich unbedingt bei mir melden. Ich sage Ihnen aber Bescheid, falls ich ihn finde.«

»Oh ja, bitte mach das. Gott segne dich!«

Frustriert trat Milan den Heimweg an, während die ersten, dicken Regentropfen fielen. Bevor er zu Hause ankam, war er schon durchnässt. Er trocknete sich nur kurz ab und ließ sich wieder auf sein Bett fallen, wobei ihm klar wurde, dass der ganze blinde Aktionismus erfolglos gewesen war. Er war kein Stück weitergekommen als vor zwei Stunden und hätte sich den Weg sparen können. Zu seinem Frust hinzu kam die Sorge um Leon, der jetzt vielleicht da draußen im Regen umherwanderte und nicht wusste, wohin er gehen könnte. Er versuchte sich damit zu beruhigen, dass Leon bestimmt bei irgendwelchen Bekannten untergekommen war, und fiel schließlich in einen leichten, unruhigen Schlummer ...

Unaufhörlich prasselte der Regen. Milan sah von fern eine zusammengekauerte Gestalt im Halbdunkel auf dem Boden sitzen. Plötzlich erstrahlte um die Gestalt herum ein Licht und er erkannte, dass es sich um Leon handelte, der sich offenbar frierend noch enger zusammenrollte. Irgendwo klopfte jemand penetrant und störend an eine Tür ... Er schreckte aus dem Schlaf und brauchte eine Weile, um sich zu orientieren. Das Klopfen war real.

»Milan!«, rief sein Vater und klopfte erneut. »Geht es dir gut? Bitte mach auf!«

»Ja, sofort«, krächzte er und stellte sich mühsam auf die Beine. Er stolperte zur Tür und drehte den Schlüssel herum, um seinen Vater einzulassen.

»Was ist los, Milan?«, fragte sein Vater besorgt. »Du hast geschrien und gestöhnt, geht es dir gut?«

»Ja, alles okay«, murmelte er. »Es war ein Alptraum. Wie spät ist es?«

»Ungefähr halb neun«, antwortete sein Vater. »Wieso schläfst du so früh schon?«

»War keine Absicht«, gab Milan schlecht gelaunt zurück.

»In der Küche ist noch was zu essen, kannst es dir später aufwärmen«, sagte sein Vater und verließ das Zimmer.

Milan saß verwirrt auf seinem Bett. Langsam kamen die Traumbilder zurück in sein Bewusstsein. Noch einmal sah er Leon frierend und allein im Regen kauern und eine Welle des Mitgefühls und der Sorge überkam ihn. Entschlossen sprang er auf, eilte in den Flur und zog seine Regenjacke und seine Schuhe an.

»Ich bin noch mal kurz weg!«, rief er knapp in Richtung Wohnzimmertür. Noch bevor sein Vater antworten konnte, hatte er das Haus verlassen.

Seit vielen Stunden saß Leon unter dem Vordach des leeren Ladenlokals, auf dessen schmutzigen Schaufensterscheiben noch ›TOPSUN Solarium‹ zu lesen war. Er schaute dem Regen zu und mied den Blickkontakt mit den wenigen Passanten, die bei diesem Wetter noch eilig unterwegs waren. Die meisten von ihnen schauten ebenfalls weg, einige starrten ihn böse oder kopfschüttelnd an. Er fror schon eine ganze Weile und langsam wurde ihm erbärmlich kalt. Eine Lösung für seine Probleme hatte er noch immer nicht gefunden. Er spürte zwar den Haustürschlüssel in seiner Hosentasche, weigerte sich jedoch, auch nur einen einzigen Gedanken daran zu verschwenden, dass er nach Hause gehen könnte. Wieder einmal suchte er Zuflucht und Hilfe im Gebet.

»Herr, du hast mich schon einmal aus der Not gerettet und jetzt brauche ich schon wieder deine Hilfe! Was soll ich tun, wohin soll ich gehen? Bitte, Jesus, schenke mir die Erleuchtung und zeige mir einen Weg aus diesem Dilemma. Danke, Jesus, für alles, was du schon für mich getan hast, und für das, was noch kommt. Amen!« So betete er still vor sich hin. Gerade als er fertig war, gingen die Straßenlaternen und die Lichter unter dem Vordach an.

»Na toll«, murmelte er vor sich hin. »Elend mit Beleuchtung! Das war nicht gerade das, was ich mir erhofft hatte.« Er zog die Beine noch mehr an sich und umschloss seine Knie mit den Armen. Den Kopf ließ er zwischen seine Arme sinken. Dann schloss er die Augen und versuchte, die Welt um sich herum auszublenden und zu vergessen, dass ihm kalt war.

Milan rannte schon seit geraumer Zeit durch den Regen und war inzwischen, trotz Regenjacke, durchnässt. Er hatte alle Orte abgesucht, die er irgendwie mit Leon in Verbindung brachte. Sogar beim Gemeindezentrum der Baptisten hatte er nachgesehen, dort jedoch niemanden angetroffen. Nachdem er sich zum wiederholten Mal gefragt hatte, wohin man bei diesem Wetter gehen könnte, kam ihm als letzte Möglichkeit die Fußgängerzone in den Sinn. Sollte er Leon dort auch nicht finden, müsste er für heute seine Suche beenden. Ohnehin fragte er sich schon die ganze Zeit, ob sein Handeln irgendeinen Sinn hatte, doch die Bilder aus seinem Traum ließen ihn einfach nicht los. Laufend und ziemlich außer Atem erreichte er die kleine Einkaufsstraße in dem Moment, als die Straßenlaternen angingen. Bis auf den großen Supermarkt hatten die Geschäfte schon geschlossen und es waren nur noch wenige Leute auf der Straße unterwegs. Nach längerer Suche sah er eine zusammengekauerte Gestalt vor dem ehemaligen Solarium sitzen, das seine Türen schon vor über einem Jahr geschlossen hatte. Das musste er sein! Keuchend und völlig außer Atem setzte er sich neben die Gestalt, die nicht die kleinste Reaktion zeigte.

»Leon«, keuchte er, als er wieder halbwegs Luft bekam. Er stieß ihm mit dem Ellenbogen an, dann legte er seine Hand auf Leons Oberarm. »Leon, wach auf!«, rief er, während er ihn ein wenig schüttelte.

Ganz langsam hob Leon den Kopf, er schien aus einer Art Trance zu erwachen. Verständnislos starrte er Milan an, dann konnte man deutlich in seinem Gesicht beobachten, wie die Erkenntnis von ihm Besitz ergriff.

»Milan!«, krächzte er endlich. »Was machst du denn hier?«

»Ich habe dich gesucht und gefunden, wie du siehst. Komm mit!« Er stand auf und streckte ihm die Hand hin. »Na los, komm, oder willst du die ganze Nacht hier sitzen?«

Leon ergriff zögernd die dargebotene Hand und kam mühsam auf die Beine. »Aber, was ...?«, stammelte er. »Warum ... und wohin?«

»Weil es kalt ist und zu mir, du alter Esel!« Milan musste lachen. »Ich weiß, dass du zu Hause rausgeflogen bist, und ich bin die Lösung für alle deine Probleme.«

»Nicht dein Ernst!«, murmelte Leon.

»Was?«

»Oh, ich meinte nicht dich. Jesus ist echt manchmal strange drauf. Aber man kann sich auf ihn verlassen, immerhin.«

»Was? Ich verstehe nur Bahnhof!«

»Macht nichts, ich erklär es dir später. Wird dein Freund nichts dagegen haben, wenn du mich mit zu dir nimmst?«

»Welcher Freund? Ich habe keinen.«

»Der Typ, den du geküsst hast. An dem Tag, als ich in die Schweiz gefahren bin.«

»Das war ein Überfall! Den Kuss habe ich nicht gewollt und ich war nie mit dem Kerl zusammen. Mann, Leon, das war der Kerl, der mich damals ins Krankenhaus geprügelt hat. Wie könnte ich mit dem zusammen sein?« Die Einzelheiten und die ganze Wahrheit über Dominik konnte er ihm später noch erklären. Wie durch ein Wunder hatte es inzwischen ganz plötzlich aufgehört zu regnen. »Komm, gehen wir!« Er legte seinen Arm um Leons Schultern. »Willst du meine Jacke haben? Du bist ja eiskalt!« Ohne eine Antwort abzuwarten, zog er seine Regenjacke aus und legte sie ihm über die Schultern. Dann begannen sie schweigend den Fußweg zum Haus der Bergers, während Leon, heimlich und im Stillen, Gott für die erneute Rettung dankte.

»Wie ist es dir inzwischen ergangen? Wieso hast du dich mit deinem Vater so zerstritten?«, fragte Milan, nachdem sie ein paar Minuten gegangen waren.

»Weil er immer noch nicht verkraften kann, dass ich schwul bin. Daran hat sich nichts geändert. Und dieses sogenannte Bibelcamp in der Schweiz war tatsächlich eine Konversionstherapie, wo ich umgepolt werden sollte. Ich bin so sauer auf ihn, weil er mich diesbezüglich belogen und betrogen hat. Als ich ihm hinterher gesagt habe, dass die Therapie nicht gewirkt habe, war er völlig außer sich. Dabei hatte er mir doch versprochen, dass ich nach der Reise mit dir zusammen sein dürfe. Der Alte hatte sich darauf verlassen, dass ich ›geheilt‹ zurückkommen würde – aber arschlecken! Nicht mit mir!«

Milan blieb stehen und nahm Leon in die Arme. »Und auf mich warst du genauso sauer, weil du geglaubt hast, ich würde dich betrügen«, sagte er. »Bitte verzeih mir! Es war nur ein unfreiwilliger Kuss, den du gesehen hast. Natürlich fand ich ihn attraktiv und war kurz in Versuchung, aber ich hätte nie etwas mit ihm angefangen. Allerdings muss ich gestehen, dass ich kurze Zeit mit Robin zusammen war. Das war aber erst, nachdem der Kontakt mit dir schon längere Zeit abgebrochen war. Ich hab so oft über Festnetz bei deiner Unterkunft angerufen. Aber immer wurde mir gesagt, du seist gerade nicht da und sie würden es dir ausrichten.«

»Was? Davon höre ich jetzt gerade zum ersten Mal!«, entgegnete Leon empört. »Die haben mir nie etwas gesagt! Und ... dieser Robin ... ihr habt euch getrennt?«

»Ja! Er war der andere Junge, der damals von Dominik verprügelt worden war. Ich habe ihn beim Prozess kennengelernt und so sind wir zusammengekommen. Aber dann hat er plötzlich seine große Liebe gefunden und mich abserviert. Und ich ... in Wahrheit habe ich nie aufgehört, dich zu lieben. Bis heute nicht.« Er nahm Leons Gesicht in beide Hände und streichelte mit den Daumen über seine Wangen, wobei er ihm intensiv in die Augen schaute. Dann küsste er ihn.

Leon war im ersten Moment etwas überrumpelt und versteifte sich unwillkürlich, dann gab er sich dem Kuss hin und erwiderte ihn. Es war fast, als wären sie nie getrennt gewesen. Die Welt um sie herum versank in Bedeutungslosigkeit. Als sich ihre Lippen nach einer gefühlten Ewigkeit voneinander lösten, blieben sie eng umschlungen stehen und rangen ein wenig nach Atem.

»Ich liebe dich auch, Milan«, sagte Leon sanft. Dann biss er sich kurz auf die Unterlippe und lächelte verschmitzt. »Wo wir gerade bei Geständnissen sind ... in der Schweiz gab es auch jemanden ... Daniel aus Hannover ... Ich war ein paar Mal mit ihm im Bett, aber mehr war da nicht.«

»Soso und der hatte nicht zufällig blaue Haare?«, fragte Milan in gespielt tadelndem Ton, während sie Arm in Arm ihren Weg langsam fortsetzten.

»Nein, der mit den blauen Haaren war Josh«, antwortete Leon verwundert. »Aber woher weißt du das?«

»Du wirst mich für verrückt halten, aber ich hab dich manchmal im Traum gesehen und das wirkte teilweise verdammt real. Heute habe ich geträumt, wie du zusammengekauert in der Kälte sitzt. Deshalb bin ich überhaupt erst losgegangen und habe nach dir gesucht.«

»Wow«, entgegnete Leon nachdenklich. »Ich glaube, das ist kein bisschen verrückt. Das ist alles passiert, weil Gott bei uns war. Du musst mir unbedingt deine Träume erzählen, dann sage ich dir, was da los war.«

»Erbsensuppe«, sagte Milan plötzlich.

»Hä?«

»Am intensivsten war der Traum, nach dem ich plötzlich Erbsensuppe essen wollte. Pass auf, das war so ...«

Angeregt diskutierten sie über seinen Traum und Leons Erlebnisse auf dem Berg. Fast wären sie am Haus vorbeigegangen, so vertieft waren sie in ihr Gespräch. Als sie eintraten, saß Milans Vater noch auf dem Sofa vor dem Fernseher.

»Papa, schau mal, wer hier ist!«, rief Milan schon vom Flur aus und führte Leon an der Hand ins Wohnzimmer.

»Leon!«, rief Sascha erfreut und hob sich mühsam aus dem abgewetzten, durchgesessenen Sofa. »Das ist ja eine Überraschung!«

»Guten Abend, Sascha«, sagte Leon schüchtern. »Ist es okay, wenn ich eine Nacht hierbleibe?«

Nach der Begrüßung dirigierte der Vater die beiden Jungs in die Küche und wärmte das Chili auf, das noch auf dem Herd stand. Ruhig und konzentriert hörte er zu, bis sie ihm die ganze Geschichte erzählt hatten. Gelegentlich musste er ein paar Zwischenfragen stellen, wenn die Erzählung zu sehr durcheinandergeriet, aber schließlich hatte er ein ziemlich komplettes Bild von allem, was vorgefallen war, einschließlich der Tatsache, dass Leon komplett ohne Gepäck war, weil alles gestohlen wurde.

»Natürlich kannst du hierbleiben, Leon«, meinte er dann. »Und zwar so lange du willst. Vorausgesetzt, du hast nichts dagegen, mit meinem Sohn das Zimmer zu teilen. Ein Gästebett haben wir nämlich nicht.«

Milan zog eine Augenbraue hoch. Er wusste natürlich, dass man das alte Sofa im Wohnzimmer zu einem Bett umbauen konnte. Auch das alte Zimmer seiner Schwester hätte man zur Not nutzen können, obwohl es immer noch als Mädchenzimmer eingerichtet war und sich einiges von ihren Sachen darin befand.

Lächelnd zwinkerte sein Vater ihm zu.

»Vielen Dank!«, antwortete Leon gerührt. »Ich weiß gar nicht, was ich sagen soll. Natürlich gehe ich so schnell wie möglich zurück zu meinen Eltern. Aber das hängt hauptsächlich von meinem Vater ab. Es könnte sein, dass ich länger bleiben muss. Aber dafür helfe ich im Haushalt und im Garten. Bitte sagen Sie mir, wenn etwas getan werden muss.«

»Na, das sehen wir dann, wenn es so weit ist«, entgegnete Sascha. »Was deinen Vater betrifft, vielleicht sollte ich mal mit ihm reden. Allerdings nicht diese Woche, ich werde viel unterwegs sein in den nächsten Tagen.«

Als sie später zu zweit in Milans Zimmer waren, umarmten und küssten sie sich erst mal ausgiebig.

»Da bin ich aber froh!« Milan grinste, während sie nebeneinander auf der Bettkante saßen.

»Worüber?«

»Dass wir jetzt eine Haushaltshilfe haben!« Milan lachte und erhielt im Gegenzug sofort einen kleinen Boxhieb auf die Schulter. »Nein, im Ernst, ich bin froh, dass du hier bei mir bist und dass es dir nichts ausmacht, das Zimmer mit mir zu teilen«, sagte er lachend. »Das heißt nämlich auch, dass du das Bett mit mir teilen musst.«

»Was glaubst du, warum ich so schnell zugestimmt habe?«, fragte Leon lachend. »Nicht dass dein alter Herr noch irgendeine verstaubte Luftmatratze aus dem Keller holt.«

»Oder dich in dem rosa Prinzessinnen-Mädchenzimmer meiner Schwester einsperrt!« Dann warf er den bis dahin aufrecht sitzenden Leon nach hinten und kniete sich über ihn. Langsam, aber zielsicher senkte sich sein Gesicht zu ihm herunter. Als ihre Lippen sich trafen, wurde aus sanfter Zärtlichkeit schnell heiße Begierde. Sie klammerten sich aneinander, als ob es um Leben und Tod ginge, nur um sich wieder zu lösen und gegenseitig die Kleider vom Leib zu reißen. Obwohl sie es noch nie zuvor auf diese Weise getan hatten, war ohne Absprache klar, dass Milan zuerst in Leon eindrang. Lang und hart stieß er immer wieder zu und befriedigte ihn gleichzeitig mit der Hand, bis im Rausch der Gefühle beide sich endlich entluden. Eng aneinandergekuschelt, streichelten und liebkosten sie sich zärtlich und genossen das Nachglühen der erlebten Ekstase.

»Hmmm, war das schön«, hauchte Leon zärtlich.

»Ja, es war ... einfach wow!«

Kurz darauf schliefen beide ein.

Kapitel 30

Am Montag der darauffolgenden Woche betrat Milans Vater den kleinen, christlichen Buchladen in einer Nebenstraße der Innenstadt. Es war keine besonders gute Lage und das Haus, in welchem sich das Geschäft befand, wirkte alles andere als gepflegt. Er hatte extra früh sein Büro verlassen, damit er die etwas ruhigere Geschäftszeit nutzen konnte, bevor alle anderen nach Feierabend in die Innenstadt strömen würden. Diese Sorge war umsonst, der Laden war menschenleer und sah nicht so aus, als würden sich allzu oft Kunden hierher verirren. Die Klingel über der Ladentür kündigte sein Kommen an, doch niemand reagierte darauf. Nachdem er eine Weile unschlüssig die Buchrücken in den Regalen betrachtet hatte, öffnete sich eine unscheinbare Tür hinter dem Kassenbereich und ein Mann, den er auf Mitte fünfzig schätzte, betrat den Laden mit einem kleinen Karton unterm Arm.

»Oh, Entschuldigung!«, sagte der Mann freundlich. »Ich bin sofort für Sie da.« Dann legte er seinen Karton auf einen Stapel weiterer, ähnlicher Kartons und wandte sich Milans Vater zu. »Bitte entschuldigen Sie, dass Sie warten mussten«, sagte er mit einem geschäftsmäßigen Lächeln, während er auf ihn zuging. »Wir haben so viele Online-Bestellungen, dass ich kaum mit den Paketen hinterherkomme. Was kann ich für Sie tun?«

Immerhin wurde Milans Vater jetzt klar, wie der Laden in dieser Ecke der Stadt überleben konnte.

»Ich nehme an, Sie sind Herr Schuhmacher, der Inhaber dieses Geschäftes?«, eröffnete er das Gespräch.

»Ja«, antwortete Leons Vater unsicher.

»Berger. Sascha Berger. Freut mich, Sie kennenzulernen.« Er streckte ihm zur Begrüßung die Hand hin.

Herr Schuhmacher ergriff die Hand und schüttelte sie kurz. »Ganz meinerseits«, antwortete er geschäftsmäßig und lächelte wieder. »Was führt Sie in meinen bescheidenen Laden?«

»Nun, Sie sollten wissen, dass Ihr Sohn Leon zurzeit bei mir wohnt. Das heißt, in erster Linie bei meinem Sohn, um genau zu sein«, entgegnete Sascha.

Augenblicklich verschwand das Lächeln aus dem Gesicht seines Ge-

genübers. »Ich habe davon gehört«, entgegnete er finster. »Wie können Sie die Sünde in Ihrem Haus dulden? Diese Kinder sind krank und abartig! Man muss sie auf den richtigen Weg bringen oder sie werden in der Hölle landen. Das Wort Gottes kann man nicht verdrehen, bis es einem passt!«

»Herr Schuhmacher, über theologische Fragen kann ich nicht mit Ihnen diskutieren, davon verstehe ich nicht viel«, antwortete Sascha. »Aber ich kann Ihnen versichern, dass mein Sohn weder krank noch abartig ist, und Ihrer ist es auch nicht. Die Liebe sucht sich ihren Weg und niemand kann das ändern oder aufhalten.«

»Aber es ist Sünde, Gott wird sie bestrafen!«, rief Leons Vater mit wutverzerrtem Gesicht.

»Sie wissen sicher selbst, dass das auch in höchsten religiösen Kreisen nicht mehr unumstritten ist«, konterte Sascha. »Und Sie sollten überlegen, ob es mit Ihrem Glauben zu vereinbaren ist, wenn Sie ihren eigenen Sohn auf diese Art verstoßen.«

»Ich tue das doch nur, bis er endlich zur Besinnung kommt! Wenn er wieder normal ist, darf er selbstverständlich zurückkommen«, ereiferte sich Herr Schuhmacher.

»Ihr Sohn ist ganz und gar normal, da kann ich Sie beruhigen«, antwortete Sascha. »Wissen Sie, wenn wir es gut machen, dann erziehen wir unsere Kinder so, dass sie sich selbst finden können, und geben ihnen eine Umgebung, in der sie sich trauen können, frei von Angst sie selbst zu sein. Auch wenn das manchmal nicht unserer Meinung oder unserem Geschmack entspricht, und auch dann, wenn es für uns Eltern manchmal ziemlich hart ist. Wir können unsere Kinder auf ihrem Weg nur mit Liebe begleiten und sie beschützen, manchmal auch vor sich selbst. Oder wir können mit ihnen streiten und sie zwingen, etwas oder jemand zu sein, der sie nicht sein wollen. So lange, bis sie uns verlassen und dann doch ihren eigenen Weg gehen. Doch auf diese Art tragen unsere Kinder, und wir selbst, deutlich mehr Verletzungen davon. Und am Ende ist es fraglich, ob das Verhältnis zwischen Eltern und Kindern je wieder ein gutes wird.«

Herr Schuhmacher starrte ihn wütend an, antwortete jedoch nicht.

»Nun, wie auch immer«, fuhr Sascha nach einer kurzen Pause fort. »Sie sollen wissen, dass Ihr Sohn bei uns gut versorgt ist, nicht nur materiell, und dass er bleiben kann, so lange er möchte oder so lange es nötig ist.«

Das Gesicht von Leons Vater war inzwischen feuerrot und nur noch eine wütende Fratze. Er musste sich enorm anstrengen, um nicht auszurasten. »Verlassen Sie sofort mein Geschäft«, presste er zwischen den Zähnen hervor. »Ich habe zu tun.« Damit wandte er sich um und verschwand wieder in dem Lagerraum, aus dem er gekommen war.

Sascha stand noch eine Weile erstaunt und ratlos zwischen den Bücherregalen und ließ sich das Gespräch noch mal durch den Kopf gehen. So viel Sturheit und Ignoranz hatte er selten bei einem Menschen erlebt, obwohl er durch seinen Job einiges gewohnt war von den hochnäsigen Einkäufern der Firmen, mit denen er zu tun hatte. Er schüttelte den Kopf und verließ schulterzuckend den Laden. Entweder dieses Gespräch würde erst nach und nach in das verstockte Hirn dieses Mannes einsickern und mit Verzögerung doch noch etwas bewirken oder es war ein Misserfolg auf ganzer Linie.

»Wir werden sehen«, sagte er leise, während er zu seinem Auto ging und den Heimweg antrat.

Kapitel 31

Ende September würde Leons neunzehn Jahre alt werden und das sollte groß gefeiert werden. Noch nie hatte er zu seinem Geburtstag eine Party für Freunde gegeben. Bisher gab es immer nur Glückwünsche im Kreise von Gemeindemitgliedern und einen Kuchen von seiner Mutter. In seiner Kindheit waren seine Eltern an diesem Tag mit ihm in den Zoo gegangen oder hatten einen Ausflug gemacht, doch in den letzten Jahren war auch das eingeschlafen. Er hatte seinen Geburtstag schon lange nicht mehr wichtig genommen, doch als Milan die Idee von einer Party aufbrachte, war er sofort begeistert. Der Geburtstag fiel auf einen Samstag. Die Party sollte im Garten hinter dem Haus der Bergers stattfinden und sie hofften, dass das schöne Spätsommerwetter bis dahin halten würde. Sicherheitshalber kauften sie noch einen größeren Faltpavillon, damit die Feier auch bei Regen stattfinden könnte. Als dann der große Tag näherkam, stellte sich heraus, dass ihre Sorgen umsonst gewesen waren, denn für den Tag war strahlender Sonnenschein angekündigt.

Leon erwachte an jenem Morgen in Milans Armen. Lächelnd betrachtete er das Gesicht seines noch schlafenden Freundes, dessen entspannte Gesichtszüge den Eindruck vollkommener Zufriedenheit vermittelten. Es dauerte eine Weile, bis er realisierte, dass heute sein großer Tag war. Voller Vorfreude versuchte er das Bett zu verlassen, ohne Milan aufzuwecken, als dieser ihn plötzlich am Handgelenk packte und festhielt.

»Halt, wo willst du hin?«, fragte er verschlafen.

»Aufstehen und duschen, wir müssen doch die Party vorbereiten«, antwortete Leon voller Energie.

»Nichts da, du bleibst hier!«, entgegnete Milan und zog ihn auf sich. »Zuerst muss ich dir zum Geburtstag gratulieren.« Dann legte er seine Arme um Leons nackten Körper und küsste ihn innig. Noch während sie sich küssten, begann Leon die störende Bettdecke zwischen ihren Körpern herauszuziehen. Als das mit Milans Hilfe endlich geschafft war, gab es kein Halten mehr und sie liebten sich bis zur völligen Erschöpfung. Danach lagen sie eng aneinandergekuschelt im Bett und genossen das Gefühl der Geborgenheit.

»Herzlichen Glückwunsch zum Geburtstag, mein Schatz«, gratulierte Milan und Leon brummte zufrieden.

»Auf diese Art kannst du mir in Zukunft immer gratulieren«, antwortete er nach einer Weile. »Etwas Schöneres kann ich mir nicht vorstellen.«

»Aber natürlich bekommst du auch noch Geschenke von mir«, entgegnete Milan und zauberte ein winziges Päckchen unter dem Bett hervor. »Hier ist das erste.«

Erstaunt nahm Leon das Päckchen entgegen und betrachtete es von allen Seiten.

»Nun mach es schon auf!«, rief Milan ungeduldig.

Ganz sachte begann Leon einen Klebestreifen zu lösen, während sein Freund vor Aufregung zappelte. Als das Päckchen geöffnet war, entnahm er daraus ein wunderschönes Lederarmband, in das ›Leon & Milan‹ eingeprägt war. Den metallenen Verschluss zierte ein eingraviertes Herz.

»Warte, ich helfe dir«, sagte Milan und legte Leon das Armband ums Handgelenk.

Mit großen Augen betrachtete dieser sein Geschenk. »Danke«, flüsterte er mit tränenerstickter Stimme. »Ich liebe dich so sehr!« Dann fiel er Milan um den Hals.

Noch einmal griff Milan unters Bett. »Ich liebe dich auch. Und ich habe das gleiche Armband auch für mich machen lassen«, sagte er und legte es etwas umständlich an. »Schau mal!« Er hielt sein geschmücktes Handgelenk neben Leons. »Jetzt sieht jeder sofort, dass wir zusammengehören. Eigentlich wollte ich dir das schon um Mitternacht geben, aber du hast so fest geschlafen, dass ich dich nicht wecken wollte.«

Nachdem sie gemeinsam geduscht und sich angezogen hatten, gingen sie hinunter in die Küche, wo es herrlich nach Kaffee duftete.

»Herzlichen Glückwunsch zum Geburtstag, Leon!«, rief der Vater, als sie die Küche betraten. »Und guten Morgen, Sohn. Ich weiß nicht, ob Milan es dir schon erzählt hat, aber bei uns ist es Brauch, dass es den Geburtstagskuchen schon zum Frühstück gibt.« Er stellte einen Schokoladenkuchen auf den Tisch und zündete die Kerzen an. Milan und sein Vater sangen gemeinsam »Happy Birthday«, dann pustete Leon die Kerzen aus und fiel anschließend Sascha um den Hals.

»Danke, Sascha!« Er hatte Tränen in den Augen. »Du hast in den letzten Wochen so viel für mich getan, das kann ich nie wieder gutmachen.«

»Nun, ich hoffe, du versuchst es nicht mal«, antwortete Sascha streng. »Schließlich gehörst du zur Familie!«

Nachdem sie das Frühstück beendet hatten, sprang Milans Vater eilig auf. »Ich muss jetzt zum Bahnhof, deine Schwester abholen«, sagte er zu Milan, während er einen letzten Schluck Kaffee im Stehen trank. »Ich denke, ihr solltet inzwischen schon mal mit den Vorbereitungen anfangen, damit alles rechtzeitig fertig wird.«

Die beiden kämpften gerade mit dem widerspenstigen Gestänge des Faltpavillons, als von der Terrassentür ein hoher Schrei ertönte und jemand auf Milan zurannte. Dieser ließ auf seiner Seite die Stangen los, die daraufhin langsam in sich zusammenfielen. Frustriert warf Leon das restliche Gestänge auf den Boden und schaute zu, wie Milan von seiner Schwester stürmisch umarmt und begrüßt wurde.

»Das ist meine Tochter Hannah«, sagte Sascha lachend, der inzwischen neben ihm aufgetaucht war. »Jetzt beruhigt euch, ihr beiden. Komm Hannah, begrüße deinen Schwager«, rief er dann seinen beiden Kindern zu.

Die beiden drehten sich um gingen zu Leon, wobei sie aufpassen mussten, nicht auf die Zeltstangen zu treten.

»Das ist Leon, mein Freund«, erklärte Milan mit stolz geschwellter Brust seiner Schwester, während dieser freundlich lächelte und ihr seine Hand zur Begrüßung hinhielt.

Hannah ergriff die Hand nur ganz kurz. »Ach was, komm in meine Arme!«, rief sie und fiel ihm um den Hals. »Ich bin so froh, dich endlich kennenzulernen. Mein Bruder hört überhaupt nicht mehr auf, am Telefon von dir zu schwärmen. Hoffentlich legt sich das bald wieder.«

Leon umfasste Hannah zunächst etwas zögerlich, ließ sich jedoch schnell von ihrer ungestümen Freude mitreißen. »Ich freue mich auch, dich endlich kennenzulernen«, sagte er, »nachdem ich so viel von dir gehört habe – natürlich nur Gutes!«

Nach der Begrüßung ging Hannah auf ihr Zimmer, während die anderen den Pavillon aufbauten und ein paar geliehene Stehtische und Bierzeltgarnituren aufstellten. Danach kümmerte sich Sascha um den großen Gasgrill auf der Terrasse und die beiden Jungs schmückten den Garten mit Lichterketten und anderer Deko. Anschließend gingen sie in die Küche, um Salate und Snacks vorzubereiten, wobei später auch Hannah und ihr Vater halfen. Sie waren gerade mit allen Vorbereitungen fertig, als um 18 Uhr die ersten Gäste eintrafen.

Als Erste klingelte Leons Mutter, wie üblich ein paar Minuten zu früh. Mit Tränen in den Augen umarmte sie ihren Sohn, dann machte sie einen Arm frei und zog Milan mit in die Umarmung.

»Herzlichen Glückwunsch zum Geburtstag, mein Sohn«, sagte sie. »Ich wünsche dir – nein, ich wünsche euch beiden Glück und Gesundheit und dass eure Liebe ewig halten möge.«

»Danke, Mama«, antwortete Leon und löste sich etwas aus der Umklammerung seiner Mutter. »Ich freue mich, dass du hier bist! Was ist mit Papa?«

»Ich fürchte, dein Vater wird nicht kommen«, antwortete sie leise und traurig.

»Aha, der alte Mann kann seinen Zorn also immer noch nicht überwinden«, stellte Leon frustriert fest.

»Gib deinem Vater noch etwas Zeit«, entgegnete seine Mutter. »Ich arbeite daran und in ganz kleinen Schritten geht es vorwärts. Immerhin hatte er nichts dagegen, dass ich hier herkomme. Das hätte er vor ein paar Wochen noch als Verrat empfunden.« Dann drehte sie sich um und wandte sich an Milans Vater. »Sascha, hast du ...«

»Ja«, unterbrach dieser und wedelte mit einem Umschlag. »Alles fertig, Elli!«

Leon klappte die Kinnlade herunter. Ihm war nicht klar, dass seine Mutter und Saschas Vater überhaupt Kontakt gehabt hatten. Und dann duzten sie sich auch noch.

»Lieber Leon«, sagte seine Mutter. »Und auch du, lieber Milan. Ich freue mich sehr für euch beide. Sascha und ich haben zusammengelegt und möchten euch ein gemeinsames Geschenk machen. Sascha, gib ihnen mal den Umschlag.«

Sascha trat vor und hielt ihnen den großen, weißen Umschlag entgegen. Zögernd und mit spitzen Fingern nahm Leon das Geschenk entgegen und starrte es an. ›Leon und Milan‹, stand in der fein geschwungenen Schönschrift seiner Mutter auf der Außenseite.

»Nun mach schon!« Milan war gespannt und wollte nach dem Umschlag greifen. Doch Leon zog das Kuvert an sich und begann es aufzureißen. Ein großer Stapel bedrucktes Papier kam zum Vorschein und er starrte ihn fassungslos an.

»Was ist es?«, fragte Milan ungeduldig, während Leon die erste Seite überflog und ungläubig den Kopf schüttelte.

»Es ist eine Reise«, löste Sascha die Anspannung. »Vierzehn Tage Gran Canaria für euch beide. Falls ihr lieber woanders hinwollt, können wir es noch umbuchen.«

»Das ist ... Wahnsinn! Nein, nichts umbuchen, es ist perfekt!« Dann fiel Leon zuerst seiner Mutter um den Hals und dann Sascha. Milan tat es ihm gleich.

»Aber woher ...«, fragte Leon verwirrt. »Ich meine, wieso habt ihr beiden das zusammen ausgeheckt?«

»Da staunst du, was?«, entgegnete seine Mutter. »Ich hatte Sascha ein paar Mal am Telefon, wenn ich dich angerufen habe. Und natürlich habe ich gefragt, ob du dich gut benimmst, so kamen wir ins Gespräch. Tja, und irgendwie haben wir festgestellt, dass wir früher auf dasselbe Gymnasium gegangen sind. Ich war zwar drei Klassen über ihm und wir kannten uns damals nicht, aber immerhin. Na ja und irgendwann haben wir uns dann mal zum Kaffee getroffen, um über deinen bevorstehenden Geburtstag zu sprechen. Das ist auch schon alles.«

Nachdem sich die Aufregung etwas gelegt hatte, gingen sie in den Garten, wo schon alles für die Party vorbereitet war.

Kapitel 32

Nach und nach trudelten die Gäste ein und Leon und Milan waren damit beschäftigt, alle zu begrüßen und die Geschenke entgegenzunehmen. Unter anderem kam Leons gute Freundin Saskia, dann Josh und Daniel, mit denen er die unerfreuliche Zeit in der Schweiz verbracht hatte. Milan hatte natürlich seine Freunde Moritz und Hasan eingeladen. Sogar Dominik hatte eine Einladung erhalten, jedoch konnte er wegen seiner bereits begonnenen Lehre nicht kommen. Auch Robin mit seinem Freund Luke waren da. Robin hatte nicht aufgehört, Textnachrichten zu schicken, bis die beiden ein sehr langes, klärendes Gespräch im Beisein von Leon und Luke geführt hatten. Seither trafen sie sich gelegentlich zu viert zu gemeinsamen Unternehmungen und so war klar, dass sie zur Party kommen würden. Leon hatte außerdem einige Leute von seiner neuen evangelischen Kirchengemeinde eingeladen, zu deren Gottesdiensten Milan einigermaßen regelmäßig mitging, obwohl er Religionen grundsätzlich nach wie vor eher skeptisch gegenüberstand. Es wurde ein rundum gelungener Abend mit vielen guten Gesprächen, ohne dass Spaß, Tanz und Partylaune zu kurz kamen.

Irgendwann gesellte sich Milans bester Freund Moritz zu Leon, der gerade etwas abseits stand und rundum glücklich dem Treiben zuschaute.

»Sag mal, Leon«, fragte Moritz ganz direkt. »Diese Saskia, weißt du, ob sie solo ist?«

»Sie ist Single! Gefällt sie dir?«

»Absolut«, entgegnete Moritz und wurde etwas rot.

»Dann beeil dich, bevor sie dir jemand wegschnappt«, empfahl Leon und lachte. »Übrigens, sie tanzt gern. Frag sie halt mal.«

Das ließ Moritz sich nicht zweimal sagen. Ohne Umschweife ging er auf Saskia zu, die gerade in ein Gespräch vertieft war und über einen Witz von Josh lachte. Den Rest des Abends sah man Saskia und Moritz nur noch zusammen, entweder tanzend oder eng beieinander sitzend. Leon winkte Moritz zufrieden zu, was dieser mit einem Augenzwinkern beantwortete.

»Ich glaube, dein Freund Moritz ist versorgt«, sagte er irgendwann zu Milan und zeigte auf die beiden Turteltäubchen.

»Wurde auch Zeit«, antwortete Milan lächelnd. »Hoffentlich wird was Festes draus.«

»Jetzt müssen wir nur noch eine Freundin für Hasan finden.«
»Oh nein, da bin ich raus!«
»Wieso?«
»Hasan ist eine Garantie für gebrochene Herzen, das kann man keiner unserer Freundinnen oder Bekannten antun. Ich glaube, die richtige Frau für Hasan muss erst noch gebacken werden«, entgegnete Milan. »Er ist zu anspruchsvoll. Und bis er die Richtige findet, fliegt er von einer zur Nächsten und legt alle flach, die nicht bei drei auf einem Baum sind. Wahrscheinlich wird er irgendwann eine heiraten, die seine Sippe für ihn ausgesucht hat, weil er sich selbst gar nicht entscheiden kann.«

Es war lange nach Mitternacht und viele Gäste waren schon gegangen, seit die Musik mit Rücksicht auf die Nachbarn nur noch ganz leise im Hintergrund dudelte. Leon und Milan setzten sich zu Josh und Daniel an einen Tisch und stellten vor jeden eine neue Flasche Bier.

»Na, ihr beiden! Endlich haben wir mal Zeit zu quatschen«, sagte Leon und ließ sich auf die Bierzeltbank fallen. »Erzählt mal, wie ist es bei euch gelaufen in der Zwischenzeit?«

»Seit zwei Wochen ist mein Alter endlich weg«, berichtete Josh freudestrahlend.

Leon bemerkte erst jetzt, dass er ein blaues Auge kunstvoll überschminkt hatte. Außerdem fehlte ihm ein Schneidezahn, doch die Zahnlücke ließ ihn noch jünger wirken, besonders wenn er lachte. Heute lachte er viel und schien bester Laune zu sein. Das Haar trug er momentan stark blondiert, fast weiß.

»Was ist passiert?«

»Das Übliche«, antwortete Josh trocken. »Er ist wieder mal ausgerastet, weil ihm das Essen nicht geschmeckt hat oder so. Hat meine Mutter verdroschen und sie an den Haaren durch die Wohnung gezerrt. Wie immer bin ich dazwischengegangen, damit er von ihr ablässt und mit mir weitermacht. Hat auch geklappt, wie du siehst.« Er zeigte auf sein lädiertes Gesicht. »Irgendwann hab ich es geschafft, ihm mein Knie in die Eier zu rammen und meine Mutter aus dem Haus zu schicken. Als ich wieder reinkam, hatte er das große Kochmesser in der Hand und wollte wieder auf mich los. Ich hab es gerade noch in mein Zimmer geschafft, wo ich für den Notfall ein altes Stuhlbein unter dem Bett liegen hatte. Als er dann durch die Tür kam, hab ich um mich geschlagen wie ein Irrer! Zuerst hab ich ihm die Hand gebrochen, in der er das Messer hielt.

Als er sich vor Schmerzen gekrümmt hat, habe ich ihm mit aller Wucht auf den Kopf geschlagen. Er war sofort ausgeknockt und lag blutend am Boden. In der Zwischenzeit hatte meine Mutter draußen so viel Theater gemacht, dass die Nachbarn die Cops gerufen haben. Die waren sehr schnell da, gleichzeitig mit dem Krankenwagen. Der Alte wirds überleben, aber mich vergisst er nicht so schnell. Die Bullen haben das sofort als Notwehr eingestuft, da bleibt nichts an mir hängen. Mutti und ich sind noch am selben Tag zu Oma und Opa gezogen und suchen jetzt von da aus eine Wohnung und einen neuen Job für Mutti. Ich selbst fange am Montag eine Lehre als Schneider an. Ich hab tatsächlich einen alten Schneidermeister gefunden, der mich ausbilden will. Vielleicht kann ich nach der Lehre noch ein Designstudium dranhängen. Ich will nämlich irgendwann meine eigene Kollektion haben.«

»Wow, da hast du ja ganz schön was durchgemacht«, sagte Milan.

»Ja, aber jetzt hast du es endlich aus der Hölle rausgeschafft«, meinte Leon anerkennend. »Ich bin sicher, das mit der eigenen Kollektion schaffst du auch noch.«

»Klar schaff ich das!«, entgegnete Josh. »Aber gibts denn hier gar kein Bier mehr?« Tatsächlich war seine Flasche schon leer, während die anderen ihre höchstens zur Hälfte ausgetrunken hatten.

Lachend stand Milan auf und holte eine neue Lage für alle. »Ich glaube, wir müssen uns mehr anstrengen, wenn wir mit Josh mithalten wollen. Also hoch die Tassen!«, rief er fröhlich und setzte sich wieder mit an den Tisch.

»Nicht nur beim Trinken, Milan«, meinte Leon ernst. »Ich glaube, Josh haut wirklich gar nichts mehr um. Er ist der mutigste Kerl, den ich kenne.«

Josh wurde rot und grinste breit. »Oh doch, mich haut so einiges um«, sagte er. »Daniel zum Beispiel haut mich jedes Mal total um, wenn ich ihm in die Augen schaue.« Jetzt war es an Daniel, feuerrot anzulaufen.

»Mann, der traut sich was«, murmelte Leon an Milan gerichtet. Dieser grinste und zeigte mit dem Daumen nach oben.

Daniel lächelte nur still und schaute verschüchtert die Tischplatte an, was sonst so gar nicht seiner Art entsprach.

»Ich bin sehr froh, dass ich dich hier wiedergetroffen habe, Josh«, sagte er nach einem Moment des Schweigens. »Ich konnte die ganze Zeit nicht aufhören, an dich zu denken.«

»Ach, deshalb hast du mir so viele Textnachrichten geschrieben«, entgegnete Josh in provozierendem Ton. »Und ich dachte schon, dir wäre langweilig in deinem faden Hannover.«

»Blödmann!«, antwortete Daniel grinsend und boxte Josh an die Schulter.

»Also hattest du Sehnsucht nach mir«, entgegnete Josh. »Das hättest du mir früher sagen können.« Dann nahm er Daniels Gesicht in beide Hände und drückte ihm einen Kuss auf den Mund.

Leon räusperte sich laut genug, dass die beiden ihren Kuss unterbrachen. »Dafür habt ihr später noch Zeit«, meinte er grinsend. »Ihr müsst die Nacht zusammen auf dem alten Klappsofa im Wohnzimmer verbringen. Ich nehme an, dass da an Schlaf sowieso nicht zu denken sein wird. Daniel, erzähl du mal, was gibt es bei dir Neues?«

»Ich studiere in Göttingen und hab letzte Woche mein Zimmer im Wohnheim bezogen. Aber ein WG-Zimmer wäre mir eigentlich lieber. Ich habe meinen Eltern gesagt, dass sie sich ihre Firma sonst wo hinstecken können und ich ihren ganzen Steuerbetrug auffliegen lasse, wenn sie mich nicht Sport studieren lassen. Das hat gewirkt, jetzt lassen sie mich in Ruhe. Dass ich schwul bin, würden sie am liebsten unter den Teppich kehren, aber ich erwähne es bei jeder Gelegenheit, wenn sie dabei sind. Es folgt jedes Mal betretenes Schweigen. Na ja, seit ich in Göttingen wohne, sehe ich sie nicht mehr so oft. Ich denke, so ist es auszuhalten.«

»Wow, dann ist ja alles doch noch gut ausgegangen«, sagte Leon anerkennend. »Wer hätte das gedacht, als wir in der Schweiz gequält wurden. Hat einer von euch noch mal was gehört von Jan oder Markus?«

Daniel verneinte, doch Josh hatte gesehen, dass das Angebot immer noch online und buchbar war.

»Dagegen können wir nichts tun, solange sie sich im Rahmen des Gesetzes bewegen«, meinte Leon. »Wir können nur alle davor warnen, indem wir über unsere Erlebnisse berichten. In meiner Kirchengemeinde habe ich das schon gemacht.«

Josh und Daniel versprachen, ebenfalls so viel wie möglich darüber zu informieren, was dort tatsächlich vor sich ging. Anschließend mussten Leon und Milan ausführlich berichten, wie es ihnen in der Zwischenzeit ergangen war. Erst viele Flaschen Bier später trennten sich die Freunde und fielen müde ins Bett.

Kapitel 33

Am späten Sonntagnachmittag, kurz nachdem Sascha mit Josh und Daniel zum Bahnhof aufgebrochen war, klingelte es plötzlich an der Tür. Milan staunte nicht schlecht, als er öffnete und Leons Vater vor ihm stand.

»Guten Tag, Herr Schuhmacher«, sagte er, als der Mann schweigend in der Tür stehen blieb. »Kommen Sie bitte herein.«

Schweigend folgte Leons Vater dieser Aufforderung und ließ sich ins Wohnzimmer führen. »Nehmen Sie Platz. Ich hole Leon. Er ist oben.«

»Was ich zu sagen habe, wird nicht lange dauern«, erwiderte der Alte und blieb stehen, wobei er seinen kalten Blick starr auf Milan gerichtet hielt.

»Wie auch immer«, murmelte dieser, drehte sich um und holte Leon aus ihrem gemeinsamen Zimmer. »Du wirst nicht glauben, wer hier ist.«

Leon sah ihn fragend an.

»Dein Vater! Schnell, komm! Ich denke, er will dir etwas sagen.«

Leon war sprachlos und ließ sich von Milan am Handgelenk ins Wohnzimmer ziehen. »Ich lasse euch beide dann mal alleine«, meinte er, als er mit Leon vor dessen Vater stand.

»Bleiben Sie!«, sagte der Vater in seinem üblichen Befehlston. »Geheimniskrämerei habe ich nicht nötig und mein Sohn wird Ihnen ohne jeden Zweifel sowieso alles brühwarm berichten.« Er klang so überheblich, dass seinem Sohn schon jetzt der Kragen platzen wollte. »Leon«, fuhr er fort, »es nützt nichts, um den heißen Brei herumzureden. Ich teile deine Ansichten zur Homosexualität nicht und halte sie nach wie vor für eine schlimme Sünde.« Leon holte Luft, um zu antworten, jedoch ließ ihn sein Vater nicht zu Wort kommen. »Aber ich werde dir – oder euch – nicht länger im Weg stehen. Du hast mich einmal gefragt, wie ich dazu komme, zu behaupten, dass meine Überzeugung die Wahrheit des Wortes und des Willens Gottes sei. Nun, das ist nun mal so mit religiösen Überzeugungen. Ich muss meine Überzeugung als absolut vertreten, da ich sonst meinen Glauben und damit auch Gott, den Herrn relativieren würde. Aber dabei geht es eben um meine persönliche Überzeugung. Andere kommen teilweise zu anderen Erkenntnissen und Überzeugungen, die sie ebenfalls zu Recht mit aller Vehemenz vertreten. Einen absoluten Beweis für die Richtigkeit irgendeiner religiösen Überzeugung gibt es nicht. Es war falsch von mir, dir meine Überzeugung quasi mit Gewalt aufdrängen zu wollen, und dafür bitte ich um Vergebung. Niemand von uns ist unfehlbar und ich kann mich eben irren, genau wie du dich irren kannst. Möge der Heilige Geist uns Erkenntnis bringen. Ich hoffe, dass wir über das Thema im Gespräch bleiben können. Wichtig ist, dass wir im Glauben an unseren Herrn Jesus Christus einig sind.«

»Natürlich vergebe ich dir, Papa«, antworte Leon. »Und ich bitte dich um Entschuldigung, dass ich mich von meinem Zorn habe leiten lassen und die Hand gegen dich erhoben habe.«

»Vergeben und vergessen«, sagte sein Vater mit einer wegwerfenden Geste. »Deine Mutter hat mir schwer zugesetzt wegen unserer ... körperlichen Auseinandersetzung. Nun, was ich eigentlich sagen wollte: Es steht dir frei, jederzeit wieder bei uns zu wohnen. Da ich aber Grund zu der Annahme habe, dass du es momentan vorziehst, hier zu bleiben, werde ich dir ab sofort einen monatlichen Unterhalt zukommen lassen, damit du hier niemandem auf dem Geldbeutel liegen musst. Und wir würden uns freuen, wenn du mal wieder in unseren Gottesdienst kommen würdest.«

»Na ja«, antwortete Leon, »wie du vielleicht schon gehört hast, haben wir eine andere Gemeinde gefunden, die uns vorbehaltlos so akzeptiert, wie wir sind. Dort können wir beides leben, unsere Liebe füreinander und unseren Glauben an Jesus Christus, ohne dass es uns jeden Sonntag aufs Neue verletzt. Aber ich werde bei Gelegenheit sicher auch mal wieder zu euch in den Gottesdienst kommen. Vielleicht würde ich sogar Klavier spielen, damit die arme Frau Schulte-Ritter die Gicht in ihren Fingern kurieren kann.« Hier lächelten er und sein Vater gleichzeitig. »Damit, dass ich weiter hier bei Milan wohnen will, hast du Recht. Vorläufig kann ich mir nichts Schöneres vorstellen. Aber ich weiß dein Angebot zu schätzen und wir werden« euch bei Gelegenheit auch mal zu Hause besuchen.«

»Macht das«, entgegnete der Vater milde lächelnd. »Ihr seid jederzeit herzlich willkommen. Deine Mutter hat mir noch nicht verziehen, dass ich dich rausgeworfen habe.« Dann nahm er Leon in die Arme. »Gott segne dich«, fuhr er fort. »Ich muss los, ich habe noch zu tun.«

»Na bitte, warum nicht gleich so?«, fragte Milan, nachdem sie sich verabschiedet hatten und die Tür hinter dem Vater ins Schloss gefallen war. »Das hätte er auch einfacher haben können.« Dann nahm er Leon in die Arme.

»Du kannst dir nicht vorstellen, wie schwer es ihm gefallen sein muss, seinen Stolz zu überwinden, hierherzukommen und mir das zu sagen«, antwortete Leon. »Mir tut er fast ein bisschen leid. Er musste damit klarkommen, dass sein Weltbild nicht mehr stimmen könnte und dass ausgerechnet sein Sohn daran schuld war. Ich sollte Gott dafür danken, dass er ihm diese Einsicht gegeben hat und auch die Stärke, damit zu mir zu kommen. Ich glaube, jetzt wird alles gut!«

»Ja, alles wird gut!« antwortete Milan lächelnd und küsste Leon auf den Mund. Dann führte er ihn an der Hand zurück in ihr gemeinsames Zimmer.

ENDE